三島由紀夫 仮面の告白

三島由紀夫研究 ③

〔責任編集〕
松本　徹
佐藤秀明
井上隆史

鼎書房

目次

特集　仮面の告白

座談会

「岬にての物語」以来25年
——川島　勝氏を囲んで——

■出席者
川島　勝
松本　徹
佐藤秀明
井上隆史
山中剛史

■平成18年6月16日
■於・青山壱番館（渋谷）

川島　勝氏

松本　川島さんは、創刊の時点から「群像」編集者として、戦後文学へ登場しようとしていた三島由紀夫と係わりをお持ちになり、以後、いろんな形で生涯をとおして深くお付き合いがありましたね。その大事なところは、十年前にお出しになった著書『三島由紀夫』（文藝春秋、平8・2）でお書きですが、いま読み返してみても、同時代の伴走者としての証言として貴重なだけでなく、まず面白い。ホント面白い。

川島　ええと、私はね、三島由紀夫本人というよりもねえ、平岡梓と倭文重さん、ご両親を書くことでね、三島由紀夫の何かを浮かび上がらせるようなことが出来ないかと思ってね、迷いながら書いたからねえ。三島本人よりも、三島家。三島家っていう過去のじゃなくて、僕がお付き合いしていた臨場感をね、ちょっぴりだけど。まあ普通書く人は、三島由紀夫だけに焦点を絞る。そこが面白いといってくれる人もいます。

松本　川島さんじゃないと書けないところが随分多い。いまになって、ああなるほどなあこんなことが、と驚くことが幾つもあります。だけど川島さん、ご存じのことの半分も書いてない（笑）、そう思うんですが……。そのあたりもきょうはうかがいたいんですけど。

川島　まあ、ぼつぼつやりましょうよ。

■袴を穿いて初来社

松本　順序として、最初に三島由紀夫にお会いになった時から。「群像」創刊準備の頃、昭和二十一年ですね。

川島　ええ。忙しい時でしたよ。

松本　川島さん自身も身辺にご不幸があったりといったような状況でしたね。最初は着物姿で現れたとか。終戦間もなくのあの時期、若い人で着物着ているひとなんかいなかったでしょうね。

川島　そうですよ。あの時代、講談社の社屋は焼夷弾でね、黒こげになってるんですよ。あたりも一面焼け跡ばかり。そういう時代に彼は紺絣に袴をはいて来ました。それはちょっと印象的でしたね。

松本　太宰治に会う時、着物を着て懐に匕首を呑んだような気持ちだったと三島は書いてますけど、講談社へ行くのにもそういう気持ちだったんじゃないですか。

川島　どうですかね。相当緊張してました。

松本　でしょうねえ。

川島　会ったのは僕だけでした。編集長の高橋清次は、志賀直哉先生だったかに急にお会いすることになって。今日はこういう新人が来るから、頼むよ、と言われて。

松本　まだ山のものとも海のものともわからない新人ですね。そこで、とにかく会って、今後いけそうかどうか、見極めようと。

川島　ええまあ、やっぱり違いましたよ、普通の作家とは。僕たち池袋あたりでカストリ焼酎飲んで、檀一雄をはじめとして、まあ無頼の連中とばかりつき合ってました。ところが、そういう文壇とは関係がない。なんかスッとした、まあ貴公子っていう言い方はあんまり正確でないけど、何かスカッとした、よそ者が入ってきた。

松本　「岬にての物語」の原稿を持参したんでしたね。今日、それが掲載された「群像」（昭21・11）を持ってきました（手渡す）。

川島　表紙の色が随分さめているなあ。この原画はね、梅原龍三郎さんのこんなに大きなパステル画なんですよ。凄くデカイ。あの衝立くらいかな。児島喜久雄さんっていう美術批評

群　像（昭21・11）

家が紹介してくれてね。

佐藤　でも「人間」より表紙の紙質がいいですね。

川島　いいですよ。

山中　巻頭にカラーの絵が入っていますね。

川島　「白樺」を意識してるの。「白樺」の再現っていうか、美術に相当力入れたの。

松本　「岬にて――」の評判はどうでしたか。

川島　よかったですよ、編集部内で回し読みしたんです。

松本　中村光夫なんかが全面的否定論でしたが。

川島　中村さんはねえ、嫌いなんですよ、昔から。作り物とかいってね。

佐藤　野田宇太郎もね評価しなかったですね。

川島　そうでしたかねえ。野田さんが一番先に、三島の短篇を「文芸」に載っけた（「エスガイの狩」昭20・6）。だから、ちょっといちゃもんつけたけど、やるなとは思ったんじゃないかな。

松本　徹氏

佐藤　「人間」編集の木村徳三も「岬にて――」を採らないで、「煙草」を採った。

川島　そうですそうです。

佐藤　僕は、川島さんと同じ、こちらを採ったほうがよかったと思いますよ（笑）。

川島　いやあ、「煙草」もね、なかなかいい短篇だったからね。

山中　やっぱり川島さんはこの作品に愛着があったから、後年、牧羊社で豪華本をお作りになったのでしょう。

川島　そう、作りましたけどね。

佐藤　牧羊社でつくる時も「岬にての物語」を、三島由紀夫のほうから言ってきたんですか。蕗谷虹児でいこうと。

川島　あの豪華本ね。川端さんの「雪国」とか井伏さんの「屋根の上のサワン」とか、それから三島の「金閣寺」とか、そういうものを豪華本にするプランを立てたの。僕はまだ現役で講談社にいましたから、うちの家内が社長。そして、牧羊社ってのをつくって、三島さんが社名を書いてくれた。今、家に置いてありますけどね。いい字ですよ、立派ですよ。

井上　牧羊社って名前は三島由紀夫が考えたんですか。

川島　ええ、ええ。そして僕が頂戴したんですけど。

山中　それで当時、川島さんが担当されたのは、「岬にて――」と、そのあと「軽王子と衣通姫」ですね。こちらは渋谷のお宅へ原稿取りに行かれたのですか。

川島　ええ、松涛のね。

松本　あの家は、当時はもう少し広かったんじゃないですか。

川島　松涛の家はね……今はどうなってますか。

佐藤　平成二年にね、壊しちゃいました。
川島　壊しちゃったの。
山中　いま、ガレージのような建物みたいになっているようです。
松本　昭和の終わり頃、僕と佐藤君の二人で行って、その後で、川島さんにお教えしたんですよ、家がまだありますよって。だけどね、本来の広さではなくなっているような気がしたな。
川島　なんかね古い家の印象あります。教えてもらってから犬塚潔君と一緒に見に行きました。
井上　当時の三島由紀夫について、どんな印象をお持ちでしたか。
川島　文芸雑誌の編集者だから、三島的なものをひとつ設定して、全体のバランスとるのはいいなって思ったんだけど。
井上　「群像」っていう雑誌で、三島の小説を、それとは違ったいろんな作品の中に据えると、もの凄くバランスがうまくとれる、と言った感じでしょうかね。
川島　無茶っていうのかな、当時は編集会議もほとんどなくてね。講談社ってのは後発でしたから、各自が出来るだけることをする……。
松本　目次をみても、いわゆる戦後派の人たちがほとんど入っていないですね。
川島　うん。まあ、原稿がとれないし。その上、「人間」が出来たから、がんじがらめ。僕は武者小路実篤さんの息子と親しかったから、そういうコネで原稿とったりしていたんだよ。
井上　しかし、「群像」という舞台がなければ、三島由紀夫のこういう作品は世に出にくかった。
川島　まあねえ。結果的にはねえ。
山中　その後、河出書房で「序曲」という、三島だとか埴谷雄高とかが同人の、一号だけの雑誌がありましたね。川島さんは、その河出の坂本一亀さんが世話人をやっていた「あさって会」の世話人役をお引き受けになったそうですが。
川島　「あさって会」？　ええ、僕がずっとやってたんです。十年近く。毎月一回。新宿でね。
松本　坂本一亀さんが後を頼むよって、同じ河出でなく、講談社の川島さんに頼んだんですね？
川島　よく知っていたんですよ。彼も酒乱でね、酔うとベロンベロンになっちゃってねえ、じゃ頼むな、なんて言ってねえ。僕は、「あさって会」の梅崎春生や武田泰淳と親しかった。その二人にね、ちょっと変えようよって気持ちがあった。そういう下地があって僕が頼まれた。随分ねえ、面倒なんだ月一回。
山中　毎月ですか。
川島　毎月、新宿のこっちの、ええと、新宿高校の裏口だったかの近く、なんていったかな。チャイナ料理屋、ちょっと有名な。そこで月一回。

井上 三島由紀夫は出ていましたか。

川島 三島は出てない。泰淳、梅崎、椎名、中村真一郎、堀田善衛、それと野間宏、埴谷雄高。

井上 三島は「序曲」のメンバーだったけど、「あさって会」とはつながっていないのですね。

川島 そうそう、つながらない。

山中 「序曲」のほうに川島さんはお出にならなかった?

川島 「序曲」は出てない。

■三島家と親しく

佐藤秀明氏

井上 『仮面の告白』以前の三島は、これから戦後作家としてどんなふうにやっていくか考えなくてはならない、そういう模索の時期だったと思うんですけど。その三島を、川島さんが横から見ていらして、具体的な印象とか、三島が言っていたようなことで何かご記憶ありませんか。

川島 具体的にねえ、そういうことは……。プライベートになるけど、三島由紀夫の妹美津子さんっていうのがね、家内の同級生なんですよ。三輪田高女のね。同級生で親しくしていた。そこでね、三島のお母さんの倭文重さんもまた三輪田出で、遊びに来るようにって言われてね、何回も遊びに行ったことがある。三島家へですね。三島由紀夫を訪ねるのとは別です。家内について何回も行ったことがある。

井上 講談社で三島由紀夫の来訪を受けた後ですね。

川島 ええ。そんなことから親近感持つようになった。そして、家族ぐるみの付き合いになった。だから僕がね、馬込の三島家を訪ねると、玄関左手に日本家屋があったんですよ。そこ親爺さんと倭文重さんがいて、僕に気づくとね、あ、川島、こっちだよって必ず呼ぶの。倅は銀座で高い酒飲んでるらしいけどね、今ね、うまい焼酎があるよって。その頃の焼酎ってのはね、芋焼酎でね(笑)。

佐藤 昼間ですね。

川島 昼間よ(笑)。僕は凄く酒が強いからね。親爺さんは、飲んだら川島さん言いたいこともいえるでしょって。

井上 三島が焼酎を飲んだとは聞きませんが。

川島 ええ、息子の方はね、全然ダメ。銀座にエスポワールってとこへ一緒に行ったことあるんです。でもね、水割り一杯飲んで、真っ赤になってね、大変だった(笑)。写真ありますよ、探せば。

山中 川辺るみ子さんという方がやってた店ですね。

川島　そう、ママね。いや、大変な、大物ご贔屓のバアでした。

山中　いわゆる文壇バア？

川島　いや、政財界。それに文壇が加わった感じ。小林秀雄なんかもよく来てたし、それから今日出海も来てたし、鎌倉文壇の連中。それから政界は、首相あたりまで来て飲んでましたよ。

松本　林房雄なんかと、早くから会ってましたね、三島は。

川島　ええ。

松本　川島さんも勿論……。

川島　ええ、会ってます。

井上　林房雄のね、鎌倉のお宅で、原節子に……。

川島　え。誰が書いたの。

松本　川島さんご自身が書いておられますよ。

川島　ああそうか。いや僕は忘れてた（笑）。いや、あの林房雄がね、山の中腹に書斎を作ったんですよ。その書斎びらきをするっていうんでね。三島さんと呼ばれたの。そしたらね、その頃ちょっと忙しかったのかな、途中で帰ってしまった。そしたらね、三島が帰ったら、花がなくなったよってね、林房雄は酔っぱらって言い出したんだ。じゃああれ呼ぼう、熊谷久虎という映画監督がいるが、その義理の妹のあれを呼ぼうって。あれは誰だろう思ってたら、原節子なの（笑）。君ィ迎えにいってこいよっていうからね、地図書いてもらって、山を下って、行ってねえ。幾ら呼んでもね、出てこないの。明かりはついてるの。風呂入ってたんだ、お風呂に入ってる。そいでその窓を叩いたんだ。痴漢だと思われるよね（笑）。それでね、湯上がりの彼女を待って、湯上がりの彼女連れて僕は林房雄の家へ行った。

松本　じゃあ三島は会ってないわけですね、原節子と。

川島　会ってたら、いやあ、どうだったか。

山中　何年頃のことでしたかご記憶ありますか？

川島　何年頃だろうねえ。

松本　『仮面の告白』は出版されていました？

川島　もう出ていた。林房雄は三島をかわいがってますよ。

井上　人柄とか、酒の飲みぶりとかは、三島と対照的……。

川島　全く対照的。林房雄はね、銀座の焼け跡のビルの上から立ち小便をしたって三島さんいってた。

井上　三島由紀夫も書いてますね。

■高見順に怒る

佐藤　ところで、「群像」では創作合評ってやってますでしょ。その中で三島の「夜の仕度」について、豊島与志雄と高見順と中島健三が悪口を言ってる。これに三島由紀夫が凄く腹を立てたみたい。編集長の高橋清次さんに手紙で、高見なにするものぞみたいなことを言っているんです。林房雄にも、こんな悪口いわれて腹が立ってしょうがないって言っているんです。この「夜の仕度」についての高見順の批評で、三島から直接聞いたことはございますか。

川島　なんかそういうことあったかもしれないけど。松本道子っていう、同じ講談社の編集者がいますが、彼女はね、その辺の機微をよく知ってる。さっきも電話してたんだけど、彼女ならよく覚えている筈です。

佐藤　昭和二十二年の十一月号の「群像」です。

川島　じゃあ彼女まだ入社してないな。

佐藤　高見順に、三島君の小説は自分が生きていることとは別だ、と、言われたんです。三島は凄くムッときたらしく、あちこちに手紙を書いてる。このことが『仮面の告白』を書く動機になって来るんじゃないかと、僕は前から思ってるんですが、高橋清次さんにも腹立たしいって、二度も手紙を書いている。

川島　その手紙、出てきた？

井上隆史氏

佐藤　出てきました。今度の全集に掲載されています。

川島　そうですか。ああ、そういうことがあったのか。三島は高見さん嫌いでね。三島は高見っていう文字まで、想像するのもいやだっていってたよ（笑）。

佐藤　だけど、創作合評では、中島健三も豊島与志雄も同じこと言ってるんですよ。しかし、標的は高見順ひとり。

川島　豊島さんはあんな人でしょ、中島さんもねえ。だから一番応えたんじゃない。

井上　それがさっき、お話しようと思った模索の時期、『仮面の告白』以前の一断面になりますね。

川島　そうですね、そりゃ面白いね。

佐藤　とにかく自分のことを書かなくちゃだめなんだろうっていう気にさせたような合評会だったね。

川島　ああ。僕も出ていた筈なんだけどねえ。

井上　その「群像」掲載作の「岬にて――」とか「軽王子――」、それから「夜の仕度」……、そういった流れの後に『仮面の告白』を書き下ろして、さらに『禁色』で大きく変わって行くわけですね。その辺りの感触のようなものが何かありましたら。

川島　「岬にて――」とか「軽王子――」は以前に書いたものっていう印象。幾編も持っていたな。彼はああいう具合の人だから、いろいろ書いていて、時々ちらつかせてね。

松本　『仮面の告白』は坂本一亀さんが執筆依頼したのですけど、そのあたりのこと、坂本さんから何か聞くとか、三島さんから、なにか大きな仕事をしているとか、そんなことを感じたことはなかったですか。

川島　いや、覚えていないなあ。あれは一亀が持ちかけたのか、持ち込まれたのか。

松本　大蔵省をやめようと考え始めていて……。

川島　一亀がこれはと思って依頼したんじゃないかな。一亀の手柄だな。

松本　坂本さんがあの時期、長篇執筆を依頼したのは、編集者としての大きな業績でしたね。

山中　当時、三島が『仮面の告白』の原稿で苦しんでいるとか、ここまで書いたぞとかっていうそういう話をお聞きになったことは。

川島　ないですねえ。

松本　その前に『盗賊』を書いてますが、それはお聞きですか。『仮面の告白』を書く前に書いていて、随分苦労してますねえ。その『肉筆版創作ノオト』（昭30・7）を、川島さんは三島からプレゼントされていますね。

井上　馬込への引っ越し手伝いの御礼として貰った箱の中に、その限定一番本が入ってた。

川島　あ、いま思い出した。

松本　僕なんか昨日か一昨日読み返したばかりだから（笑）。

川島　そんなことすっかり忘れてた（笑）。

松本　『盗賊』はね、『仮面の告白』の先行作だと思うんですよ。『盗賊』を仕上げたから、『仮面の告白』が書けた。だから、ノートそのままを復刻したし、それを引っ越しの手伝いをしてくれた御礼にね、川島さんに渡した。やっぱり何か意味があるんだろうなあと思うんですけどね。

川島　いやあれねえ、引っ越しは、僕の甥ふたりがね、静岡の方なんだけど、早稲田と慶応に来ていて、学校休ませて手伝わせたの。そしたら、三島はね、トラックの上でね、シャツひとつなの。

山中　街のアンちゃんみたいですね（笑）。

川島　そう（笑）。僕はねぇあの時、どうして写真撮っておかなかったか（笑）。

井上　その時はたまたま写真機を持っていなかった。

川島　持ってないんだよなあ（笑）。まさか引っ越しの時、あんな格好をして（笑）。

井上　川島さんはいつもね、カメラ持ってらっしゃる……

川島　僕はいつもインスタントカメラ。前はねニコン持ってたりしたけど。文学賞パーティー行く時でも必ずね。だけど、最近はね。三島の若い頃の写真あるでしょ、書棚を後にして、こう黒いシャツを着て書いてるの。あの机もね、僕の甥たちが運んだんですよ。僕は、このくらいの桐の棚、その時貰って持ってるけど。

■『禁色』と『鏡子の家』

井上　初期の「群像」から『仮面の告白』を経て、『禁色』となって来ると、三島由紀夫は変わったようにも見えるんですが、当時もそういうことを意識されましたか。

川島　それはねえ、どうでしたか。

松本　『仮面の告白』によって、三島でなければ書けないものを、正面切って書いて……。

川島　ええそう思いましたよ。

井上　それが『禁色』につながっていく切っ掛けというか。『禁色』第一部の連載が「群像」で始まりますね。そのきっかけのようなものは。

川島　それは……何だろ。

山中　ご担当されたのは松本道子さんでしたか。

川島　松本君じゃなかったかな。僕は最初の方は担当したんだけどね。

山中　確か川島さんは昭和三十一年に「群像」編集部から出版部に移られ、それまでは「群像」の方でしたね。出版部になってからは、こういった本をつくられた（単行本『永すぎた春』『美徳のよろめき』『旅の絵本』を見せる）。

山中剛史氏

川島　うんそう。ああ、懐かしいねえ。これね、『旅の絵本』、喜んでねこれ。彼喜んだんだよ。

山中　『旅の絵本』（昭33・5）は、米国旅行に出発する時からの企画でしょうか。

川島　いや、帰国した時ですねえ。

山中　確か羽田に川島さん迎えにいってらっしゃいますね。

川島　そう、行ってるんですよ。どうせ書くに決まってるから、その時はね、うちの社でしょうって言ったら、しょうがないだろうねえなんていってた（笑）。

山中　写真がいっぱい入っていて面白い本になっていますね。

川島　こういうカタログ全部持って来てね。パンフレットもみんな持って来て。

佐藤　そうすると、これは川島さんの企画ではなくて、三島自身が帰国したらこういうものをつくりたいという希望を持ったということで。

川島　持ってましたね。ともかくアメリカでミュージカルとかを見て、彼は非常に啓発された筈だよ。あの当時だから。

佐藤　また熱心に見てるんですね。

井上　アメリカに行ってる間、手紙のやり取りなんていうのは。

川島　ありましたよ。まあ一方的に近況の知らせ。

山中　絵葉書ですか。

川島　ええ。絵葉書寄越した。

井上　それはどうなさいました。三島からのお手紙。

川島　いや、それがねえ、どこへやったのかな。あるんだけどねえ。いろんな作家から貰った手紙、すごい量ですからね。

馬込の三島宅にて（昭和37年頃）

井上　その中に紛れちゃってる。

川島　紛れてると思います。

井上　講談社の榎本昌治さんは――。

川島　榎本なんてのは、葉書なんて絶対もらわないよ。

井上　そりゃまたどうして。

川島　しょっちゅう会っていてねえ（笑）

井上　榎本さんと三島由紀夫ってのはいつ頃から知り合うようになったんですかね。

松本　川島さんの後ですか。

川島　ええ、僕の後です。彼は編集じゃなかったんです。宣伝部にいた。だから編集者じゃなかった。彼はね、俺を編集へ引っ張ってくれよなんて僕にしょっちゅう言ってたんだけどね、引っ張ると面倒くさくてねえ（笑）。

山中　結構豪快な方だったようですね。

川島　豪快だった。面白い男ですよ。僕はまあ、合うんだけれども。

井上　顔の輪郭がちょっと似てるといえば似てますよね、三島由紀夫に。

川島　似せたんだよ、髪型とかなんかね（笑）。

佐藤　ああそうですか。

山中　この写真の、この方ですよね（写真を見せる）。

川島　ええそう。これ僕が撮った写真。

山中　珍しいですよね家族で。

佐藤　三島は家族の写真撮るの嫌がりましたよね。
川島　ええ嫌がりました。ええ。これ紀ちゃんでしょう。紀子はどうしているんだろう。ああ、威一郎か、威一郎とは時々会いますよ渋谷で。この前ね、松川っててんぷら屋で鰻を食ったら、奥に誰かに似てるのがいると思ってふっと見たら威一郎なんだ。川島さんじゃないですかっていって。時々来るんですよって、それも一人でね。
佐藤　紀子さん今、ソウルにいらっしゃる。
川島　まだいるの。随分長いね。
佐藤　去年ぐらいからじゃないかと思うんですけれど。
川島　会いたいねえ。

■その背景は

松本　話戻りますが、『禁色』のことをもう少しお聞きしたい。
井上　ゲイ・バア巡りをだいぶなさったとか。
山中　ブランスウィックっていう東銀座の店に連れて行かれたという話を書いていらっしゃいますね。
川島　そうそう。
山中　このご本を見ますと、三島とは別に、森田たまだとか、そういった方々とお知り合いになっていた。三輪田高女ですか、その仲間で、湯浅あつ子もいた。当時はアッチャマとか呼ばれていたとか。
川島　湯浅あつ子と三島なんかは非常に親しく、兄姉みたいにしてた。
山中　あの当時、例えば、ブランスウィックの他にも、「やなぎ」とか、そういった名前のゲイ・バアなんかへ、みんなで行くということは……。
川島　ブランスウィックの方が多かったね。「やなぎ」ってのは、どうだったかねえ。
山中　当時のゴシップ週刊誌の記事なんですけどね（「週刊実話特報」1959・11・6記事「実践された不道徳教育」を見せる）。
井上　青江のママがいたとこでしょ。
川島　そうそう。
井上　だいぶ行きましたですか。
川島　そりゃ行きましたよ。白洲正子とも随分行ったし。
井上　青山二郎宅の近くなんですね。
川島　そうそう。だから青山のじいちゃんはしょっちゅう行ってた。
井上　その頃、高見順もそっちへ行ってたって。
川島　うん、高見さんも来てた。
山中　当時の流行というかそういうものだったんですね。
川島　うん。この記事、僕欲しいな。コピー取れる。
山中　はい。あとでお送りします。
井上　山中さんはこういうの見つけてくる、才能がありましてね。

山中　いやいや。で、『鏡子の家』（昭34・9）についての記事なんですが。湯浅あつ子の紹介でいろいろと、遊び仲間というか、いろんな人とのつき合いがあったらしいんですが、そこら辺のことで、ちょっとまあプライベートな話になってしまうかもしれませんが、何かご存知のことはございませんか。

川島　アッチャマとはね……まあ、僕も非常によく知ってるし、相方なんかとも関係があるし。やっぱり三輪田閥ってのがあるんだ。三輪田高女閥。倭文重さんがそうで、アッチャマ、湯浅あつ子もそう。うちの家内もそうだし。その友達のね、なんとか諒子……。

佐藤　板谷諒子。

川島　板谷諒子。妹だ。そのほかいろいろね、西村ってスキー場のオーナーとか、そういう連中が森田たまの家に集まって、いつもオダあげていた。藤原歌劇団の歌手に、会半ばで歌ってもらったりした。しびれるばかりの歌声でね。パトロン・パーティーだよ。その常連が今いった三輪田閥。

井上　三島自身もそういうところに？。

川島　三島は一回呼ばれているかもしれない。僕はその時いなかった。

佐藤　『鏡子の家』の、あの作品の雰囲気と、川島さんが実際にご覧になった湯浅あつ子の自宅の雰囲気と、よく似てるんですか。

川島　やっぱり森田家のパーティーだね、あれは。三島的にアレンジしてる。

佐藤　森田家のパーティーを連想させる？

川島　そうそうそう。アッチャマはね、ロイ・ジェームスと一緒に暮らしていたでしょ。ロイと、太った女の子が一人。そうだから、全部舞台は、森田家のホームパーティーによっていると思いますよ。その他三島家でも、パーティーがねえ。ひと頃よくクリスマスパーティーやったけど、もうちょっとワサワサしてた。

山中　例えば、『仮面の告白』に出てくる園子のモデルになった……。

井上　邦子さん。

川島　ああ邦子さんね。

山中　お会いになったことありますか。

川島　僕はね……。

松本　湯浅のパーティーと、関係は無かったんですか。邦子さんは。

川島　あるかもしれないけれど、ちょっと僕は……。

松本　じゃ邦子さんのお兄さんとお会いになったことはありますか。

佐藤　学習院で三島と同級生だった。

川島　ああ、僕はないねえ。

井上　三島はそういう話を自分から話すということはありま

せんでしたか。三島自身、『仮面の告白』の元になった経験のようなことを。
川島 あんまりね……。
山中 例えば、ブランスウィックなんか、野坂昭如が一時期働いていたという話ですけども。
川島 そうそうそう。僕も何回か一緒に行ったことありますよ。野坂が皿洗いだっていうけれども、僕は覚えていないいんだなあ。
山中 二階へ上がったりしていらした？
川島 ええ。
井上 二階に三島由紀夫がいたっていいますね。
松本 丸山（美輪）明宏なんかもいた。
川島 ええ、いましたよ。
松本 あの頃の彼は綺麗だったでしょうねえ。
川島 そうねえ。僕はね、あんまり美少年ってのは興味ないんだよね。美少年だったのかなあ、うん。
松本 この間、映画「永すぎた春」を見たけれど、歌手として出てくる。
山中 若尾文子が主演した映画ですね。
川島 ああ。『永すぎた春』（昭31・12）は僕がつくった本だ。売れたんだよ、三十四万部くらい売れたんじゃない。
佐藤 凄いなそれは、三十四万部。
川島 それで題名が流行語になった。（初版本『永すぎた春』を手渡され）これね、凄くねえ、三島のおっかさんが喜んでくれてねえ。川島さん本当にありがとう、これフランス装じゃないですかって。
井上 装幀もオシャレだし、この絵も……。
川島 初山滋です。
松本 映画もこのフランス風ってのを意識してやったみたいですね。だから、丸山明宏が出てきてシャンソンを、フランス語で歌う。
山中 このご本を読みますと、豪華本の方の『美徳のよろめき』（昭32・9）なんですが（と、実物を差し出す）……。
川島 懐かしいねえ。あなたはいろいろ持ってるねえ（笑）。
山中 この出版パーティーを、挿絵を描いた生沢朗と、川島さんと三島の三人、ブランスウィックでやったとご本に書かれているんですが。
川島 ああ、そうかもしんない。
山中 じゃあその頃まで行ってらしたんですね。
川島 ええ。
井上 ブランスウィックの主人ケリーにお会いになったって書いてますよね。
川島 ケリーに会ったよ。いやあ全く。おかしなって言うよりはね、なんか日本人じゃないからね、体格いいんだよね。
井上 『禁色』を読んでケリーが随分怒ったたって、伝えられてますけど。そうですか。

川島 いやあ、どうなんだろうね。

山中 三島以外にも、例えば歌右衛門だとか、いろんな芸能人や有名人が行ってましたか。

川島 ええと、歌右衛門は、来ていたな。

井上 歌右衛門といえばね、今日は『写真集六世中村歌右衛門』(昭34・9)を持ってこようと思ったんですけど、大きくてね、雨で汚れちゃうといけないだろうと思って持ってこなかった。

川島 あれは、貴重本ですよ。

井上 それに重いです。

川島 重いよねえ。

山中 あの本の最初のプランを川島さんと三島で歌右衛門のところへ持っていったら、もっともっと写真をということになって、大変だったとか。

川島 大変だったよ、あんたねえ、殺されそうになった(笑)。

井上 どんな感じでした、写真を撮る時とか選ぶ時は。

川島 足悪いのよね歌右衛門は。こんな具合で、座るのがちょっと不自由で。そいでお付きがこう腰を持って。十畳ほどの部屋一杯にね、カルタを並べるみたいに写真並べさせてね、そいで気に入った写真をこうやって見て、長い柄杓みたいなのを持っていて、これいいわねえーって、トントンと叩く。みんなは丸く座ってる。まあこんなことばかりやらされてね。三島は完全に押し切られたね。「とってもかなわない」って。帰りに「川島さん、僕これでは仕事出来ないよ」って。

佐藤 『鏡子の家』を書いていて忙しい時だった。

川島 そうそう。忙しい。しかし、そんなことおかまいなし。

山中 芝居がはねた後に、呼ばれて行かれるわけですね。夜中まで?

川島 夜中まで。いやあ随分やりましたね、休みの時もやりましたから。休みっていっても出ないといけない。

山中 歌右衛門によって没にされた三島の編集プランとか覚えてらっしゃいませんか。

川島 僕は三島氏とね、協定を結んだよ。これでは本にならないって。あれもこれもって言うから、こんな厚い本になっちゃう。だから三分の一にしないと、どうしようもないってね、因果含めたの。そしたら「うん、そうしよう」って(笑)同意してくれた。そこで、越権だったけど、これ外していいんですか、なんて僕がやった。三島は後の方にいて(笑)、怖いんだね歌右衛門が(笑)。でも僕は強引にね三分の一にしちゃったの。

井上 あれで三分の一ですか。

川島 あれで三分の一。もうこればっかりはね、何万円の本になるかわからないでは困る。定価一万五千円でしょ。あの通りにやってたらね、四、五万円になっちゃったよ。商売ってのは、買う人がいてのことだからね。

■三島をめぐる編集者

松本　三島由紀夫を取り巻く多くの編集者をご覧になって来ていると思うんですけど、その中で、忘れられない編集者を幾人か挙げて、こういう人だったといったようなことをお話いただけませんか。三島と一緒に仕事するのは、尋常なことでなかったのではないですか。

川島　ええ、挙げるとすれば、やはり新潮社の菅原国隆君ですね。菅原君はね、非常に印象に残る。三島担当の編集者で、僕なんかのライバルだったけどね。僕とも仲がよくて、三島も菅原君のことは信頼していたしね。三島と新潮社の繋がりは、彼がしっかり作り上げたんだな。

山中　お人柄ですか。

川島　人柄だなやっぱり。

松本　最初の仕事が『青の時代』でしたか。

川島　もう少し前から。

松本　非常に早い段階で作品集全六巻を出しましたしね。

川島　それは新田君ね。菅原君は、「三島さんそりゃダメですよ」なんてね、直言したりね。菅原が言うと、一応聞いてましたからね。出版部長やったのは新田君で、全集とか何とかで、新潮社ってのはホントにガードを固くして、三島を囲い込みましたね。

佐藤　その間にあって「群像」は幾つかの重要な作品を載せていますね。評論については、講談社は好意的で、三島の評論を本にしてますでしょ。

川島　そうそう。

佐藤　『美の襲撃』（昭36・11）からはじまりましたね。

川島　それ僕がつくったの。

佐藤　これは他の社ではなかなか作ってもらえない本だったんじゃないですか。

川島　作れないですよ。すごく喜んだもの。この中扉の写真だって特写ですよ。細江英公の。

山中　これがきっかけになって、写真は、以後細江英公で行こうということになった。そして、『薔薇刑』（昭38・3）が撮られることになった。

川島　そう。それで細江とは、今でも僕は親しいんですよ。あの頃はよかったですねえなんていって（笑）。

井上　『美の襲撃』については、三島由紀夫自身いろんなプランを立てていて、かなりこだわりがあったようですね。

川島　ありましたよ。ええ。

山中　三島としては、出版してもらいたくてしょうがないんだけど、なかなか出してくれない……。

川島　いや、評論はね、どこも出さないですよ。

佐藤　よくお引き受けになりましたね。

川島　いやあれはね、『永すぎた春』と『美徳のよろめき』を出して、ベストセラーになったたから。

佐藤　『美徳のよろめき』はどのくらい出ました、部数は。
川島　五十何万いったんじゃなかったかな。
佐藤　二つともビッグヒットですね。こちらも流行語になった。
川島　そういう作家の大事な評論だと言えば、会社も納得させることができた。
佐藤　それから後、『太陽と鉄』（昭43・10）が出ます。そして最後に、虫明亜呂無編『三島由紀夫文学論集』（昭45・3）という形でまとめますね。あの本は川島さんのアイデアなんですか。それとも、三島からなんですか。
川島　僕じゃないですね。
山中　川島さんのお仕事では講談社インターナショナルでのものがありますね（英訳版『太陽と鉄』を見せる）。
佐藤　ああ、インターナショナルに移られたんですね。
川島　これはねえ、反対が多くてね。カバーの裸の写真やめてくれっていうんだ。
松本　三島さんは是非ともこれでって……。
川島　ええ。アメリカじゃね、裸の写真こういうふうにするとね、ゲイのね一つのシンボルになるから、それだけはやめてくれって言われたんだけどねえ、「いや、是非ここにこれやってくれ」って（笑）。
松本　いい本ですよ。
佐藤　いい本だ。
山中　中は二色刷りで、お金かかってますよね。
川島　かかってんだよこれ。そいで、裏に署名。それが効いてるんだ。
山中　これはもしかして、川島さんのご本の題字に使ったものでは。
川島　でしょうねえ（笑）。この字はなかなかいい字なんで。今も家の中に残っているんじゃないかな、どっかに。
山中　帯をするとちょうど褌が隠れるようになってるんですね。
川島　そうそう。隠したんだよ（笑）。
山中　英語の題字も三島の筆ですか。
川島　そうですよ。そちらもどっかにあるんだけど。
松本　こういう本をよく出されましたね。本作りがお好きだから。
川島　いやあ、なかなかね。
山中　これは当時国内でも普通に販売したんですか。
川島　ええ、売ってましたね。
山中　でも、主に海外向けに。
川島　そう。インターナショナルにいた頃だから。

■『午後の曳航』をめぐって

松本　編集上のお仕事で最も大きかったのは、やはり『午後の曳航』（昭38・9）ですか。単行本としては『永すぎた春』

『美徳のよろめき』が売れ、そのお礼として評論類をつくり、それから書き下ろしの『午後の曳航』になる。
山中 『絹と明察』もご担当でしたか。
川島 あれは松本道子さん。
松本 後半生の作品では、『午後の曳航』は完成度が高くて、いい作品ですね。
川島 そうですね。外国で映画になるし、喜んでましたよ。
山中 『午後の曳航』はNOVELS OF TODAYっていう書き下ろし叢書の一冊ですが、この企画は?
川島 あれは僕がやったんです。
山中 わざわざ歴史仮名遣いではなくて新かなで書いたんですね。
川島 ええ、そうなんです。
山中 川島さんの方からお頼みになった。
川島 歴史仮名遣いにすべきだけれども、売りたい本だから、考えてくれないかって言ったら、随分考えてね、「そうしましょう」って。
佐藤 表紙のデザインがアメリカ的で、歴史仮名遣いだとちょっとあわない感じもしますね。
川島 そうなんですよ。
松本 だけど三島さん、新かなを使うと間違える。映画「憂国」の間々に挟まる梗概がね、間違いだらけなんですよ。ちょっとビックリしました。川島さん大分なおしたんじゃないですか。
川島 それはあんまりしてない。校正担当がしっかりしていましたから。
佐藤 歴史仮名遣いの原稿をもらって新かなに直したんじゃないんですか。
川島 そうじゃないですね。
山中 最初から新かなだった。
川島 ええ。
佐藤 その辺はかなり拘るっていうことはなかったんですか。
川島 いや、決心してくれたんだな。
山中 それから、最初タイトルが確か「海の英雄」でしたね。それが『午後の曳航』と変わったわけですが、変更は川島さんのサイドから何か。
川島 「海の英雄」ってのはね、ちょっと大衆小説みたいでね。大衆小説みたいとはいわなかったかな。もうちょっといい題名ないのっていったんだ。そしたら「まあ、そうだなあ」なんていって(笑)。自分でもそう思ってたんだ(笑)。
井上 講談社から『午後の曳航』を書き下ろしで出す経緯を、もうちょっとお聞きしたいんですけれども。どういうプロセスで、ああいう分量の、ああいうスタイルの作品が出ることになったのか。
川島 僕はね、出版部長になって、新しく、ホントに実力のある作家の書き下ろしシリーズのプランを立てた。その第一号です。

井上　そうでしたか。

川島　はい。それと一緒に小田実にも依頼したな。

井上　分量は、長編というよりは……。

川島　二百五十枚。

井上　その依頼に対してどんなふうに答えましたか。

川島　やる気になってくれましたよ。書き下ろしだから、スケジュールを立てないといけないって、言って。

山中　刊行のどのくらい前に依頼をされたのですか。

川島　出来上がるのは、割合早かったですよ。

井上　昭和三十年代の後半ってのは、文学座分裂のこととか、『宴のあと』の裁判とか、ちょっといろいろうまくいかない時期で、その中で、こういう分量で書き下ろしでやるってことが、三島にとっては非常にいい形に作用したように思いますね。

川島　そうかもね。

井上　『午後の曳航』がなければ、三十年代の後半の印象は……。

川島　暗いでしょう。

井上　ちょっと低調っていうか、『午後の曳航』があったお陰で助かった、というように感じるんです。

川島　いやまあ、そうかもしれません。

松本　三島さんは非常に楽しんでこの作品を書いたような感じが強くしますね。取材に同行されて、そういう感じがありましたか。

川島　冗談いいながらね、まともな文学論なんかしません。カラカラ大笑いして、へらず口ばかり叩いてですよ。

山中　取材は松本道子さんと、松本道子さんの弟さんの秀さん、その方が船会社に……。

川島　船会社にいた。

山中　日光山丸ですね。

川島　日光山丸。三島家で待ち合わせをして、松本道子さんも一緒に、三人車で。

井上　川島さんがお撮りになった写真がございますね。黒のシャツ着て白のパンツ。

川島　これとこれ覚えてるわ。そう、これに腰掛けて。

井上　三島家を出たときにも、ああいう出で立ちで。

川島　そう。

佐藤　あの女主人公のお店のモデルは、元町のポピーと、最初からあたりをつけていたんですか。

川島　そう、親しいんだって。横浜来たら必ず寄ってたって。で、同行の僕に、ご来店記念に靴下プレゼントするよって（笑）、買ってくれたよ。高いんだよなあ、あそこの靴下。俺はこんな高い靴下履く時ないからいいよってったら、「これは履くとね編集が締まる」って（笑）。

井上　何回くらい一緒に横浜にいらっしゃいましたか。

川島　三、四回行ったね。初めは遊びに行って「中華街でメシ食おうや」っていって、それ入れて四回くらいかな。

井上　実際に執筆が始まった後も、日の出を見ながら竜二が結婚申し込む場面を書くのに、日の出の取材に行ったとのことですけれど、随分朝早く行ったんですね。

川島　日の出の時は僕じゃない。川崎の辺りで溶鉱炉がね、燃えていた。三島は馬鹿に感激してね。しばらく車止めてずうっと見てたよ。取材帰りの時。「何だろう、ああいうことありうるのかな、僕いま夢見てるみたいになってきた」ってね。ドラム缶をでかくしたようなもののなかでね、バーッと火がこう燃えてるの。溶鉱炉だね。

井上　京浜工業地帯。

川島　そう、京浜工業地帯。そこを通った時にね。「川島さんちょっとちょっと」っていってね、それ見たいっていうんで、しばらく車止めて見てた。

井上　そういうのが好きなんですかね、イメージとして。

川島　うんイメージとして何か考えてたのかね。

井上　『午後の曳航』の草稿で、最後に少年たちが竜二を解剖するシーンを三島由紀夫は書いたようですが、その草稿はご覧になりましたか。

川島　いやあ、僕ねあれ気持ち悪いんだ。

井上　『午後の曳航』は、そういう部分も含めて、ちょっと不吉なものを感じるというか、単に傑作とかよく出来たとかいって済ませられる作品じゃないっていうお気持ちは。

川島　それはないですよ僕は。

井上　猫を解剖するとか、人間に対して麻酔を打った時にどうなるかっていうことが、かなり詳しく創作ノートに……。

川島　随分ね、勉強したっていうことは言ってた。だから、実際にやったのかって聞いたらね、「実際にやった」っていってたよ。僕はそういうの弱いからね。

井上　麻酔なんていうのはどうしたんですかね。脈拍がどうこうとか瞳孔収縮とか書いてあるんですけどね。

川島　実際やったんじゃないかな、彼のことだから。

井上　誰にやったんですか。

川島　猫にね。

井上　猫ですかね、人間には——。

川島　ああ人間か。そんなことやられたことないから（笑）。

佐藤　猫の解剖は、川島さんはおつき合いしなかった？

川島　やったって言うのを聞いただけ。

井上　これ、どうですか、凄いですよ（創作ノート示す）。

佐藤　いびき、寒さ、震え、鳥肌。

井上　人間じゃないですか、これ。痙攣とか書いてある。こういうのはどうやって取材したのかしらと思って。

川島　実際に取材したと思うけど。

松本　発熱、吐気、吐血。

井上　失禁。

佐藤　まあこんなこと随分書いてますね。
井上　ただ書き写したというのとは違う……。
川島　違うね。肉感がこもってる。
佐藤　神戸の少年の事件があの後出ますよね。酒鬼薔薇聖斗という神戸の少年の事件。よく似たシチュエーションですよね。ああいうの見て、テレビのニュースか何かでご覧になって、ビックリなさいませんでした。
川島　いや、僕はよくわからんかった。
井上　しかし、『午後の曳航』は、はじめは竜二を解剖するシーンまで書いたようですけれど、そこをカットして、今の形で原稿として川島さんの手許に渡された。
川島　そうですね。あんまり定かでないけど。
井上　カットして、シンボリックな良い終わり方になりましたね。
佐藤　女主人公の黒田房子っていう輸入物の洋品店をやっている、あの住まいはモデルがあるんですか。
川島　三島は親しくしてたから、店以外に自宅にも呼ばれたようなことがあったのかもしれない。
佐藤　港の見える丘公園に家があることになってますね。いまの大佛次郎記念館のあるあたりに大きな家が昔あったらしい。その家じゃないかって、僕らは推測してるんですけど。
川島　あの一角は、なかなかいいところだね、高台で。
佐藤　随分歩かれたようですよね。あのプールなんかまだ残ってます。少年達が相談するプールです。外人墓地の後の所にあったりしますけども。
川島　僕が行ったときもあったな、プールが。水が引いて、干上がるの待ってたね。だから印象的。
山中　ご本によれば確か春頃でしたね、取材に行ったのは。
川島　ああ、春でしたか。
山中　三島も楽しかったようで、終わった後に飲み屋に繰り出して、ゴーゴーを踊ったりとか。
川島　女の子のパンティにサインした。
井上　それ残ってたら面白いよね。珍しく三島由紀夫が酔ったっていう証拠——。
川島　酔ってベロベロだったもの。松本道子さんてのはね、控えめな日本女性でね、そんなとこ行ってねえ、チャラチャラするなんて全くない人なんだ。そういう世界とは全く別の世界、日本画家の娘でね。それがねえ、ダンスを踊ろうっていわれたのね。そんな具合に三島は調子を上げてね、すると女の子がサインしてくれっていって、それが、パンティなの。
山中　脱いで？　「三島由紀夫」と？
松本　まさか。
山中　穿いているのに直接書くんですか、スカートを捲り上げて（笑）。
川島　そう、そうよ。相当いかれてた（笑）。
佐藤　構想が頭に出来て、取材も出来たから、書けるっていう、なんか確信ができたんでしょうね。
川島　非常にリラックスしてたね、しめたもんだと思ったんだね。
松本　最後のシーンまで浮かんだんだろね。
井上　さっき言ったみたいに、当時の三島はある種の停滞期だと思うんです。しかし今回はいい作品が出来そうだということで気持ちが高揚したんじゃないですか。
松本　若いときの『愛の渇き』と枚数が同じくらいでしょうね。
佐藤　そうでしょうね。
井上　『午後の曳航』は枚数がとってもよかったんだと思います。もう少し長かったりすると具合悪いことになったかもしれない。
松本　いや、ホントあの枚数がよかった。
佐藤　少年達が注目されますけども、竜二と房子、あの大人の恋愛がちゃんと書けてますね。あれがちゃんとしてるから、子供達が生きてくるんでしょうね。
川島　そうそう。確かにそうです。
佐藤　三橋美智也のマドロス演歌のテープ手に入れましたよ。作詞の矢野亮さんの息子さんから貰いました。ホントにあったんですね。マドロス稼業、聞きましたよ。でも、キーが高くて僕は歌えない。テープに録音したんだけどね、歌えない（笑）。
川島　今度録音入れといてよ、コピーして。
井上　付録で出したらいいんじゃないの（笑）。
佐藤　今ね、CDでは手に入らないんだけど、「三橋美智也全集」みたいな何枚か組の中に入っているんですよ。当時、どなたが探してきたんですか、あの「マドロス稼業はやめられぬ」っていうのを。
川島　ううん。
佐藤　三島が好きだったんですね。
松本　前々から三島が持ってたんだよ。川島さんが探してきたんじゃない。
川島　うん。だけど僕は今、三橋美智也のカセット持ってるよ（笑）。仕事場においてあるの（笑）。

■ノーベル賞あれこれ

井上　『午後の曳航』が成功したとしても、その後、またちょっと低迷するっていうか、それが四十年代以降の楯の会とかそういうことへつながっていくところがあると思うんですけれど、そのところは如何でしょうか。
松本　三島の晩年をご覧になっていて、なにか思われることが――。
川島　『午後の曳航』自体がね、ホントの午後の栄光だからねえ。なんか、基本的に冴えない気持ちがあったんじゃないかなあ。例えばね、三島がもしノーベル賞を取っていたら、ああいう死に方しなかったろうかっていうことを聞かれたことがある。松本道子とも話したんだけどね、取っていたら、その後の様子は変わったんじゃないかっていう感じはあるけれど。

井上　私もそういうことかなって思ったりするんですけど。

川島　取れかかったんだよね。取るためには、事前にね、朝吹登水子もよくいってたけど、スウェーデン行ったりなんかして、いわゆる社交界に顔出さないとね、ダメだと。三島自身行ってるよね、スウェーデンに。アメリカにも行ってるし。そういう努力をしても結局、川端康成さんへ行ったでしょ。そうして、あと四年取れないってことになった。そういう気持ちは無意味でないっていう話をしたことあったんですけどねえ。人間だからねえ。

松本　その前にも受賞直前まで行ってもらえなかった賞があったでしょ。

山中　フォルメントール賞ですね。

井上　川端と三島由紀夫の関係では何かお感じになったことはございますか。

川島　まあ、いい関係ってのかなあ。悪感情を抱いていたとは思えないけどね。そうでもないですか。

井上　川端が受賞した時に、三島由紀夫は毎日新聞に詰めてましたね、新田敞さんなんかと。そして、お祝いの電話をかけています。でも、本当だったら俺が受賞するはずだという気持ちも……。わからないですけどね。

川島　そうなのかもよ。

井上　そうだとすると、やっぱり、心理としてしんどい状況ですね。

川島　そんな風に考えると、ほかのことも分かりやすくはなるんだよな（笑）。

井上　ただの欲とかそういうことだけじゃなくって、自分の作品がどう評価され、意味づけられるかっていう点で――。

川島　川端さんはね、一種の功労賞でね。作家のホントの実力としては彼は自負していたしね。

井上　そういうことが一つのきっかけになって、例えば自衛隊に入隊し、楯の会にエネルギーを注ぐことに対しては、菅原さんなんかが随分批判的だったようですけれども、川島さんはその辺はどんな風にご覧になっていましたか。

川島　僕はあんまりねえ、やってるなあとは思ったけど、あんまりねえ、あんまり関心無かったねえ（笑）。

松本　菅原さんがきつく戒めたんで、担当から外されちゃったんですね。長い間二人でやってきたのに、最後のところで決裂する形になっちゃった。菅原さんがそばにきちんといたらね、状況は変わったんだろうとは思いますけどね。

川島　菅原のことは信頼してたからね、彼は。

松本　だから、いろいろ手を尽くして引き留めようとしたでしょ。

井上　担当が小島喜久江さんに変わった。

松本　菅原さんにその辺りのことお聞きじゃないですか。

川島　聞いてない。菅原も割合早く亡くなったからねえ。小島君ってのは僕よく知ってます。今度聞いてみますよ。取材してみます（笑）。

佐藤　それは楽しみです。

山中　先ほどの英文『太陽と鉄』を出された頃、最晩年ですが、三島に連絡取っても、例えば楯の会だとかいろいろあって、『午後の曳航』の頃とは変わったなと感じた、そういうエピソードがございませんか。

川島　やっぱり変わってきていたね。

山中　外見から何から？

川島　うん。外見が変わったというのか、非常にね、パッパッと何か、ゆっくり話をしようっていう気分じゃなくて、今からどっかに出なくちゃいけないって、そういうことが先行してたね。スケジュールがあって。ある時ね、三島家を訪ねて、一緒に出たら、「川島さん今日はあいてる」っていわれてね、僕は会議があるので社に帰らなくちゃといったら、「それじゃいいや、この次にしよう」って。パレスホテルへ送って行くと、「出来たらあなたと一緒に行きたいんだ」って、楯の会だね。

佐藤　決起の予行演習とか。

川島　いや、一杯飲むんだって。「川島さんがいると会が盛り上がるから」って（笑）。僕酒飲みだからね。彼あまり飲めないから、「代わりに飲んでくれないか」っていうふうに話してたね（笑）。まあそういう意味だよな。で、彼をパレスホテルに降ろして、僕は社に帰ったんだ。ああいう時はね、惜しいんだよな。会社のことなんか別にしてね、三島がそんなこと言うのはあんまりないからね、あの時期にね。どうして一緒にいかなかったかと悔やまれますけど。まあ人生ってそういうもんだよね（笑）。

松本　最後の別れみたいな、そういうことはありましたか。

川島　いや、別にないですねえ。あれが実はそうだったのかなあ。うん。ただ凄く忙しかったからね、例会とかなんとかでね。

松本　パレスホテルに行かれたのは、昭和四十五年の秋ですね。

井上　最後の予行練習と重なる頃ですか。

川島　うん、そうそう。でもその時は飲み会らしかったね。うん。

井上　楯の会の連中は酒を飲むのに、三島はあまり飲めないので気になっていたんですね。

川島　そうでしょ。僕ならね、斗酒辞せずだから、川島君ちょっと代わりにつき合ってくれないかっていう軽い気持ちだったらうよ。

山中　映画「トラトラトラ！」を見にいこうと誘われたというお話ですが、それも晩年ですか。

川島　そうです。
山中　三島が好きだった戦争映画ですね。
川島　「トラトラトラ！」はね、楯の会の推薦映画だったの。隊員と一緒に何回もみてるらしいよ。志気を鼓舞するために。まあ、あの事件も真珠湾攻撃みたいなところあるからね（笑）。でも、今ねえ、三島由紀夫みたいのいないもんな。もう全部フラットになっちゃってね。人間ね。
松本　数世紀の間に一人出るかどうかの人ですね。
山中　最後の事件の時は、どの時点でお知りになりましたか。ラジオか何かで。
川島　いや、僕はね、昼飯だったな。それで出ていて、社に帰ってきたらね、僕の机の所にみんな人が集まっててね、テレビ見てんの。それでビックリ、すぐ飛んでいった。
山中　市ヶ谷に？
川島　いや、自宅へ。そしたらまだなんにもなくて、そのまま夕方近くまで。
松本　川島さんが親爺さんと意気投合したってのは（笑）。
川島　いやあ、あの親爺とはホントによくつき合った（笑）。
佐藤　テレビ局や編集の人なんかが来ると、親爺さん見ているわけですよね。親爺さんと言葉を交わして帰る人はそんなにいなかった。
川島　いやあ、僕が特別なんですよ。
佐藤　『倅・三島由紀夫』に出てくるような、口の悪いというかシニカルなところのある……。
川島　そうですねえ。
井上　独特のキャラクターですよね。官僚の中にはああいう人も結構いるのかなとかって思ったんですけれども。
川島　岸信介と同期ですよ。だから、岸なんかあいつ馬鹿だからね、なんて言ってね（笑）。
佐藤　岸信介の自伝がありましてね、写真が載っているんですよ。そこにね、「平岡梓　三島由紀夫の父親」って書いてあるんです。岸信介も意識はしてるんですよ。三島由紀夫の父親として。
川島　そうでしょう（笑）。
松本　お祖父さんのことは何かいってましたか。
川島　あまり僕たちには言わないね、そういう話は。どうせ知ってるんだろう、みたいな。僕なんか親爺さんとお袋さんと非常に親しくしてたから。
松本　お母さんとの関わりをね、ホントは一番ご存知なのは川島さんだと思うんですけれども、何かその辺りで面白い話が……。お母さんが、あれだけ早熟な才能を育てたと思うんですが。
川島　やっぱり、原因はお袋じゃないかな、あの親爺よりも。「年取ると段々親爺に似てくるからやだよ」とかっていってたけど（笑）。
佐藤　ジョン・ネイスンが評伝で、家庭の中のことを結構書いてしまいましたね。あれは、ちょっと平岡家にとっては、喜ばしくないような……。
川島　喜ばしくない。
佐藤　でもどうですかね、ああいう風に書かれた奥さんの瑤子さんのこともありますし、それから三島のご両親のこともありますしね。
川島　ネイスンってのはね、あれ変わった奴だ（笑）。僕は非常に親しくしてて、僕はね、渋谷の恋文横町かなにかに連れてってたんだ。いつもオートバイに乗ってきてね。川島さん今日はあいてますかって、飲みたいもんだから。で、恋文横町なんか行くとね、こんなに背が高いんですよネイスンは。あそこの飲み屋の提灯と変わらないくらいなんだ（笑）。それで、川島さん変な外人連れて来ないでよって（笑）。
佐藤　いや、かなり秀才ですけどね。
川島　秀才でしたよ。
佐藤　秀才だけじゃない人ですね、どうもネイスンって人は。
川島　面白い男ですよ。ただ、まあねえ、聞き書きによる取材だから、よく分かってないですよ。
松本　彼は、日本語はよく出来るの？
川島　出来ますよ。僕は会ったときに、落語を一席なんて言うんだあいつ（笑）。その落語がね、なんだかね「火炎太鼓」じゃなくって、なんか、聞きかじりのやつやって、日本語これだけ出来るんだって誇示してた。
松本　奥さんの瑤子さんとは親しくしていました？
川島　そうですねえ。まあよく出来る男ですけどね。でかくて、オートバイ専門で、ホントにアメリカンスタイルね。いい意味でも悪い意味でも。どうしてんだろうなあ、今。
井上　カリフォルニアのサンタ・バーバラにいるんじゃないですか。
佐藤　一時映画界に入ってたみたいですけどね。
川島　撃たれ役じゃないんですか（笑）。
井上　編集者として三島が親しかったのはシュトラウスですかね、クノップ社の。どんな感じの人だったんですか。
川島　何回か会ったことあるけど、僕がインターナショナルにいた頃、タトルから来た連中が何人もいましたよ。あそこはちっこいところで、出版ってのをあんまりしなかった。だから、インターナショナルってのを作ったんだよ。タトルの営業部長とか三人くらいインターへ来たんだよ。

■翻訳　本作り

松本　外国語の翻訳が幾つも出ることについて、三島はどう思っていたのでしょう。
川島　喜んでいましたよ。
松本　日本では人気が落ちても、外国で出たってことで支えられるようなとはありましたでしょう。
川島　ありましたよ。幾つもの国の翻訳があるし。惜しいな。

でも彼はもうちょっと早く死にたかったんじゃないかなあ。四十五はギリギリじゃなかったかなあ。

井上　最後の五年くらいはある意味で悲壮ですよね。何とか生き延びようというのと、もうダメじゃないのかっていう気持ちが、交互にやって来る。

川島　そうだね。だろうと思う。もうちょっと若死にしたかったんじゃないかな。変な想像だけれども。

井上　なんとか振り絞って、五年六年生き延びたっていう。

川島　僕もそう思う。

松本　川島さんとは、豪華本作りでも深く関わっておられますね。

山中　没後に『金閣寺』の豪華本をつくるために、活字を組んで紙型までつくったけれども、結局出版されていないとのことですが。

川島　『金閣寺』の紙型持ってますよ。

佐藤　束見本まで出来てるって話ですけどね。

川島　そうそう。牧羊社の。

佐藤　大きい本じゃないんですか。

川島　大きい。B４。それでね、岡鹿之助さんの革表紙。よく洋書でさ、こういう所にふくらんでるのがあるでしょ。

山中　バンド。背の部分ですね。

川島　ああいうのがこう。束見本も。

山中　牧羊社で出された川端の豪華本『定本雪国』みたいな感じでしょうか。

川島　ええ、あれをもっと洋風にした。

井上　それは是非出して頂きたかったですね。

川島　出したかったんだよなあ。そのためのサイン持ってますよ。藤井浩明が、サインだけ売れますよなんて言う（笑）。

山中　サインは百枚近くあるとか。

川島　百枚かどうか、相当ありますよ。字がいいんだよ。

松本　この前も、藤井さんと映画の話したんです。その時、川島さんのことをおっしゃっていました。

川島　榎本と三人で、よくつるんで歩いてたなあ。

井上　榎本さんと藤井さんは随分親しかったですね。

川島　うん。掛け合い漫才みたい。

松本　文芸雑誌の記者でそんな楽しい思いしている人殆どいないんじゃないですか（笑）

川島　いないいない（笑）。

松本　『仮面の告白』でもうちょっと補足することが何かありませんか。坂本一亀さんはある意味で伝説的な編集者ですね。僕は二、三度お会いしたことはあるんですが、晩年でしたから僕らに対して非常にやさしかったんですよ。だけど、聞きますとやさしいどころの騒ぎじゃない（笑）。

川島　まあ、酒乱ですよ。酒乱でね。人に会うと喧嘩売ってた。僕はその頃ね、力強かった。海軍で鍛えたってみんなの噂だったから、ぶっ飛ばされるんじゃないかと思ったのか、僕にはあんまり絡んでこなかった。僕は、彼の後、「あさって会」の面倒みたから、感謝しますよっていわれてね。絡まれたことは一度もない。いやらしいんだよ、酔っぱらうとね、人と会うとすぐに喧嘩になるの。

松本　『仮面の告白』を出したことについて、何か坂本さんいってましたか。

川島　いや、その話はしてないですね。

佐藤　原稿の取り立てが厳しかったって三島由紀夫が書いてますけど、坂本さんだったらあり得る話ですか。

川島　ええ、あり得ますね。喧嘩腰でやってたのかな。

井上　坂本一亀ってのはちょっと微妙で、『仮面の告白』では大きな接点があるのに、その後、三島とは、それほど親しくしてないですね。

川島　むしろ疎遠だね。どうしてなんだろう。

井上　意外にそりが合わなかったとか。

川島　うん、そのあと、新潮社なんかがバーッと来たでしょ。

佐藤　だから河出はあんまり原稿をもらえなくなっちゃったんですね。戯曲はもらえたけど。

川島　そうそう。そうだと思うよ。

松本　「群像」は三島さんの戯曲も載せてますね。

井上　『近代能楽集』は「群像」ですが、発表の舞台として大きかったと思いますね。

川島　そうです。まあ、ほかが取れなかったとこともありますけどね。

佐藤　ただ戯曲ってのはちょっと……。

川島　邪道だと思われてたの。僕はね、三好十郎の「ゴッホ」だとかね、三好十郎の戯曲なんかね随分載っけたんだけどねえ。文芸雑誌は戯曲をみんな嫌ってた。

井上　戦後文学の一つの問題点ですね。

川島　うん。芝居ってのは上演を見りゃあいいんだからね。別に活字で、レーゼドラマなんか必要ないって。時代でいろいろ変わるよね。

松本　劇作家でね、三島みたいに文芸雑誌に書いてそれから上演をされるってのは、三島ぐらいですよ。その三島で面白いのは、歌舞伎の世界で最初に商業的に成功していることですね。歌舞伎座という一流の劇場に何度も掛かる。川島さんもご覧になって……。

川島　ええ、ずっと見てましたね。だから、歌舞伎の世界がなかったら、三島の名前がちょっとね、ちょっと欠けるよね。歌舞伎でなんか円環を閉じたような感じしますよ。『近代能楽集』ってのもいい作品ですねえ。

山中　講談社も、いわゆるベストセラーものから、歌右衛門の写真集、川島さんが直接ご担当でなかったと思うんですが、晩年は旧友の『東文彦作品集』。

川島　それは松本道子さんね。

山中　それから牧羊社の方でも、田中光子詩集『わが手に消えし霰』、あの田中光子という方と三島由紀夫との関係というのは、どうも伊東静雄のつながりであったらしいんですが、そこのところで何かご存知のことはないですか。

川島　うちの家内が、彼女に会って、出したんだ。

井上　三島は田中光子の家に行ってるんですね、戦争中に。

川島　そうそう。行ってる。

井上　後何か分かれば。

川島　未整理の手紙類とかがまだこんなに残ってますからね。

松本　誰か指名して整理に使って下さい（笑）。

川島　作家からの手紙がいっぱいあるよ。井伏さんだとか、色川武大の借金申込書だとか。

山中　川島さんは写真を撮っていらっしゃるから。

川島　写真もいっぱいありますよ。でも探すのが大変なんだよなあ。僕は足が悪くてね、足が悪いもんだから自由がきかなくて、そうじゃなかったら掃除もしたいし。そんなことばっかりいってられないから、整理始めますよ。

松本　今年で「群像」は創刊六十周年ですね。川島さんの編集者人生も六十年。今日うかがったお話は、そのごく一部で、まだまだお聞きしなければならないことがあると思いますが、すでに二時間半を越え、お疲れになられたと思います。四人かがりで、失礼なこともお尋ねしたかもしれませんが、忌憚ないお話を伺えて、嬉しく思います。

一同　ありがとうございました。

■解　題

川島勝（かわしま　まさる）氏。大正十二年（一九二三）静岡県生まれ。海軍航空隊から復員後、昭和二十年（一九四五）に講談社「少年倶楽部」編集部を経て、昭和二十一年十月の「群像」創刊に参加。以後同編集部に勤務、「岬にての物語」「軽王子と衣通姫」などを担当。昭和三十一年に講談社文芸図書第一出版部に異動した後、座談会でも語られるように単行本『永すぎた春』『美徳のよろめき』というベストセラーをはじめ、『旅の絵本』『美の襲撃』『写真集　六世中村歌右衛門』『午後の曳航』を担当した。書き下ろしの『午後の曳航』では、同僚の松本道子氏らと共に三島の取材に同行。昭和三十八年から講談社インターナショナル創業に参加し、三島最晩年に英訳版『太陽と鉄』を担当した。また、昭和四十一年に川島夫人が牧羊社を創業、同社より『岬にての物語』『黒蜥蜴』『橋づくし』の豪華限定本を出版。その後昭和六十三年より牧羊社の編集に携わる。著書に『三島由紀夫』（文藝春秋）のほか、『井伏鱒二―サヨナラダケガ人生』（文藝春秋）がある。

昭和二十一年の初対面から自決直前まで、正に四半世紀に渡って三島と家族ぐるみでのつき合いがあった川島氏の三島についての話題はつきない。『禁色』連載中の思い出や三島の当時の交友関係などの確認のため、筆者が座談会途中に川島氏に提示した週刊誌記事「実践された不道徳教育—三島由紀夫〝一千枚の大作〟を生んだ女」（「週刊実話特報」昭34・11・26）は、主に『鏡子の家』のモデルとも目される湯浅あつ子とその邸内でのパーティーについて取り上げたゴシップ記事ではあるが、芸能人らとの交友関係や湯浅らがしばしば仲間達とゲイバーへ遊びに行ったことなどが書かれており、当時の湯浅邸の写真なども掲載されている。

座談会でも話題になった、最晩年から三島没後に渡って、川島氏が瑶子未亡人と共に『金閣寺』ほか豪華本出版を計画していたことは、保利祥子「三島由紀夫が情熱をかたむけた豪華本十冊」（「新評臨時増刊　全巻三島由紀夫大鑑」昭46・1）に詳しい。また『午後の曳航』については、川島勝「『午後の曳航』のころ—三島氏の想い出」（映画「午後の曳航」宣材パンフレット）がある他、当時その取材に同行した松本道子氏の『きのうの空』（牧羊社、平1・10）においても触れられていることを付記しておく。

（山中剛史）

特集　仮面の告白

『仮面の告白』の〈ゆらめき〉

――「盥《たらひ》のゆらめく光の縁」はなぜ「最初の記憶」ではないのか――

細谷　博

一、二様の声

『仮面の告白』の中には二様の声が響いている。それは〈まだわからなかつた〉という声と、〈理解しはじめてゐた〉という声である。では、何が〈わからなかつた〉というのか？　――むろん〈異常性〉が、すなわち自分が「倒錯者」（第二章）であるということが、である。ここでは、現在の「私」が過去の已れの行状を〈異常性〉の有無について逐一検証し、さらに、その時々における自覚の度合いをも問題としながら語る、と見えるのだ。いわば、それが『仮面の告白』における「告白」の基本的な姿勢であるかのように。すなわち、二様の声は、あたかも「告白」と称する路線に沿って立てられた信号灯のように明滅を繰り返すもの、と見えるのである。

さらにそこでは、〈今のままではいけないのか〉という「百万遍問ひ返された問」（第二章）までもが聞こえてくる。

《どうしてこのままではいけないのか？　少年時代このかた何百遍問ひかけたかしれない問ひが又口もとに昇つて来た。何だつてすべてを壊し、すべてを移ろはせ、すべてを流転の中へ委《ゆだ》ねねばならぬといふ変梃《へんてこ》な義務がわれわれ一同に課せられてゐるのであらう。こんな不快きはまる義務が世にいはゆる「生」なのであらうか？》（第三章）

いったい誰が、この愚かしくもまっとうな問いに答えられるだろうか。〈このままではいけないのか〉とは、また万人の思いでもある。なぜ、われわれは移ろわねばならぬのか。むろん、うつそ身自体が移ろいであり、移ろうことこそが「生」なのだ、とわれわれは知っている。知った上でなお、の思いであるのだ。少年にとってそれは容易に悲憤慷慨に変じるものだろう。ただし、たとえ「変梃《へんてこ》」であってもそれを「義務」と受けとめるところに、「私」の生真面目さ、初々しさがのぞいている。だが、彼とても、すでに「人生から出発の催促をうけてゐる」（第二章）身なのだという。しかし、いったい何処に？　また、何に向かって？

さらに、「私」にとってそれは、なぜこのまま――〈異常〉であってはいけないのか、と迫る問いでもあった。「百万遍」とは、まさに自身の〈異常〉との直面の夥しさの指標であったはずだ。ただし、それは、なお〈まだわからなかつた〉という時点での〈異常〉であったとすれば〈己れを知らぬ倒錯者〉であり、それこそが作中に描かれようとした画題となるのである。

《しかし私にはまだわからなかつた。何だつて数あるアンデルセン童話のなかから、あの「薔薇の妖精」の、恋人が記念《かたみ》にくれた薔薇に接吻してゐるところを大きなナイフで悪党に刺し殺され首を斬られる美しい若者だけが、心に深く影を落すのかを。なぜ多くのワイルドの童話のなかで、「漁夫と人魚」の、人魚を抱き緊《し》めたまま浜辺に打ち上げられる若い漁夫の亡骸《なきがら》だけが私を魅するのかを。》（第一章）

むろん、幼年時からのこうした疑問――予感に満ちた無自覚、あるいは、未来へと向かう不安や恐れの感覚は、決して「倒錯者」だけのものではない。〈正常〉な性欲のはたらきもまた、少年期には理解をこえた衝動であり、まさに〈わからない〉こととしてあらわれるからだ。ただし、それらは多くの場合、早々と忘却され、アドレッセンスの彼方に置き去りにされてしまう。ところがここでは、〝基本方針〟どおり過去の徴候があらいざらい調査され、判別されようとしていると見えるのだ。

己れを顧み、その性的嗜好における自覚の程度を検証するために、少年期から青年期におけるさまざまな体験を、「私は知らなかつたのだ」（第三章）、「私には結局何一つわかつてゐなかつた」（同前）、「私にはまるでわからなかつた」（同前）などと呪文のごとく繰り返しつつたどって行く回顧者の執拗な動きが読み手をとらえるだろう。〈まだわからなかつた〉というからには〈やがてわかる〉ことを予感させ、〈覚醒〉への期待とともに、切迫感やもどかしさをも喚起する。ただし、「読者」（第三章）と作中から呼びかけられるわれわれは、〈覚醒〉を予感し恐れる「私」の傍らで、切迫感に裏打ちされた、スリルとサスペンスの美味をも味うことができるのである。

一方で、そこには自覚の動きもあらわれてくる。

《心に染まぬ演技がはじまつた。人の目に私の演技と映るものが私にとつては本質に還らうといふ要求の表はれであり、人の目に自然な私と映るものこそ私の演技である

といふメカニズムを、このころからおぼろげに私は理解しはじめてゐた。》（第一章）

冒頭に近くまだ「おぼろげ」な自覚の萌芽に過ぎないが、自己に対する感受性が研ぎ澄まされていく過程を示すくだりである。やがてそれは、「私は自分に女を惹きつけるやうな特徴が一向にないことがわかつて来てゐた」（第三章）という認識となり、さらに、園子との接吻の最中「何の快感もない。二秒経つた。同じである。三秒経つた。――私には凡てがわかつた」（同前）と自覚され、園子との間で「凡てが終つたことが私にはわかつてゐた」（同前）との確認を経て、ついには、娼婦を相手に「十分後に不可能が確定した。恥ぢが私の膝をわななかせた」（第四章）という痛切な了解に至ったというのだ。他者の前で〈不能〉が露呈したその日以来、「私」は『『お前は人間ではないのだ。お前は人交はりのならない身だ。お前は人間ならぬ何か奇妙に悲しい生物《いきもの》だ』』」（同前）と宣告されたとまで感じるのである。こうした〈覚醒〉の苦痛や無残さも、また読み手をとらえるだろう。

すなわち、ここでは〈無自覚〉はかならずしも無知ではなく、同様に〈理解〉も全き了解ではない。両者の入りまじった、見極めがたい（あるいは、見極めたがらぬ）心のあり方があるのである。といって、それは別に特異なものではない。何か大事を予感し気づき始める際のもどかしさや不安は、日頃われわれにも近しいのである。ただし、作中ではくりかえし「不安」（第一～三章）が語られ、強調されている。「私の成長感はいつも異様な鋭い不安を伴つた」（第二章）あるいは「人間の根本的な条件に関する私の不安」（第三章）等々、畢竟これは〈異常〉よりも〈不安〉を語る物語だったのではないか、と思わせられるほどなのだ。

「私」は〈不安〉とともにひたすら〈覚醒〉を恐れている。だが、注目すべきは、そこで〈覚醒〉がおいそれとはやって来ないことだろう。園子とのことで〈私には凡てがわかつた〉というのは第三章の後半であり、娼婦の前で〈不可能が確定した〉のはさらに最後の第四章に入ってからなのである。それまでの「私」は、強烈な不安をいだきつつも、なお女との間で自分にはまだ可能性があるのではと思って逡巡し、〈覚醒〉を恐れる青年として語られているのだ。

『オイディプス王』の典型を持ち出すまでもなく、〈恐るべき己れ〉に直面するドラマにおいて原動力となるのは、知ることへの〈おそれ〉と〈希求〉との葛藤であり、周囲にはびこる予兆や不安の動きである。〈おそれ〉の強烈さによって真実の深刻さもはかられ、また〈希求〉の強さによって〈おそれ〉も倍加し、やがて来るアナグノリシス（認知・発見）が悲劇としてたかまるのだ。いかにも、ドラマとは観客を待たせるものであり、われわれはそこで砂糖が溶けるのを待たなければならないのである。あらわれるのは、他ならぬ〈あげくの果て〉のアナグノリシスなのだ。

『オイディプス王』の、宣告された運命から逃れようとしたあげくの果ての行状と比べれば、『仮面の告白』の真実など、それを知ることで人生のすべてを失い、自ら両眼を突いてさまよい出るほどのカタストロフをもたらすものでは決してない（はずだ）。それがここでは、もし世の人々に知られた場合には、業病のように忌み嫌われ、「倒錯者」として排斥されるであろう重大事として語られているのだ。〈不安〉の強調も、そこでこそ意味をもってくると見えるのである。

　それは、相異なる性的傾向について〈正常対異常〉の峻別による根強い偏見や差別があった時代の話である（今の時代がどうであるかはむろん別問題であるが）。「私」は、そのような時代の中で、自己の性的嗜好が同性の友人たちと異なることに徐々に気づき、ついにはそれが「倒錯者」のそれであり、自分は「ソドムの男」――「男色家」（第四章）なのだ、と痛烈に自覚するに至る。すなわち、それは、みずからの〈異常〉の認識をかかえ、それを人に知られることを極度に恐れ、つよい〈不安〉にさいなまれつつ生きる男の話とされているのだ。現に、作中には「私」の〈異常〉を示唆する徴候がふんだんに並べられていくのである。

　むろんそこには、たんに時代によるものだけでなく、作者による脚色や操作も推測できよう。佐藤秀明氏は、最新の作家情報をおさえた『三島由紀夫―人と文学』[1]の中で、「福島次郎と堂本正樹の著書によって、三島由紀夫に同性愛の傾向の強いことがはっきりした。むろん、それは異性愛者であることと矛盾しない」と述べ、『仮面の告白』執筆時には三島がすでに同性愛者達と接していたことを伝えている。それに対して作中の「私」は、〈まだ〉そんな世界のあることには思いも及ばず、八方ふさがりの孤独のただ中に閉じ込められたまま、とされているのだ。

二、「盥《たらひ》のゆらめく光の縁」

　だが、それでは、冒頭のエピソードはどうなるのか。それもまた〈異常〉の徴候の一つなのか。

《永いあひだ、[2]私は自分が生まれたときの光景を見たことがあると言ひ張つてゐた。それを言ひ出すたびに大人たちは笑ひ、しまひには自分がからかはれてゐるのかと思つて、この蒼ざめた子供らしくない子供の顔を、かるい憎しみの色さした目つきで眺めた。それがたまたま馴《な》染《じみ》の浅い客の前で言ひ出されたりすると、白痴と思はれかねないことを心配した祖母は険ある声でさへぎつて、むかうへ行つて遊んでおいでと言つた。〔中略〕
　どう説き聞かされても、また、どう笑ひ去られても、私には自分の生まれた光景を見たといふ体験が信じられるばかりだつた。》（第一章）

このいかにも特別な「体験」として語られたものはいったい何か。幼い「私」はここで、「科学的な説明」でも「説き伏せ」られず、「笑ふ大人」の反感にも堪え、さらには「午後九時に私は生まれた」という事実からくる「反駁」にまで立ち向かおうとするのだ。

《では電燈の光りだつたのか、さうからかはれても、私はいかに夜中だらうとその盥の一箇所にだけは日光が射してゐなかつたでもあるまいと考へる背理のうちへ、さしたる難儀もなく歩み入ることができた。そして盥のゆらめく光の縁は、何度となく、たしかに私の見た私自身の産湯の時のものとして、記憶のなかに揺曳《えうえい》した。》（同前）

ここには、いわば、己れの原初に向きあおうとする者の姿勢の定まりがある。その「記憶」には、自己の〈はじまり〉を見出すことの自然さやのびやかさがただよい、世界に向けて見開かれたばかりの目が光っているのだ。では、はたしてそれは「倒錯者」のものか。否。そこではまだ〈正常対異常〉は問題とならず、すべては美しく、完全で、かつ、空虚なままである。

たしかに「一箇所だけありありと自分の目で見たとしか思はれないところがあつた」という光景は美しく、啓示そのものと見える。「木肌がまばゆく、黄金《きん》でできてゐるやうにみえ」、「ゆらゆらとそこまで水の舌先が舐《な》めるかとみえて届か」ず、下方で水は「なごやかに照り映えて、小さな光る波同志がたえず鉢合せをしてゐるやうにみえた」という。まさしくそれは世界の顕現として、作品劈頭に置かれているのだ。

この「盥のゆらめく光の縁」を見つめる目、そしてそれを「記憶」していると主張する幼い「私」、さらには現在の「私」によるそれらの回想が、『仮面の告白』の〈はじまり〉を成している。それは、「私」にとっての世界の〈はじまり〉であると同時に、また「私」自身の〈はじまり〉に他ならない。見続けるとすべてが溶け出してしまうような光景であり、〈まだ〉か〈もう〉か、というあの弁別の声を無化してしまうような場なのだ。

しかし、この〈原初の記憶〉とそれへのこだわりは、須臾にして消え去り、作中で二度と語られることはないのである。例えばそれを、『暗夜行路』の「序詞」と比べてみればどうか。印象のつよさや美しさでは並びうるとしても、量的な差はもちろん、意味付けにおいても違いがあるだろう。すなわち、『仮面の告白』の冒頭にあるのは、ただ光を見つめる目とそれをたしかに見たと主張する姿勢だけで、読み手にとってそれ以上の意味付けの手がかりはないのだ。それに対し、後の「最初の記憶」にある、松旭斎天勝の真似をしたとき母の顔に気づいたという話ならば、まさに『暗夜行路』「序詞」の母の記憶とも通じて了解され、共感もされうるのである。

あるいはまた、『道草』には、幼い健三が池の中に引きこまれそうになって思わず釣竿を投げ出す場面の回想がある。ともに原初的で、存在論的な奥行きをもった挿話であるが、

『仮面の告白』の「生まれた光景」の「記憶」には、怖れはもちろん驚きさえも記されてはいないのだ。いわば、作品自体がそれに無頓着であるかのように見えるのである。あたかも、頭上に気まぐれにあしらわれた羽飾りでもあるかのようだ。だがむしろ、原初的記憶が見やすい小説的意味付けをこうむらずに放置されていること自体、また格別のことども思えるのである。意味付けの唯一の手がかりは、その光景が何度となく「記憶のなかに揺曳した」と記されている点である。ただし、どのように「揺曳した」のかはその後も語られることがないのだ。

またここでは、そのそっけなさのゆえか、回想が一瞬つまづいたのかと思われる動きを見せている。次の一文である。

《最初の記憶、ふしぎな確たる影像で私を思ひ悩ます記憶が、そのあたりではじまつた。》（第一章）

これはいったい何をさすのか。「そのあたり」とは何であり、「最初の記憶」とは何か。むろん、先を読めばわかってくる。「最初の記憶」とは、続けて語られる「糞尿汲取人」を筆頭とする者たちとの遭遇であり、「そのあたり」とは「五歳」の頃を指している。しかし、前後ともに一行空けで示されたこの一文を目にして、読み手は一瞬、今読んだばかりの「盥のゆらめく光」こそが「最初の記憶」であり、それが「五歳」の頃からつよく意識されたのだ、とは解さないだろうか。「思ひ悩ます記憶」とは、非科学的な出生時の記憶が「確たる影像」として忘れられず「大人たち」との間で「私」を悩ましたことをいうともとれるのだ。また、ちょうどこの辺りで冒頭の「記憶」に対する言及があってもよいだろう、といった読み手の予期もありうるのである。

なぜ、冒頭の「自分の生まれた光景」の「記憶」を「最初の記憶」としなかったのか。それが取るに足らぬものであるからか、あるいは幼児期の思い込みの一途さをいうだけの話としようとしたからか。まずは、あまりに非現実的で「記憶」とするのも怪しいということがあろう。現に作中では、「私」みずから、「おそらくはその場に居合わせた人が私に話してきかせた記憶からか、私の勝手な空想からか、どちらかだつた」といった、いたって〝常識的な判断〟を述べているのだ。しかし、幼い「私」自身がそれを実際の「記憶」と信じていたのであれば、その意味でまさに「最初の記憶」とするにふさわしいともいえる。さらに、幼少年期の「私」の固執も際立っているとすれば、それこそ特別の「記憶」となるはずだろう。ということは、それがそのようなかたちで際立つこと自体が避けられたのだと考えるべきか。

だが、排除されることで際立つということもある。冒頭に提示された心象風景は、その後につづく〈異常〉な告白とは異なる美や快感をあらわしている。[3]すなわち、後につづく「最初の記憶」が強烈で意味ありげであるのに対して、冒頭の「生まれた光景」の記憶は、それ自体どう解釈しようもない平明なすがたとして置かれているのだ。まさにプロローグとしては効果的で際立った部分といえよう。

ここでしばし、さらにこだわって考えてみれば、あるいは「生まれた光景」[4]を「最初の記憶」に入れることも可能となるかもしれない。すなわち、そこにいう「ふしぎな確たる影像で私を思ひ悩ます記憶」には「生まれた光景」も、「糞尿汲取人」以下もすべて入るという解釈である。「生まれた光景」を排除している理由と思わせるのは、それが具体的に「最初の記憶」と名指されていない（弁別されていない）ということと、次の「糞尿汲取人」については「これこそ私の半生を悩まし脅かしつづけたものの、最初の記念の影像であった」という際立った表示がされているためである。だが、後者については、それはあくまで「半生を悩まし脅かし」た種類の「最初の記憶」であって、それ以外の「最初の記憶」がありえないとはいっていないと見ることも可能である。

そのように考えれば、「生まれた光景」の記憶は全く排除されていると断言することは難しくなるだろう。だが、その場合でも、前述したように、冒頭を過ぎた途端に言及が滞ることを考えてみれば、別格の〝すでにお蔵入りした思い出〟といった扱いを受けている、とも見えるのである。

とまれ、私の場合は、冒頭の記憶が「最初の記憶」からもれると知って、その後の「最初の記憶」がどうにもおさまりの悪いもののように感じられたのだ。すなわち、「糞尿汲取人」「オルレアンの少女」「兵士の汗の匂ひ」「松旭斎天勝」「クレオパトラ」「殺される王子たち」と列記される「最初の記憶」の連鎖が、絢爛たるイメージではあるが、いささか強引なもののように見えたのである。いわば、小説『仮面の告白』が回想から告白へと一挙に移ろうとして、あたかもスイッチが押されたかのように〈欲望の自覚〉というモチーフが出現した、と感じたのだ。

「最初の記憶」はこうして〈欲望の自覚〉へとつながり、〈欲望の自覚〉は、さらに「三つの前提」として巧みに整序されていくわけである。「糞尿汲取人」から始まる「最初の記憶」の提示はいかにも強烈であり、「ひりつくような或る種の欲望のたかまり」の感触は、われわれにも伝染してくるかのようだ。ただし、その彩色のつよさ、またつづけて「悲劇的」と何度も繰り返される言挙げが、冒頭の澄明な光に満ちた光景の〈黙示〉のつぎにあらわれることにあらためて注意すべきだろう。あらゆる事象に対し発言を絶やさぬ語りが、冒頭部に対しては寡黙なのも印象的である。

だが、言及や意味付けの欠如が、むしろその根源性をあらわにする場合もある。冒頭部で光の下にゆれる産湯には、胎内を満たす羊水のイメージを見ることも可能だろう。いずれにせよ、そこでは、すべては調和とゆらめきの中にあってたゆたい、なま温かい水が安らかなものとして「私」を包んでいる。すでに、物語のはじめには安逸なる〈救い〉がおかれていたのだとも見えるのだ。しかし、そもそも美は救いたりうるのか。それに対しては、エピグラフの『カラマーゾフの兄弟』が足枷ともなりかねないだろう。ただし、この冒頭のイメージはまだ美でさえもなく、ただすべての〈はじまり〉なのだと見なおしてみればどうか。

だが、さらに考えを進める前に、しばし作中を見なおしておこう。

三、異常と世知

『仮面の告白』の「私」は、「最初の記憶」の披露を経て、いよいよ〈異常〉な者としてみずからを語っていくのだが、同時に、その語る「私」が、いかにも機知にとみ、世故にも長けたと思われる警句を吐くのである。

たとえば、戦時の青年の心理を語る場面で、すぐれた警句や比喩が目にとまる。

《戦争がわれわれに妙に感傷的な成長の仕方を教へた。それは廿代で人生を断ち切つて考へることだつた。それから先は一切考へないことだつた。人生といふものがふしぎに身軽なものにわれわれには思はれた。ちやうど廿代までで区切られた生の鹹湖《かんこ》が、いきほい塩分が濃くなつて、浮身を容易にしたやうなものだ。》（第三章）

いかにも痛切かつ皮肉な表現であり、戦時下青年の「感傷」と生の「身軽」さを、悲劇性と滑稽味の配合巧みに伝えている。警句はさらにつづく。

《私にとつては戦争でさへが子供らしい歓びだつた。〔中略〕私は自分が全てを所有してゐるやうに感じた。さもあらう。旅の仕度に忙殺されてゐる時ほど、われわれが旅を隅々まで完全に所有してゐる時はないからである。あとはただこの所有を壊す作業が残されてゐるだけだ。それが旅というあの完全な徒爾《あだごと》なのである》（同前）

「完全に所有してゐる時」とは所詮「所有してゐるやうに感じる時」であるわけだが、それにしろ、非常時と日常との双方を撃つ警句である。だが、こうした気の利いた〈うがち〉は、後の「即日帰郷」の折の回想と比べればどうだろう。

《たまたま私が家にゐるときに空襲で一家が全滅する光景を私は目をとじて思ひゑがいた。いはうやうない嫌悪がこの空想から生れた。日常と死とのかかわり合ひ、これほど私に奇妙な嫌悪を与へるものはないのだつた。猫でさへ人に死様《しにざま》を見せぬために、死が近づくと姿を隠すといふではないか。私が家族のむごたらしい死様を見たり、私が家族に見られたりするといふこの想像は、それを思つただけで嘔吐を胸もとまでこみ上げさせた。死といふ同じ条件が一家を見舞い、死にかかつた父母や息子や娘が死の共感をたたへて見交はす目つきを考へると、私にはそれが完全な一家愉楽・家族団欒の光景のいやらしい複製としか思へないのだつた。私は他人の中で晴れ晴れと死にたいと思つた。明るい天日の下に死にたいと希つたアイアスの希臘《ギリシャ》的な心情ともそれはちがつてゐた。私が求めてゐたものは何か天然自然の自殺であつた。まだ狡智長けやらぬ狐のやうに、山ぞひをのほほんと歩いてゐて、自分の無知ゆえに猟師に射《う》たれるやうな死に方を、と私はねがつた。》（同前）

若々しい傲岸さと繊細さに縁取られた死の想念が、くっきりと造型されたすぐれた一節である。即日帰郷者の青年は、自分が軍医に「嘘をついた」ことから「私はやはり生きたいのでは」と自問し、さらに「私が一度だつて死にたいなどと思つたことはなかつた筈だ」という「別の声」を耳にするのだ。こうした、自己省察の迫真と比べると先の警句の〈うがち〉はやや色あせて見えてこないか。

ここでも、その自己発見は「軍隊生活に何か官能的な期待を抱いてゐた」（傍点原文）という、例の〈異常〉の認識へと向かおうとするのだが、それを振り切るようにして、自分を「「死」に見捨てられた人間だと感じることのはうを好んだ」と断言し、「死にたい人間が死から拒まれるという奇妙な苦痛を、私は外科医が手術中の心臓を扱ふやうに、微妙な神経を集中して、しかも他人行儀にみつめてゐることを好んだ」と、即座に当意即妙な比喩による自己像を掲げるのである。

第三章の冒頭にはこうある。

《人生は舞台のやうなものであるとは誰しもいふ。しかし私のやうに、少年期のをはりごろから、人生といふものは舞台だといふ意識にとらはれつづけた人間が数多くゐるとは思はれない。それはすでに一つの確たる意識であつたが、いかにも素朴な・経験の浅さとそれがまざり合つてゐたので、私は心のどこかで私のやうにして人は人生へ出発するものではないといふ疑惑を抱きながらも、心の七割方では、誰しもこのやうに人生をはじめるものだと思ひ込んでゐることができた。私は楽天的に、とにかく演技をやり了《おほ》せれば幕が閉まるものだと信じてゐた。》（同前）

ひょっとして、前年の『人間失格』そのままではないか、と太宰読者から言われかねない部分である。もっとも、この「私」のきまじめさ、ぎごちない自負と比べると、『人間失格』の「自分」はかなりいかがわしいとも見えるのだ。あるいはまた、読み手の勝手な反応としても、少年期末から「人生といふものは舞台だといふ意識にとらはれつづけた人間」など、そこらにいくらでも見つかるではないか、という声も起こりうるだろう。だが、「心の七割方では、誰しもこのやうに人生をはじめるものだと思ひ込んでゐることができた」と一転することで、「私」の述懐には不安なつつましさが滲み、リアリティが感じられるのだ。さらには、悲観にまみれたと見える『人間失格』の「自分」よりも、自ら「楽天主義」（第三章）を標榜する『仮面の告白』の「私」の方が、却って悲惨とさえ見えてくるのである。自ら「例の「自意識」の問題ではない」（第三章）と断ったところなど、（もしや太宰を意識した文句とすればなおさら）、三島は〝悪意〟までも律儀に掲げるのか、と感心させられもするのだ。

戦後の「私」はさらに「世故に長けた微笑」を浮かべ、「本当の苦しみといふものは徐々にしか来ない。それはまるで肺結核に似ていて、自覚症状が起る時にはすでに病気が容易ならぬ段階に進んでゐるのである」（第四章）といった警句であらわされる状態を生きる。作中には、こうした言葉細工があふれている、しかも、それらは『仮面の告白』にみごとに収まっていると見えるのだ。

では、作品世界の中でかくも己れの〈異常〉を語りつつ、なおかつ、すぐれた警句を吐きうる、いわば異常性と社会性とにまたがった「私」とは何者か。

《だからあの小説（『仮面の告白』）では、感覚的真実と一知半解とが、いたるところで結びついてゐる。人間性について、人々がつつましく口をつぐんで言はずにゐたことを、あばき立てた勇気とともに、そういふものすべてに論理的決着をつけやうとした焦燥とがまざり合つてゐる。》

（「私の遍歴時代」昭38・1〜5）

作者は「青春」の「無知の特権」と「時代の力」による小説だと説くが、若さこそが世知を求め、才能と時代がその「一知半解」に勢いを与えるのだ。「芸術家の才能をもった常識人」という福田恆存のことば[5]が浮かぶだろう。だが、「芸術家の才能をもった常識人」とは、何のことはない、作家という種属のことでもあったはずだ。だとすれば、ここで青年作家の〈異常〉は、むしろ彼の〈まっとうさ〉を引き立てているとも見えるのである。

四、「・」の抵抗

また、ここには、東京大空襲の翌日、罹災者を見たときの想念がある。

《それにもかかはらず、私の中で何ものかが燃え出すのだつた。ここに居並んでゐる「不幸」の行列が私を勇気づけ私に力を与へた。私は革命がもたらす昂奮を理解した。彼らは自分たちの存在を規定してゐたもろもろのものが火に包まれるのを見たのだつた。人間関係が、愛憎が、理性が、財産が、目《ま》のあたり火に包まれたのを見たのである。そのとき彼らは火と戦つたのではなかつた。彼らは人間関係と戦ひ、愛憎と戦ひ、理性と戦ひ、財産と戦つたのである。そのとき彼らは難破船の乗組員同様に、一人が生きるためには一人を殺してよい条件が与へられてゐたのである。恋人を救はうとして死んだ男は、火に殺されたのではなく、恋人に殺されたのであり、子供を救はうとして死んだ母親は、他ならぬ子供に殺されたのである。そこで戦ひ合つたのはおそらく人間のかつ

てないほど普遍的な、また根本的な諸条件であつた。》（第三章）

たんなる警句の域を脱したすぐれた思索である。人間関係の根本に「戦ひ」を見据えた「私」は、しばし「人間の根本的な条件に関する私の不安」が「拭ひ去られた」と感じ、「叫びだしたい思ひ」で隣りにいる園子の胴に腕を廻すのだ。「私」自身それを「夢想の熱さ」による「滑稽」と説き、「愛といふ呼び名がもはや何ものでもない」などと述べるのだが、「切羽詰まつたやうな」輝きを放つ園子の目も添えられて、ここにあるのはまさに男女の愛の発露であると見えるのである。『仮面の告白』後半には男女の恋愛と挫折が描かれているとの見方は、当然起こるべきものである。そこにも、初心ではあるがいかにも社会性を持とうとつとめた「私」がいるのだ。

さらに、「私」は環状線車中の「九割方が罹災者の乗客」を見て、

《彼らは正しく「革命」の群衆だつた。なぜなら彼らは輝かしい不満・充溢《じゅういつ》した不満・意気昂然たる・上機嫌な不満を抱いた群衆であつたからだ。》（同前）

と思う。「革命」の表象としての群衆がみごとに捉えられた箇所である。ただし、この東京大空襲の折の洞察は、帰宅時、「家の者はけろりとした表情で私を迎へた。東京と云つても広いものだつた」（同前）との一景で一瞬にして消えてしまうのだ。まさに先の引用の「家族団欒」の力によって「革命」の幻想など消し飛んでしまった一例といえるだろう。「私」の「常識人」の感触は、ここにもいきいきと感じられるのである。

ところで、引用部にも出てきた「・」（ナカグロ）は、『仮面の告白』中に多用されているものである。それは、ここでは「不満」の列記に小区切りを付けているものと見えるが、読点「、」とどのように使い分けられ、またいかなる効果をもつのか。『仮面の告白』のナカグロについては、すでに、加藤典洋氏が『テクストから遠く離れて』[6]の中で論じている。それはいわば、作者と作品の関係における作者の文体表記としての考察であった。だがその前に、まずは作中の書き手である「私」の文体特性として考えてみるべきだろう。

たとえば、以下のような使用例がある。

A《フランネルの襦袢・クリームいろの羽二重の下着・お召の絣の着物を着せられたお七夜の晩、祖父が一家の前で、奉書の紙に私の名を書き、三宝の上にのせ、床の間に置いた。》（第一章）

B《私の辿つて来た足跡が、Oへ、更にOからMへ、Mからは、Iの半ばに立ち・白いマフラーの上に俯向きがちに・外套のポケットに両手をつつこんで・今し彼のオーヴァー・シューズを雪の上に引摺《ひきず》つてゐる近江の姿に達してゐた。》（第二章）

C《それは若さへの、生への、優越への嘆声だつた。彼のむき出された腋窩《えきか》に見られる豊饒な毛が、かれらをおどろかしたのである。それほど夥しい・ほとんど不必要かと思はれるくらいの・いはば煩多な夏草のしげりのやうな毛がそこにあるのを、おそらく少年たちははじめて見たのである。》（同前）

D《私は自分の腋窩に、おもむろに・遠慮がちに・すこしづつ芽生え・成長し・黒ずみつつある・「近江と相似のもの」を愛するに至つた。》（同前）

Aは、通常の体言の並列である。「・」の代わりに「、」を用いると、後に多出する「、」もあってあまりに煩雑な細切れになることを避けたものだろう。ただし、「や」や「と」を用いなかった所に特徴がある。Bでは、「・」が区切るものは体言ではなく、またたんなる並列でもない。一つ一つの動作を刻む足どりをも感じさせる、ある意味で効果的な使用であるが、通常は「俯向きがちに」のつぎには何も入れずに、他は「、」を用いる場合だろう。Cとなると、並列的な区分けよりも、一つ一つの判断を重ねていく動きの方が強く迫る。Dは、まさに「遠慮がち」な認識とその表現の一歩ずつの動きとたじろぎが、訥々とした、かつまた執拗なとも思える感触でにじり寄ってくるのである。

いわば、ナカグロ「・」は読点「、」よりも弱い区切りであり、もし「、」を付せばそこで文脈が途切れてしまうような部分に置くことで、より軽い、しかしなお区切るということをあらわす符号となっている。そして、本文中の使用例は、通常ならば「・」も「、」も打たない場合を多く含んでいるのである。こうしたナカグロの使用を、『仮面の告白』の「私」の語りの特徴の一つととらえることができる。みずからの〈異常〉に悩む語り手の、世界認識の感触、その事物の区分けや列記に対する執着をあらわすものといえようか。事物を確実に認識し、整理し、並列させた上でさらにそれを視角化する志向と、流れるように進む文脈に小さな折り目を付け、確認しつつ語っていくような語りのめりはりも感じられよう。

加藤典洋氏は、ナカグロを作者の在職していた大蔵省「内部の事務文書的書法」のような「非文学的書法」ととらえ、「書く自我」（三島由紀夫）と「書かれる自我」（平岡公威）の間の「闘争」において「気付け薬的な書法」「眠気覚ましに太股に刺される錐の書法のプンクトゥム（尖跡）」としていて興味深い。だが、私はむしろ「・」を文の流れを一瞬滞らせるものと考えてみたいのだ。

そこでは、急に映写機のスピードが落ちてフィルムの数コマが並んで見えてしまった影像のように、文脈も認識もしばしせき止められ、ある異相となってほんの一瞬眼前に並ぶ。そのとき、われわれは、よく見れば文とは自然な流れでなく、むしろそこに異様なつらなりとして記された文字であったのだ、と気づくのである。それは、まるで、いま眼前に「おもむろに・遠慮がちに・すこしづつ芽生え・成長し・黒ずみつつある」と標本のようにピンで留められたか、と思うやいなや、もうすでに目と頭脳は先に進んでしまっているのだ。では、その「私」との関係は？　――こうした「・」の多用に、すぐれた認識者・発話者の裡から漏れ出た、自らの世界認識の動きに対するかすかな違和や抵抗のようなものを感じてはいけないだろうか。

　ちなみに、「・」は、冒頭の〈原初の記憶〉の部分にはまだあらわれていない。初めての出現は「最初の記憶」に移った直後である。その後は隅々にばらまかれるが、末尾に至って再び消えているのである。

五、何処へ

　さて、以上のように作中の数箇所をざっと見なおした後で、冒頭のイメージの問題にもどってみよう。結局、〈原初の記憶〉と〈異常の告白〉はその後どうなったのか。

　〈告白〉の方は、〈異常性〉の覚醒の後もかろうじて避けられていたはずの衆人への露呈が、「奇矯な書物」（第一章）である「この本」（同前）の現出によって実行されたことになるわけである。ただし、それは「仮面の告白」だというからには、村松剛の説くごとく[7]、われわれもそれを安易に事実と重ねるべきではないだろうと感じてきたのだ。しかし、前出の佐藤秀明氏の報告によれば、『仮面の告白』は世上に思われていた以上に「性的自伝」に近いということが明らかになってきたという。

　では〈原初の記憶〉についてはどうか。同じく佐藤氏によれば、出生時の記憶を、学習院初等科時代に実際に三島自身から聞かされたという級友の証言があるというのだ[8]。だからといって、私は『仮面の告白』の核心を三島自身の〈実生活〉とつなげて説明すべきだと主張するのではない。私小説的作品こそが〈作品性〉検討の好個の材料でありまた難所でもあるからである。

　それでは、冒頭の「盥のゆらめく光の縁」は、たんなる思い込みによる情景の一コマがプロローグとされたに過ぎないのか。だが、よく見れば、同様に末尾にも強い光が射しているのである。

《――時刻だつた。私は立上がるとき、もう一度日向の椅子のはうをぬすみ見た。一団は踊りに行つたとみえ、空つぽの椅子が照りつく日差のなかに置かれ、卓の上にこぼれてゐる何かの飲物が、ぎらぎらと凄まじい反射をあげた。》（第四章）

　また、その直前、園子の傍らにありながら「私」は、ヤクザの若者の「比《たぐ》ひまれな美しい肉体」に目をとめる。そのとき太陽の下で、「半裸の肩」が輝き、腋窩の「黒い叢《くさむら》」が縮れて光るのだ。もはやここに至って、「私」の「情欲」はわれわれにも自然と見えるだろうか。が、それは「あと五分だわ」という園子の「高い哀切な」声で破られ、「私のなかで何かが残酷な力で二つに引き裂かれ」「私といふ存在が何か一種のおそろしい「不在」に入れかはる刹那を見たやうな気がした」というのである。

この末尾の二箇所、すなわち、若者の胴体にまつわる光と若者の去った後の、「照りつく日差」の「ぎらぎらと凄まじい反射」は、はたして冒頭の無垢な光につながるものと読めるだろうか。すなわち、盥の安逸の光は一瞬なりとこれらに通じるのか。小林和子氏が、つとにこの最後の「凄まじい反射」を冒頭の盥の光と結びつけて考えていた[9]。ただし、小林氏は、それを幸福な記憶から「絶望的な不在感」へ動くものと解している。それに対して私は、そこにはなお光の発する、照り——照らす力が漲っている、と読むのである。

冒頭の「盥のゆらめく光」は「信じられた体験」の中にある光景であった。それに対し、末尾の光は、まさに欲望とともに見出され、衝撃として受けとめられたものである。だが、それはたんなる「絶望」ではなく、むしろ、強烈な光の反射にしばし射られることによって末尾は冒頭を喚起し、そこにある生のかたちが示されたのではないか。それは、自身を〈異常〉としてきた〈あげくの果て〉の場にさす光であり、また何かがはじまる予感もおこるのだ。「引き裂かれ」「不在」となったという「私」のすべても、かつてそこからはじまったのである。そことは何か。すべての〈はじまり〉としての光——〈ゆらめき〉の記憶であった。

ここまで来ればもう、「盥のゆらめく光の縁」はなぜ「最初の記憶」ではないのか、が分かってくるだろう。すなわち、それは何ら異常な自己認識へと至る「記憶」である必要はなく、ただ「何度となく……記憶の中に揺曳」するもの、根源にゆらめく〈はじまり〉として置かれたものと見えるのである。こうして「何度となく」回帰すべき場をもった回想——「仮面の告白」は、無惨な告白をかかえつつ、なお、ある全一なものとしての〈自己〉を示しているのだ。それは〈ゆらめき〉つつも安定し、〈告白〉の固執と動揺とをささえているのである。

では、最後に「立上が」った「私」は、これから何処へ行くのか。あるいは、かく〈原初〉への刹那の回帰がきざし、もはや〈告白〉もなされたとして、さて何が残ったのか——もちろん生が、そこに、である。

注1 佐藤秀明『三島由紀夫—人と文学』（勉誠出版、平18・6）。佐藤氏はそこで、「だから『仮面の告白』の孤独な悲哀は、作者にとって過去のものであり、したがって孤独な自己を客体化して書いていたに違いないのである」と述べている。

2 島弘之氏は、冒頭の「永いあひだ」を、『失われた時を求めて』冒頭の'Longtemps'と「響き合う」ものと指摘している（「批評家を嫉妬させる「私」―三島由紀夫「仮面の告白」―」、『〈感想〉というジャンル』筑摩書房、平1・3）。

3　金井美恵子氏は、この部分の文章には「他の部分とはまったく別のあえて言えば幻想的に幸福な調子があるように思われる」と述べている（「仮面の告白」覚書―不可能の光景―」、「国文学」昭51・12）

4　前田貞昭氏は、第一章の「産湯の記憶から「幼年時代が私から立去つてゆかうとする訣別」の情景まで」を、「整理され秩序立てられ」た一連の記憶としてとらえている（「『仮面の告白』私見―三種類の「前提」の意図するところをめぐって―」、「近代文学試論」昭54・11）。

5　福田恆存「『仮面の告白』について」、新潮文庫『仮面の告白』（昭25・6）

6　加藤典洋『テクストから遠く離れて』（講談社、平16・1）。加藤氏はそこで、ナカグロの使用は『仮面の告白』以外に長篇では『盗賊』の一文と、いくつかの初期短篇に限られていると述べている。

7　村松剛『三島由紀夫の世界』（新潮社、平2・9）

8　三谷信『級友　三島由紀夫』（笠間書院、昭60・7）

9　小林和子「『仮面の告白』の冒頭部分について」（「稿本近代文学」6号、昭58・7）

本稿は二〇〇六年度南山大学パッヘ研究奨励金I―A―2による研究成果の一部である。

（南山大学教授）

仮面の恩寵、仮面の絶望

——『決定版三島由紀夫全集』収録の新資料を踏まえて読む——

井上隆史

1

『仮面の告白』は、昭和二十四年七月に河出書房から刊行された。改めて言うまでもないが、主人公の〈私〉が自身の同性愛について「告白」するという筋立てで、三島の代表作である。と同時に、近代日本文学を代表する小説の一つでもある。

『仮面の告白』の編集を担当したのは河出書房の坂本一亀だ。彼が四谷駅前の大蔵省仮庁舎に勤務していた三島を訪ねて正式に執筆依頼をしたのは、昭和二十三年八月二十八日のことだった。[1] ちなみに、当時河出書房は書き下ろし長篇小説シリーズを刊行中で、その最初の巻は椎名麟三の『永遠なる序章』（昭23・6）である。『仮面の告白』は同シリーズの五冊目だ。

『永遠なる序章』では、余命いくばくもないと宣告された男が、死との直面によってはじめて生の激情、新鮮さ、歓喜を覚えて、真に革命的に生き革命的に死のうとする様子が描かれる。この作品の思想的な骨格は、ニヒリズムに陥った人間が、一種の極限状況においてニヒリズムを超克する点にあるが、生と死に対するこのような向き合い方は、戦争によってあらゆるものが破壊された廃墟の中で新たな生に向かって立ち上がろうと模索する多くの若者の共感を呼んだ。三島にも、このような意味において戦後という時代を代表する作品を書くことが期待されたのであろう。

その予定は当初、構想期間三ヶ月、執筆期間三ヶ月という条件だったという。依頼を受けた三島は、ちょうど長篇を書きたいところだった、自分はこれに作家的生命を賭けるとして快諾し、九月二日に大蔵省に辞表を提出、執筆準備に専念する[2]。そして、十一月二日付で坂本一亀に書簡を出した。そこには〈書下ろしは十一月廿五日を起筆と予定し、題は『仮面の告白』といふのです〉とあり、それは〈生れてはじめての私小説で、もちろん文壇的私小説ではなく、今まで仮想の人物に対して鋭いだ心理分析の刃を自分に向けて、自分で自分の生体解剖をしようといふ試み〉だという。主人公を同性愛者にするという筋立てについては一言も書かれていないが、そのような構想のもと、順調に執筆準備を進めていることを窺わせる内容だ[3]。

しかし、実際に書き始めてみると、思うように筆は進まなかった。当初こそ執筆のスピードは速かったが、翌二十四年一月末から停滞し、擱筆は予定より二ヶ月遅れの四月末にずれ込んでしまう。書き下ろしシリーズ中の一巻だったということもあり坂本の督促は厳しかった。後に三島本人は、〈後半の粗さは息もたえだえに疲れて来て、しかも〆切を気にしすぎたことから起こつた〉（『私の遍歴時代』）と回想している。大蔵省を辞めて作家として一本立ちしようとしていた三島にとって、失敗は許されないという重圧もあったことだろう[4]。もっとも見方を変えれば、文学史に残る優れた仕事というものは、プレッシャーの中からしか生まれないということの一例とも言える。

では、三島は『仮面の告白』の執筆に作家的生命を賭けたと言うが、その具体的内実はどのようなものだったのだろうか。また、『仮面の告白』が近代文学全体を代表する作品であるというのは、いかなる意味においてそうなのか。

『仮面の告白』についてはこれまでにも多くの論考があるが、近年明らかにされた新資料を参照したものはまだ少ない。本稿では『決定版三島由紀夫全集』（以下『決定版全集』と略す）の成果を踏まえながら、『仮面の告白』について再考しようと思う。

2

三島は坂本一亀の依頼に対して、ちょうど長篇を書きたいところだったと答えたが、当時の三島の心境を窺うことの出来る文章がある。

種々の事情からして、私は私の人生に見切りをつけた。その後の数年の、私の生活の荒涼たる空白感は、今思ひ出しても、ゾッとせずにはゐられない。年齢的に最も潑剌としてゐる筈の、昭和二十一年から二・三年の間といふもの、私は最も死の近くにゐた。未来の希望もなく、過去の喚起はすべて醜かつた。私は何とかして、自分、及び、自分の人生を、まるごと肯定してしまはなければならぬと思つた。（「終末感からの出発―昭和二十年の自画像」、「新潮」昭30・8）

また、三島は取材や構想などを書き記した多数の原稿用紙、ノート類を残しているが、そのうち表紙に〈数学帳〉と印刷されたノートには、以下のような記述がある。

○昭和廿二年度に、着手すべき仕事。
○自伝小説『魔群の通過』（千枚）
I、自伝の方法論――五十枚、
II、幼年時代――三百枚、
III、少年時代――三百枚、
IV、青年時代――三百五十枚、
十年がかりで書くこと。今からちよい／＼書きはじめること。（I）は全部完成後書くこと。
幼年時代の資料整理に着手すること。(5)

三島には「魔群の通過」（「別冊文芸春秋」昭24・2）と題する作品があるが、これは四十歳の伊原という男を主人公にして戦後の頽廃的な人物像を描く短篇で、右に記された自伝長篇としてのそれとは異なる。おそらく三島は、一旦は「魔群の通過」という自伝小説を構想したものの、それはそれとしては結実せず、一部の要素が同名の短篇として発表されるに至ったのだろう。だが、今注目すべきは、「魔群の通過」という作品の構想の変遷ではなく、昭和二十二年の時点で三島が人生を総括するような長篇小説を書きたいという明確な意図を抱いていたということである。

三島が『仮面の告白』の執筆に何を賭けていたかということについて問うためには、まず右の二つの引用を参照するとよい。そこから明らかになるのは次の二点だ。第一に理由は不明ながら、当時三島は極めて危うい心理状況にあったこと、第二に、精神の混乱や危機に対処するために三島が選んだのは、自分の全てをまるごと捉え表現するような自伝長篇を執筆することだったということである。

3

心理的危機の理由は不明だと述べたが、実は幾つかの場所で、三島本人がこれについて言及ないし暗示している。例えば『私の遍歴時代』では、激動期を迎えた戦後文壇について、次のように述べている。

（前略）文壇はまた、疾風怒涛の時代を迎へてゐた。
私も内心、さういふ波に乗りたい気があつたが、戦時中の小さなグループ内での評判などはうたかたと消え、戦争末期に、われこそ時代を象徴する者と信じてゐた夢も消えて、二十歳で早くも、時代遅れになつてしまつた自分を発見した。これには私も途方に暮れた。

三島は戦争中、雑誌「文芸文化」同人の影響を受けながら、現実を越えた夢想に耽溺し死を希求する独自の美学を育んだ。戦後発表されたものだが、「岬にての物語」（「群像」昭21・11）に描かれているのは、その美学の典型的な世界だ。語り手の少年はある夏の一日、房総半島の一角の岬で美しい男女と知り合い、三人で隠れんぼをする。しかし、鬼になった私の耳に鳥の声に似た荘厳な叫びを残して、二人は姿を消してしまった。男女の行方について三島はあからさまには書いていない。けれども、彼らが禁断の愛を完成させるために海に身を投じたのは間違いない。そして少年は、〈人間が容易に人に伝へ得ないあの一つの真実〉を学んだと感じるのである。

これは、巧みに組み立てられた好短篇である。だが、メルヘン風な死の賛美は、戦後文壇の好んで受け入れるものではなかった。「群像」発表に先立ち、三島は本作を含む八短篇を筑摩書房に持ち込んだが、これに目を通した中村光夫はマイナス百五十点をつけて没にしたという。[6] その後「群像」の編集者・川島勝が原稿を読んで強く惹かれ同誌掲載の運びとなるが、[7] 本多秋五が言うように中村光夫の判断の方が〈当時の一般の見方であった〉（『物語戦後文学史』）。自分の抱いてきた文学理念が戦後文壇では全く通用せず、自分の居場所を失ってしまうという事態に三島は見舞われたのだ。このことは、深刻な焦燥感をもたらさずにはいなかったであろう。

しかし、心理的危機の理由としてもう一つ問題にすべきなのは、『仮面の告白』で草野園子と呼ばれる人物のモデルとなった女性との関係である。三島は前掲「終末感からの出発」の中で彼女（三谷邦子）について、〈戦争中交際してゐた一女性と、許婚の間柄になるべきところを、私の逡巡から、彼女は間もなく他家の妻になつた〉と述べた。この出来事は三島に衝撃を与え、特に『仮面の告白』後半のストーリーは、そこから生まれたのである。だがそれは、世にありがちな失恋の痛手という次元に留まるものではなかった。邦子との関係はいかなるものであり、三島にどのような影響を及ぼしたのか。この点について、年譜的事実に則して考えてみたい。

4

邦子は、三島の学習院初等科から高等科卒業までの同級生・三谷信の妹である。その父・三谷隆信は駐仏大使や学習院次長として働き、昭和二十三年から四十年までは侍従長を務めた。[8]

信と親しかった三島は度々三谷家を訪ねた。『わが思春期』によれば、三島は十九歳の時、邦子が隣室で弾くピアノの音を聞き、〈自分の忘れてゐた、あたたかい、やはらかい、そしてもの静かな女性の世界〉を感じたという。この場面は、『仮面の告白』では、〈近々特別幹部候補生で入隊することになつてゐる友人の家〉でのこととして描かれており、そうだとすれば、三島や三谷が学業短縮措置で学習院高等科を卒業した昭和十九年九月頃の出来事であろう。もっとも『わが思春期』には、〈私は前にも書いたやうに、だれか一人の少女を愛さなければならないと思ひ込んでゐましたし、彼女は、たまたまその一人だつた〉、〈私の初恋は自然なもの、といふよりも、自分の肝だめしのやうなものだつた〉ともある。考えてみれば、以前から知っている筈の邦子に、この時期になって急に接近し始めたのは、不自然と言えば不自然で、この点から考えると、三島にとって邦子の存在は、それほど大きな意味を持っていないようにも見える。

しかし、翌二十年三月九日、前橋陸軍予備士官学校に入校していた信と面会するために邦子を含む三谷の家族が一泊旅行した際には三島も同行し、二人の距離は接近した。そして六月、三島は軽井沢に疎開していた邦子を訪ね接吻する。このことは『わが思春期』において経験不足の若者によるぎこちない接吻として回想されているが、それに先立ち小説「夜の仕度」(「人間」昭22・8)でも、同様の描かれ方をしている。一方『仮面の告白』では、主人公は〈接吻の中に私の正常さが、私の偽はりのない愛が出現するかもしれない〉という期待から園子の唇に触れるが何の快感もなく、結局、自分が女性に欲情しないことを改めて自覚することになる重大な出来事として扱われている。

その後、三谷信から邦子との縁談を確認する書簡が来るが、逡巡し返事を保留しているうちに終戦を迎え、邦子は直ちに別の男性と婚約、翌二十一年五月に結婚した。しかし、『盗賊』創作ノート内には、〈婚約した彼女を一度誘ひ出して話したい〉というメモが書き込まれており、また前出の「〈数学帳〉ノート」には、昭和二十一年九月十六日、偶然邦子に会って衝撃を受けたことが記されている。[9] これは『仮面の告白』では、梅雨曇の午後の麻布の路上での出来事として描かれ、このことをきっかけにして、主人公と園子は曖昧なデートを重ねるようになる。「曖昧な」と言うのは、人妻となった彼女との逢瀬を待ち望み楽しんでいる主人公は、その実同性に対する抑えがたい欲望を抱いており、それ故二人の男女としての関係は進展しようがないからだ。

『仮面の告白』では、最後に二人はダンスホールに出かける。しかし、主人公の〈私〉は客の青年に対する「欲情」と、傍らに座る園子という「現実」との間に引き裂かれてしまい、〈私といふ存在が何か一種のおそろしい「不在」に入れかはる刹那〉に襲われる。この記述が現実の体験に基づくものであるのかどうか、今のところ確かな証拠は存在しない。

5

このような二人の関係のことを、村松剛は初恋と失恋の経験と見做した(『三島由紀夫の世界』)。しかし、この見方はあまりに表面的過ぎる。邦子との関係は、抗いがたい恋情に促されて始まった初恋というよりも、ある時点において自分の意志によって開始されたものであり、また相手に拒まれ思いが叶わずに終わったわけではなく、自分から縁談を断って幕引きをしたのである。このことが当時の三島の心理的危機、〈私の生活の荒涼たる空白感〉の一要因になっていたとすれば、それは恋の破局ゆえではない。そうではなく、三島が邦子との関係を通じて、右のように振舞わざるをえなかった自身の抱える内面の問題に向き合うことを強いられたためなのである。

　では、内面の問題とは何か。それは同性愛という問題であろうか。そうだとすれば、『仮面の告白』は同性愛に悩み心理的な危機に陥った三島が、自分の性愛を「告白」することによって、危機を克服しようとするために書いた小説ということになる。

　『仮面の告白』刊行後に、三島が精神医学者で評論家の式場隆三郎に宛てた書簡は、この見方を裏付ける資料だと言えよう。

> 「仮面の告白」に書かれましたことは、モデルの修正、二人の人物の一人物への融合、などを除きましては、凡て私自身の体験から出た事実の忠実な縷述でございます。この国にも、また外国にも、Sexual inversionの赤裸々な告白的記述は類の少ないものであると存じます。わづかにジッドの「一粒の麦」がございますが、これはむしろ精神史的な面が強調されてをります。ジャン・コクトオのLivre blancといふ稀覯本を見ましたが、これも一短篇にすぎませぬ。私は昨年初夏にエリスの性心理学のSexual inversion in ManやLove and Painを読みまして、そこに掲載された事例が悉く知識階級のものである点で、（甚だ滑稽なことですが）、自尊心の満足と告白の勇気を得ました。当時私はむしろ己れの本来のTendenzについてよりも、正常な方向への肉体的無能力について、より多く悩んでをりましたので、告白は精神分析療法の一方法として最も有効であらうと考へたからでございました。（昭24・7・19付）

　しかし私たちはここで、次のように考え直してみることも出来る。三島は確かに性の対象として男性を選ぼうとし、そしてそのことに悩んでもいた。それは事実だが、その一方で文学作品や心理学を通じて同性愛というテーマを意志的、意識的に追究し、そこに自身の心理的危機の要因を集中させようとしていたとも言い得るのではないだろうか。式場宛書簡も、三島が女性に対する不能というテーマを、同性愛というテーマに置き換えようとした証跡として読むことが出来るのだ。先述の戦後文壇において自分の居場所を失ってしまったという焦燥感についても、同性愛であることの悩みに比べれば相対的に小さなテーマであるとして、三島は『仮面の告白』において正面から問わずに済ませようとしたと見做すことも可能であろう。

　このような考え方に従えば、『仮面の告白』は幾つかの次元にまたがって心理的な危機に陥った三島が、自身を同性愛者と捉え、この観点から自分の生涯の全体を表現することによって危機を乗り越えようとするために書いた小説ということになる。

6

　それがどうして危機の克服に繋がるかと言えば、たとえ社会の通念に反するものとして不安を掻き立てるものであったとしても、同性愛者であると自己表明し他者にそう訴えかけることは、三島本人に明確なアイデンティティの拠点を与えるからである。この意味では、同性愛は心理的危機や混乱の要因ではない。むしろ、危機に瀕した不安定な存在を救済する観念であり、同性愛の傾向を持っていたことは三島にとって恩寵ですらあった。

　実際に三島にとって同性愛がこのような意味を持っていたということは、『仮面の告白』の創作過程を辿ることによって実証することが出来る。『仮面の告白』については、いわゆる「創作ノート」と呼ばれる資料の存在は今のところ確認されていない。しかし、三島由紀夫文学館には幼年期およびそれ以降に書かれた多数の草稿が収められており、そこには『仮面の告白』の内容と明らかに重複するものが少なくないのだ。これを整理した三島が同性愛という観念に従って再構成することによって『仮面の告白』の執筆を進めたことは一目瞭然なのである。

　ちなみに、『仮面の告白』の基礎になった草稿類を整理すると以下のようである。[10]『仮面の告白』の内容とその元になった草稿類を、→の上下に記した。

●『仮面の告白』に描かれた主人公の生い立ち→「平岡公威自伝」（『決定版全集』二十六巻四二〇～四二七頁。平岡公威は三島の本名。学習院高等科時代の学校の課題と思われる）

●地下鉄の切符切りやジャンヌ・ダルクへの憧れ、奇術師の天勝やクレオパトラを真似て扮装したこと、および夏祭の神輿が門内に雪崩込んだエピソード→「扮装狂」（『決定版全集』二十六巻四四五～四五三頁。擱筆は昭和十九年八月一日。雑誌「曼荼羅」に発表予定だったが、予算の都合で誌面が大幅に縮小され掲載を見送られたもの）

●セバスチャンへの関心→「無題（「厳めしさと……」）」（『決定版全集』補巻二九六～二九九頁。「聖セバスチャン《散文詩》」の原型）

●主人公の残虐な流血趣味→「館（第二回）」（『決定版全集』十五巻一五二～一八二頁。「学習院輔仁会雑誌」（昭14・11）掲載の「館（第一回）」の未完の続篇草稿。「館」は西洋の残虐な城主を主人公とする小説）

●落第生への憧れ←前出「扮装狂」

●主人公があたかも性的に女性を欲しているかのように自己暗示を重ねるさま←「鳥瞰図」（『決定版全集』十五巻三一三～三七四頁。昭和十五年三月から七月にかけて書かれた小説草稿で、「彩絵硝子」（「学習院輔仁会雑誌」昭15・11）の母胎ともなった）

●接吻への期待と怖れ←「菊薫環物語」（『決定版全集』補巻二五六～二六八頁。昭和十八年から十九年頃の執筆と思われる小説草稿で、主人公の少年が「トリスタンとイゾルデ」の銅版画を真似て少女に接吻する様を描く場面がある。「扮装狂」においても、憧れの落第生が主人公に向かって、接吻なんて面白くもなんともないぜと言って、冷笑する場面があり、この主題はのちに「恋と別離と」（「婦人画報」昭22・3）に発展する）

●勤労動員先で空襲に見舞われたこと←「空襲の記」（『決定版全集』二十六巻五一五～五一八頁。中島飛行機小泉工場での空襲体験を書き留めたもの）

●昭和二十年六月の軽井沢での園子との接吻←「『盗賊』創作ノート」（『決定版全集』一巻六〇五～六五〇頁。前出「夜の仕度」にも同じ場面が描かれている。「曼荼羅草稿」（昭26・6）に発表された詩「バラァド」、「東雲」（昭20・7）に発表された詩「紘歌　夏の恋人」も、そもそもは前橋および軽井沢への旅行に取材した作品だと思われる）

●娼家に行ったが不能に終わったこと、および不能に対する恐怖←「『家族合せ』創作ノート」（『決定版全集』十七巻七二七～七三〇頁。この構想は前出「〈数学帳〉ノート」内に書かれ、兄妹の近親相姦を描く小説「家族合せ」（「文学季刊」昭23・4）にほぼそのまま生かされている）

●園子との再会←前出「〈数学帳〉ノート」

以上のように『仮面の告白』に描かれるエピソードには、必ずといって良いほど、その元になる草稿類が存在するのである。執筆のスピードが当初速かったのは、これらの草稿が既に用意されていたからでもあろう。ただし、例えば「鳥瞰図」において主人公が自己暗示を重ねる様子は、あくまでも神経衰弱的な意識の混乱の一種として描出されていて、特に同性愛の問題と関連付けられているわけではない。不能の問題についても、「『家族合せ』創作ノート」に記されているのは、以下のような文章である。

兄過度のオナニーのため不能者となる。それを悩み殆んど死なんとす　一回妓楼に上り果せざりしより、妹これを哀れみ　一夜あらゆる技巧にてこれをそゝる。兄つひに不能　兄つひに自殺。

これが『仮面の告白』においては、同性愛の問題との関わりにおいて意味付け直されている。「平岡公威自伝」「館」

「空襲の記」などについても同様の指摘をすることが出来る。「扮装狂」や発表作「家族合せ」には同性愛的な色彩がないとは言えないが、これも作品の核心を構成しているわけではない。

7

では、同性愛という観念に従って再構成される以前の草稿類にはどのような問題が描かれていたかと言えば、扮装への興味、残虐な流血趣味、神経衰弱的な意識の混乱、不能への恐怖、近親相姦などである。『仮面の告白』は、これら諸問題の根本的原因は同性愛であるという真理を発見した作家の三島が、そのことを「告白」する小説のように見えるが、本稿が今ここで論じようとしていることはこれとは異なる。私が述べたのは、複数の次元にまたがる心理的危機に陥った三島が、同性愛という観念に沿うように自己のアイデンティティを再構成しようとしたということだ。その時、扮装への興味や残虐な流血趣味以下のテーマは、また戦後文壇において自分の居場所を失ってしまったという焦燥感についても、それ自体としては問われなくなる。それらは事によると、同性愛以上に三島にとって本質的な問題かもしれないのだが、そのようなものとして問われなくなることによって心理的危機と混乱は単純化され、あるいは回避されるのである。

この二つの見方はいずれが正しいのであろうか。これは一つの事態を表と裏から見た見方の違いとも言え、その意味ではいずれも正しいと考えることは不可能ではない。だが、この作品のタイトルが『仮面の告白』であることの意味を考慮に入れるなら、実はどちらも正しくないか、少なくとも不充分であると言うべきであろう[11]。

即ち、前者の見方であれば同性愛であるということ自体は「素顔による真理の告白」となってしまい、表題と矛盾する。後者であれば、主人公が扮装への興味や残虐な流血趣味以下のテーマを正面から取り上げることをせず、自身をあくまでも同性愛者として位置付けようとしているその語り自体を、三島の「素顔」ならぬ「仮面の告白」と呼ぶことは、あながち誤りとは言えない。先に、同性愛の傾向を持っていたことは三島にとって恩寵ですらあったと述べたが、それはこのような「仮面」を被ることが出来たということが一種の恩寵だったという意味だ。人によっては、そのような「仮面」をいかに被ろうとしても、それは無理なことなのである。

だがその時、扮装欲を抱いた人物としての、あるいは残虐な流血趣味を抱いた人物、神経衰弱的な意識の混乱に囚われた人物等々としての、より本質的な「素顔の告白」が、どこか別の場所に想定されていることになる。理屈の上ではそうなるが、三島は本当のところ、どのように考えていたのだろう。

告白の本質は「告白は不可能だ」といふことだ。
この小説では、「書く人」としての私が完全に捨象される。作家は作中に登場しない。しかしここに書かれたやうな生活は、芸術の支柱がなかつたら、またたくひまに崩壊する性質のものである。従つてこの小説の中の凡てが事実に基づいてゐるとしても、芸術家としての生活が書かれてゐない以上、すべては完全な仮構であり、存在しえないものである。（以上「『仮面の告白』ノート」、『仮面の告白』月報、昭24・7、河出書房）

私は一種の告白小説を書くに当つて、方法的矛盾を怖れてゐた。そこで考へたことは、作品の中から厳密に「書き手」を除外せねばならぬといふことであつた。何故なら、もし「書き手」としての「私」が作中に現はれれば、「書き手」を書く「書き手」が予想され、表現の純粋性は保証されず、告白小説の形式は崩壊せざるをえない。
（「あとがき（三島由紀夫作品集1」昭28・7、新潮社）

右のうち二番目の引用によれば、三島は扮装欲や残虐な流血趣味等々という問題ではなく芸術家の精神の問題としてであるが、やはり同性愛というテーマ以外の「素顔の告白」を想定していたことになる。

しかし、このような地点で思考を止めてしまうと、『仮面の告白』というタイトルの本当の意味に光が当たらなくなるであろう。むしろ、扮装欲や残虐な流血趣味に関してであろうが芸術家の精神の問題であろうが、「告白」はどこまでいっても「仮面の告白」に終わるのであり、何かを語ろうとした時、必ず語りえない部分が生み落とされるという意味で、〈告白の本質は「告白は不可能だ」〉ということになるのではあるまいか。このように考えるならば、三島は『仮面の告白』において、同性愛という観念に従って自作及び自分の生涯の全体を再構成しようとする営みを通じて、実はいかなる観念に従おうとも、生の再構成は不可能であることを、最終的に示していると言わなければならないのである。

8

これは、ある意味で当時の三島が自覚していた事柄のその先をゆく見方かもしれない。しかし、先の一番目と三番目の引用に明らかなように、『仮面の告白』には間違いなくこのような要素がある。このことに留意する時、この作品が文学史を代表する小説であることの本質的理由が浮き彫りになるであろう。即ち、『仮面の告白』は近代日本文学の主流を形成する私小説という形式に見かけの上では則りながら、その実、私小説の方法論的前提である「告白に対する作家―読者両者による全幅の信頼」を根こそぎ覆そうとするものなのであり、ひいては近代において私たちが信じて疑おうとしなかった「私」という存在や「主体」なるものへの自明な信頼感そのものを相対化しようとする作品なのである。私たちはポストモダンの思想が紹介されて以降はじめて、「告白」や「主体」という制度が一つのフィクションに他ならないことを明確に意識するようになったが、それにはるかに先立ち、三島はこの問題を剔抉していたのだ。

　このように考える時、『仮面の告白』は、例えば本稿冒頭に触れた『永遠なる序章』がそうであったように戦後という時代を代表する作品であるという以上に、近代文学史の全体を、さらには言葉と人間の関係それ自体を問い直すような画期的な作品であることが理解される。

　だが、あまりに根源的な思考は、そのことによって一層危険な代償を払わなければならない。

　Wovon man nicht sprechen kann, darüber muss man schweigen.（語りえぬことについては沈黙しなくてはならない）(12)

三島が〈告白の本質は「告白は不可能だ」といふことだ〉と述べたことは、本質的には右のウィトゲンシュタインの主張と同じ内容をもっている。これが、言葉と人間との関係について原理的に最も突き詰めた考えであることは疑えない。だが、この原理に固執し過ぎてはならない。私の考えでは、語りえぬものを語ろうとする困難と不毛さ、あるいはそれを語りうるとする錯覚や信念の中にも人間の「生」の現実がある。その一切を切り捨ててしまうと、人はもはや行き場所が失い極めて深刻なニヒリズムを抱え込むことになるのだ。それは結局のところ、仮面として語り、仮面として生きることしか出来ないという絶望感を齎すのである。

　後期ウィトゲンシュタインの仕事はこのようなニヒリズムとの闘争の軌跡として理解することが出来る。そして『仮面の告白』以降の三島にも、同種の課題が与えられていると言えるであろう。

注

1　坂本一亀「『仮面の告白』のこと」（「現代の眼」昭40・4）

2　坂本一亀「『仮面の告白』のころ」（「文芸」昭46・2）

3　起筆予定日を十一月二十五日とした理由は不明だが、可能性の一つとして考えられることがある。当時河出書房では、戦後派作家の結集を謳う同人誌「序曲」の創刊を企画していた。三島はその創刊号の編集当番であり、坂本も担当の一人だったが、同誌の編集が最終的に終わるのは十一月下旬であった（奥付によれば十一月二十五日印刷、十二月一日発行）。その区切りの日付として三島は十一月二十五日を選び、以後『仮面の告白』の執筆に全力を傾けようと考えたのかもしれない。ただし、『仮面の告白』刊本に付された月報に記載された「編集便り」によれば、三島が実際に筆を下ろしたのは十二月になってからのようである。

4　猪瀬直樹は『ペルソナ　三島由紀夫伝』で、当時の平岡家の家計について次のように記している。

平岡家も危機に瀕している。父親梓が戦時中に天下った日本瓦斯用木炭株式会社では社長として年俸一万円（東京府知事の年俸とほぼ同額）の高給を得ていた。だが終戦でほぼ機能を止め、昭和二十一年十月、日本薪炭株式会社となるが、二十三年一月に政府命令で閉鎖されてしまう。平岡家の今後は、長男の三島の双肩にかかっていた。

5　『決定版全集』十七巻に「『魔群の通過』創作ノート」として収録。

6　中村光夫・臼井吉見による対談「三島由紀夫」（「文学界」昭27・11）

7　川島勝『三島由紀夫』（文芸春秋、平8・2）

8　猪瀬直樹は『ペルソナ　三島由紀夫伝』において、三谷家（草野家）について次のように記している。

『仮面の告白』には省かれているが、草野の家は敷地が三百坪ほどあり、木造三階建ての洒落た建物だった。三島の住んでいた借家の敷地は六十坪ほどなので、だいぶ違う。草野家は華族ではないが、公爵家にもつながる閨閥のなかにあった。

本稿では特に問題として追究していないが、このような三谷家の家柄が、邦子と交際しようとする三島にある種の心理的圧迫を与えた可能性については、もっと考慮されてよいであろう。

9　『決定版全集』一巻「解題」参照。

10　これについては拙著『三島由紀夫　虚無の光と闇』（平18・11、試論社）でも触れた。

11　『仮面の告白』という表題については、単に奇を衒うものだとか、同性愛であるという「告白」を曖昧に誤魔化そうとするものだと指摘されることがあるが、このような表層的な見方に留まっていてはならない。

12　ウィトゲンシュタイン『論理哲学論考』

（白百合女子大学）

『仮面の告白』

――セクシュアリティ言説とその逸脱――

久保田裕子

一、「同性愛者」とは誰か？

無論今までにも、斯かる方面は前に挙げた諸家の外近時の新作家中にも之れに筆を着けたものが無いではない。併しそれ等は多く醜なる事を書いて心を書かなかつた。『蒲団』の作者は之れに反し醜なる心を書いて事を書かなかつた。（島村抱月「『蒲団』評」「早稲田文学」明治40・10）

『仮面の告白』（昭和24・7、河出書房）の「私」は記述者である〈私〉が自分の過去を語るという一人称の手記であるが、「心」を書いて「事」を書かなかった点で『仮面の告白』は近代文学の正統的伝統を継承するテキストであると言える。「私」は同性愛について語ったが、テクストに書かれた範囲では同性愛セクシュアリティは行動化されていない。「お前は人間ではないのだ」とまで裁断する「罪」の内実は、「自瀆」と想像上のサディスティックな同性愛志向に過ぎず、セクシュアルな対象である同性に、ただ「異常な注視」を向けているだけだ。「男色」はあくまで彼の内面の出来事として描かれ、彼の外部には昭和二〇年代に存在していた同性愛者の社会も、また同性愛者を差別し抑圧する社会の実態も見えてこない。佐藤秀明は『日本の作家100人　三島由紀夫―人と文学』（平成18・2、勉誠出版）において、「共通の基盤に立つ他の人が『私』には見えていない」と指摘した上で、「ホモ・セクシュアリティとヘテロ・セクシュアリティとの対立図式が厳然として敷かれ、しかもホモ・セクシュアリティは〝マイノリティ〟でさえなく、性科学の文献と文学書にわずかに見出される事例」であると述べている。

佐藤が指摘する通り、異性愛と同性愛の正常／異常という二項対立の図式が展開する『仮面の告白』の「私」の背景には、『禁色』（「群像」昭和26・1～10、「文学界」昭和27・8～28・8）で詳細に描かれた戦後のゲイ社会の実態は全く描かれず、同性愛や嗜虐的な傾向を「罪」と断じる内面の軌跡がたどられている。むしろ〈告白〉に値するような当時の社会規範から見た逸脱した性の行動化はなく、とるにならないことが「私」の語りの中で殊更に問題化されていると言ってよい。その一方で、「ひりつくやうな欲望」とは異質な「清冽な動悸」を園子に感じて「心の一途な傾倒」を見出し、「男色」という自己定義にもかかわらず、単一のカテゴリーから逸脱する多様な様相を内包している。テキストに見られる彼の性実践としては異性二人と接吻し、同性に性的欲求を抱き、性別《ジェンダー・アトリビューション》のみかけは男性であるが、幼年時代には女装し「狂ほしい喜び」に満たされる経験を持つ。中村三春は「単に男性ホモセクシュアルが性的自覚の体験を語る〝告白〟ではない」と指摘し、「メビウスの輪の一面にはホモセクシュアルの覚醒とその隠蔽が、他の一面にはヘテロセクシャルへの誘引とその拒絶が、各々の軌跡」（「三島由紀夫小説構造論―パラドックスの変奏」「国文学」平成12・9）を描く、語りにおけるメッセージの撹乱に着目する。

　このように彼の性実践・性自認・性的志向は首尾一貫性がなく、成長の過程によっても変容していく。行動・欲求・自己意識等の複数のレベルでジェンダーとセクシュアリティをめぐる定義は撹乱され、同性愛／異性愛という二項対立的なカテゴリーの有効性、解釈コード自体を揺るがす存在であることがわかる。

『仮面の告白』の語り手は、果たして「同性愛者」なのか？　このような問いかけと同時に「同性愛者とは誰か」という問いが生じる。仮に「私は他人の家に押し入ったことはないが、自分が強盗であることを知っている」という命題を立てた場合、『仮面の告白』における〈告白〉の特異性が際立つ。多型倒錯的な多様な性のありようは、性の全体性を生きることへ繋がる可能性を内包していたとも言えるが、「私」にとっては脈絡のない性はアイデンティティの安定性・完全性に対するノイズとして機能し、一章・二章において際立つハイブリッドな性は、三・四章の後半部分に向かって「私」の語りによって「男色」という一点に収束していく。

　しかし〈告白〉によって自分の欲望を語るという発話や表明なしに欲望を保持しておくことはできないとすれば、同性愛の言語実践は、同性愛それ自体と分離不可能となる。「男色」＝「異形」の存在として定位するために、「お前は人間ではない」と自分自身に呼びかけるのである。換言すれば「私」にとって「同性愛者」であるということは、所与の実体ではない。語るという言語行為によって、現在における過去を再構成・再解釈し、経験を再定義するものであり、彼の自己認識は言語の外部にある現実を反映するだけではなく、言語行為を通して構築される。

　三島は昭和二十四年一月に発表した「川端康成論の一方法―『作品』について」（「近代文学」）において、次のように述べている。

自己をめぐる無数の仮定的な実在（勿論自己の内面も含めて）を作品といふ決定的な実在に変容させる試みが芸術であるとすれば、それに先立ってまづ、自我の分裂が必要とされる。即ち書く自我と書かれる自我と。作品の形成はこの書く自我と書かれる自我との闘争に他ならぬ。しかも書く自我の確立に伴つて、書かれる自我は整理され再編成されるのである。

ここには「書く自我の確立」によって、「書かれる自我は整理され再編成される」という明確な小説の方法意識が述べられている。確かに『仮面の告白』はこのような作者の意図する通り読まれ、昭和十年代の社会の歴史的文脈は、「私」の語りの構図の中に回収され明確に認識されてこなかった。本論ではまず、「私」の「男色」者としての現実の生成が、手記を書くという言語実践との結びつきによって構築されていくプロセスをたどりたい。その中でテキストに描かれる時代や社会背景から浮かび上がる剰余のもの、「整理」と「再編成」からこぼれ落ちる要素を掬い上げることで、あらたなテキストの可能性を考察したい。

二、〈告白〉とセクシュアリティ

『仮面の告白』の「私」は、書くことについて繰り返し自己言及し、語りの現在の地点から、「私の記憶」の中の「今までの私」を「正確」に追憶し、精密に検証しようとする姿勢を読者に対して誇示する。それでは『仮面の告白』では何が〈告白〉されているのか。

いくたびとなく無益な迷ひが私を苦しめ、今もなほ苦しめつづけてゐるものの、この迷ひをも一種の堕罪の誘惑と考へれば、私の決定論にゆるぎはなかつた。（略）今かうした奇矯な書物を書いてゐることすらが、献立表にはちやんと載せられてをり、最初から私はそれを見てゐた筈であつた。

このように「奇矯な書物」の中で、「決定論」「献立表」に書き込まれた「宿命」が前提となっている。そして自らのセクシュアリティを語ることが〈告白〉という制度と不可分に結びついている。古代ギリシャにおいても同性間の性的接触は一般に行われていたが、それが同性愛の問題として主題化されることはなかった。その後西欧における近代主義への移行に伴い、セクシュアリティは「自我の解釈学の中心に位置」（『同性愛の百年間』D・M・ハルプリン、石塚浩司訳、平成7・3、法政大学出版局）することになり、人格と性とが結び合わされ、セクシュアリティについて〈告白〉することが、秘匿された人間の〈真実〉を語ることと等価になった。

『仮面の告白』の語り手は、自分自身に対し、「お前」は「人交りのならぬ身だ」と厳しく呼びかける。しかしここで言われている「人間」とは普遍的な存在ではなく、あくまで当時の日本社会における男性ジェンダーや異性愛セクシュアリティから逸脱していないことを意味するだけで、流動的かつ不定形な基準に過ぎない。しかし、それを「生来のもの」と意味付け人間全般へと普遍化しようとする彼の頑固な自己定義は揺らぐことはない。

例えば「自分が生れたときの光景を見た」という確信的宣言は、特権化の起源を誕生の瞬間に遡及するという構造を通して、一種の決定論的本質主義が見出せる。『サド侯爵夫人』（「文芸」昭和40・11）においても、「悪徳といふものは、はじめからすべて備はつてゐて何一つ欠けたもののない、自分の領地なのでございますよ。（略）それは生れながらに天から授かつた広い領土で、あとでどんな意外に見えることに出会はうと、それは領土の外から何かが来たのではありません」とサン・フォン伯爵夫人は語る。サド侯爵の「生れながら」の「宿命」とは、十八世紀キリスト教社会において「悪徳」と呼ばれるセクシュアリティの逸脱を示唆している。侯爵は「考へてもごらん、ルネ、お前の良人は（皮肉に）、ここだけの話だが、人間ぢやないのだよ」とまで言われるが、ここでも「人間ではない」と名指される逸脱行為は、性の領域においてなされている。さらに中産市民階級とロマン主義的芸術家を対峙させ、芸術家の側を美化し同時に排斥するメカニズムが、セクシュアリティを通して表象されるという構造においても、『仮面の告白』のモチーフは踏襲されている。ただし『サド侯爵夫人』では「しきたりや道徳や正常さ」を根拠に「一寸でも則に外れたものへの憎しみや蔑み」を抱く社会や制度の側が痛烈に批判されている。フランス革命という社会の側の大変革によって、サドへの評価が一転して変わったさまが描かれることで、性をめぐる規範の危うさが露呈している。

次に彼の幼児期を彩ったのは、天勝やクレオパトラへの「扮装欲」である。松旭斎天勝（本名・中井かつ）は明治十九年東京・神田に生まれ、明治後半から大正・昭和前期にかけて活躍した。江戸川乱歩の『黒蜥蜴』（「日の出」昭和9・1〜12）の男／女に自由自在に変装する女賊は、「まるで天勝嬢の魔術みたい」と例えられるトランスジェンダー的存在である。石川雅章『松旭斎天勝』（昭和43・11、桃源社）によれば、天勝一座は欧米巡業を成功させ、帰国後の公演では、「スパンコールの舞台衣裳」で「つけまつ毛、アイシャドーを施した、洋風メーキャップ」でサロメを演じ日本初の欧米風なマジックショーを披露した。昭和初期は浅草のカジノ・フォーリーの元祖として「不景気しらず」（「天勝一代記」『日本の芸談第七巻　雑芸』昭和54・9、九藝出版）の人気を誇った「魔術の女王」であった。川端康成の『浅草紅団』（昭和5・12、先進社）には、「松旭斎天勝一座のプログラム」として「ユウモア新魔術『エヂプトの楽園』」が描かれるが、華麗な衣装を身にまとう天勝の姿は国籍や性別を越境した存在であり、「『天勝になりたい』といふねがひが、『花電車の運転手になりたい』といふねがひと本質を異にするものであることが、おぼろげながら私にはわかつてゐた」という言葉通り、彼がマネーらが定義した性自認（gender identity）と性的志向（sexual orientation）（『性の署名』ジョン・マネー、パトリシア・タッカー、朝山新一他訳、人文書院、昭和54・12）を明確に分離してとらえていたことがわかる。しかし「狂ほしい可笑しさ・うれしさにこらへきれず、『天勝よ。僕、天勝よ』と云ひながらそこら中を駈けまはつた」が、母の顔を見たとき、「母はこころもち青ざめて、放心したやうに坐つてゐた。そして私と目が合ふと、その目がすつと伏せられた」さまを見て、「私は了解」する。

昭和十九年一月に擱筆したエッセイ「扮装狂」（「新潮臨時増刊」平成12・11）は、『仮面の告白』の原型となるさまざまなエピソードから成り立っているが、この場面についても「ああそんなことがあつてよいものかしら。お母様が僕の目をよけるなんて。僕はもう観念してしまつた」という一節があり、母の拒否というモチーフがより明確に描かれている。〈正しい〉教育が正しいジェンダー化への過程へと導くことにあるならば、姑と来客が同席していた場の彼女の長男の振るまいは、「恥」であり、「不埒な仮装」は母としての適性を周囲に疑わせかねない出来事であった。このエピソードを通して、母の拒否という社会化された他者のまなざしを通して、異性装によって女になることが「罪」として了解され、自己を再構築していくプロセスが捉えられている。むしろここで前景化しているのは、自らのジェンダー・アイデンティティに違和を覚え、混乱し不安を覚える姿である。男／女といったカテゴリーは実際には変更可能性があり、彼は「豊かな肢体を、黙示録の大淫婦めいた衣装に包んで」いた天勝や「超自然な衣装」に身を包んだクレオパトラなどのように現実から分離された別の世界を仮構し、その中で自由なトランスジェンダー状況を密かに楽しんでいる。このように幼年時代の彼は、ジェンダー規制を超越し、撹乱・逸脱する天勝・クレオパトラやオルレアンの少女へ、恐れと反発を抱きながら深く魅了されるが、それは彼の主体の基盤が揺すぶられる外傷を伴う痛い経験でもあった。

ところで異性装について、明治六（一八七三）年、「違式詿違ノ條」第六二條（『法令全書』第六巻—2　内閣官報局、明治22・5）において、「男ニシテ女粧シ女ニシテ男粧シ、或ハ奇怪ノ粉飾ヲ為シテ醜体ヲ露ス者」は「違式罪」として規定され、以後法的に禁止されたが、「但シ俳優歌舞妓等ハ勿論女ノ着袴スル類此限ニ非ズ」という例外規定があった。異性装を異常と見なす「科学的」裏付けの根拠となったのはドイツの精神医学者クラフト・エヴィングにより定式化され、大正二年に刊行された『変態性慾心理』（黒沢良臣訳、大日本文明協会）で展開された「変態性慾論」であり、ここで同性愛や異性装を「変態性慾」の一種とする枠組が持ち込まれた。さらに赤川学は「恋愛という文化／性欲という文化」（『恋愛と性愛』服藤早苗他編、昭和14・11、早稲田大学出版部）において、大正時代から昭和初期にかけて、性科学・性思想の輸入によって性の近代的な再編成が行われたと指摘している。その中で同性愛者や異性装者を性欲の異常＝「変態性慾」と規定して、社会に悪影響を与える精神病理学的な観点で論じる「変態性慾論」は、昭和初期にかけて田中香涯、澤田順次郎らの通俗性科学者らによって広く流布された。また古川誠は大正期に「性の病理学化を内面化した『悩める同性愛者』」（「セクシュアリティの変容—近代日本の同性愛をめぐる三つのコード」「日米女性ジャーナル」17号、平成6・12）という問題機制によって医学的囲い込みが行われたと指摘している。「変態性慾」としての新たな布置・設定のもと、同性愛のコードは一九二〇年代には完成され、それ以降、同性愛の医療化に伴って欲望を抱えて悩み苦しむ「同性愛者」という主体が言説の中に構築された。このような性について語る言説は、「三〇年代後半以後、特に総動員態勢が本格化する四〇年代」（赤川学『セクシュアリティの歴史社会学』平成11・4、勁草書房）には縮小していくが、『仮面の告白』において性科学がもたらした言説のコードに忠実に従って自らを定位していったことがわかる。特に「倒錯現象を全く単なる生物学的現象として説明する」学説（注1）で「私の蒙をひらいた」ドイツの性研究者で改革運動家のマグヌス・ヒルシュフェルト（Magnus Hirschfeld）は、エヴィングらの同性愛を異常視する見方に抵抗し、精神病としての同性愛という図式を拒否し、サイモン・ルベイはエヴィングやハヴェロック・エリスと比べ、「妥協なく同性愛を生物学的に見ていた」（『クィア・サイエンス』玉野真路・岡田太郎訳、平成14・3、勁草書房）と評価している。いずれにしても赤川学が指摘するように、「性＝人格論が、性欲＝本能論への対抗言説として形成」（『セクシュアリティの歴史社会学』）されてきたセクシュアリティの装置の中で、ヒルシュフェルトの生物学的な同性愛論は、自らの性向を「宿命」ととらえる『仮面の告白』の「私」の本質主義にも影響を与えたと考えられる。

　ちなみに『仮面の告白』発表時にヒルシュフェルトの邦訳は未刊であったが、昭和六年三月、来日している。三村徳蔵の「ある陰間の一姿態—ヒルシュフエルド博士を案内して—」（「犯罪科学」昭和6・6）には、「ハヾロツク・ヱリスと併称されてゐる性研究の世界的権威者」として紹介され、巖谷小波は「マグヌス・ヒルシフエルド博士とは如何なる人か？ヒ博士と私」（「犯罪科学」昭和6・6）において「第三の性」という学説に言及し、さらに伯林でヒルシュフェルトやプラーテン伯と邂逅した思い出を語るなど、ヒルシュフェルトが昭和初年代の日本で知名度があったことが推察される。当時の性科学における規範を踏襲する中で、彼の「宿命」観が大正・昭和初期の性をめぐる言説と密接に関わり合いながら形成されたのではないか。

以上の点を考え合わせると、彼が自分を定義付け、再構築していく方向性には、西欧化という文脈があることがわかる。彼は園子の婚約者候補として、「園子の小さい妹たちの英語の勉強」を見てやり、「祖母の伯林《ベルリン》時代の昔話」に調子を合わせるなど、「皆によく思はれ」るための戦略として、西欧的な知識とマナーで自ら武装する人物として設定されている。

そして男性を性的に対象化する際には、聖セバスチャン、アンティノウス、ヘリオガバルスなどのギリシャ・ローマ的な舞台装置、陳腐とも言える定型を導入している。さらにイメージ化されたエキゾチックなエロティシズムのイメージを収集するが、ユイスマン、シュテファン・ツヴァイク、プルースト、プラーテン伯、ヴィンケルマン、ミケランジェロなど「私」が挙げる同性愛表象は、衒学的な西欧の文学テキストの引用から成り立っている。このような教養を必要とする背景について、高原英理は同性愛を「修辞のレヴェルにおいては誇示し、結果として、ある正当性を与え」る「言語的抵抗の実践」(「不完全な青年と押し隠された少年―三島由紀夫『仮面の告白』から　1青年」「群像」平成13・12)と指摘しているが、このような美学化の一方で、ホモセクシュアル文学の系譜からは歌舞伎を初めとする日本の古典は、一切捨象されている。ニーナ・コルニエッツは「行為する欲望―三島由紀夫(1)肉体をテクスト化する、あるいは(非)分節された欲望」(竹内孝宏訳「ユリイカ」平成12・11)において、「江戸時代における男同士のエロティックな実践」と異なる「主体性」を名指すテキストであることを指摘しているが、「私」の男性同性愛表象のコレクションには、歌舞伎や能における「男色」表象を包含する広大な領域があえて排除されている。先に挙げた「扮装狂」には、最後に「老優沢村宗十郎の鬖鬖たる古風の顔」に刻まれた「江戸文明の駘蕩と贅沢と、中世の暗鬱な諸侯の心理」に「泰西の人が『東洋』と呼んで意味するところ」を見出す記述で終わっている。つまり「扮装狂の幻」として挙げられた歌舞伎の世界が、『仮面の告白』からは完全に排除されていることがわかる。

しかし『仮面の告白』の「私」もまた、音楽映画「フラ・ディアボロ」(注2)を見に行き「袖口に長いレエスをひるがへした宮廷服」を見て、「僕あゝいふの着たいな、あんな鬘かぶつてみたいな」という異性装への憧れを口にしたとき、「軽蔑したやうな笑ひ方」をした書生が、「八重垣姫の真似」をしていることを見逃してはいない。ここには歌舞伎の女形は伝統的なものとして問題化されず、西欧的文脈の中に配置されたときに異性装を〈異常〉と見なす眼差しが見出せる。男が女を演じる手法を洗練させていき一つの型にまで成熟させた歌舞伎を一方に置いたとき、『仮面の告白』の語り手が日本の古典に包摂された文化的豊饒さは見えていない人物として設定され、彼の同性愛観が、西欧起源のものであることを示している。

三、〈男らしさ〉とは何か？

肉体の領域は性だけのものではなく、第一・二章は、性の記録であると同時に、虚弱な肉体の記録でもある。「六五〇匁」（約二四三八グラム）の「小さい赤ん坊」として生まれ、五歳の元旦の朝の自家中毒のために「手首も上膊も脈が触れなくなつて二時間がすぎた。人々は私の死体を見た」という記憶も、後に大人から聞いた伝聞を現在の時点から再構成している部分である。この「何度となく危機が見舞」う病気の記憶の中で、「糞尿汲取人」との出会い、「最初の記憶、ふしぎな確たる影像で私を思ひ悩ます記憶」が立ち上がってくる。汚猥屋の青年を「異常な注視」で以て見つめる「五歳の私」は、「五歳の元日の朝、赤いコーヒー様のもの」を吐いて「死体」へと近づいた「私」の姿と、いわば表裏一体の姿として叙述されている。テキストの前半部においては、「何度となく近づいてくる病気の跫音」が通奏低音のように響く中、虚弱な肉体を抱えた「私」の性が語られると言ってよい。「幼年時代の病弱」という肉体コンプレックスは、〈男らしさ〉への執拗な模索へと継承されていく。

『仮面の告白』については、「ひろく世界文学を通じても珍しい男性文学（あるひは一そう端的に牡の文学といってもいい）」（神西清「『仮面の告白』評」「人間」昭和24・10）という評価があるが、ここで「男性」あるいは「牡」は、あたかも自明のものであるかのように言及されている。少年時代には「家ではあいかわらず女言葉を使っているくせに」「学校へゆくといつぱしの粗雑な物言ひを」しているが、このような自己の分裂に「私」自身は充分に自覚的だ。彼にとって男性ジェンダーは自明化されたものではないため、常に自分の行動を意識化し、自己検閲せざるを得ない。彼のとまどいは、無意識のうちに自然化され、再生産されている〈男〉の虚構性を顕わにするが、性役割の流動化や役割それ自体を無効化しようとする方向には向かうことはない。

「私」は正常な〈男〉、即ち「人間」の意味を徹底的に解析しようとするが、彼にとって〈男らしさ〉が、常に検証と証明を必要とする観念であったことを示唆している。男性としての自己を定義し、「正常さ」に向かって自己を再構築すること。テキストにおいて、誕生の時点から思春期を通過して、語りの現在の時点に至るまで、正常とされる男性性と、そこから逸脱してしまう「異常」な自分自身との距離を執拗に測り続けることが、私に課せられた「宿命」であったと言える。

ところで〈男らしさ〉とは何かという問いは、時代や社会によってさまざまな様相を呈し変容する。戦時下において、

〈男らしさ〉は何よりも軍隊に入隊し、戦闘に参加し国家を守るという帝国主義的主体の構築という目的に捧げられた。ジャンヌ・ダルクが女だと知って反感を感じるのは、「女が男のなりをして戦争へ行つてお国のためにつくしたお話」は、ジェンダーポリティクスを脅かす越権行為だからだ。

昭和十八年十月二日「在学徴集延期臨時特例」（加藤陽子『徴兵制と近代日本1868―1945』平成8・10、吉川弘文館）が公布され、文科系学生は徴集延期を取り消された。彼も昭和十九年に徴兵検査を受けるが、その際に「特別幹部候補生の志願をせずにただの兵卒として応召するつもり」であるという決意が挿入されている。

陸軍は幹部候補生制度、海軍は予備学生制度によって、前者は中等学校以上の卒業生、後者は専門学校・高等学校・大学予科・大学以上の学生にひらかれていたため、「高等学校でいささかでも精神上の問題について語り合ふことのできた唯一の友人」であった草野も「幹部候補生」として入隊したのである。一方で彼は、「廿歳までに君はきつと死ぬよ」と「友人たちは私の弱さを見てかうからか」われているが、「少年らしい残酷さ」を込めた冷酷な予告は、昭和十年代の少年にとっては特別な意味を持ったはずだ。ところがこの極めて重要な選択の経緯について、テキストにおいては殆ど語られないが、一方で「自分の病弱から来るいつもの負目」という肉体コンプレックスは、さりげなく、しかし執拗にテキストのそこかしこに差し挟まれている。

『東京大学の学徒動員・学徒出陣』（東京大学史史料室編、平成10・1、東京大学出版会）に収録された加藤陽子の「II　徴兵制と大学」によれば、「幹候や予備学生になる資格を持ちながらあえて幹候を志願しなかったとか、あえて予備学生の試験を受けなかった者」が当時にあっては特別な存在であり、「学徒組にだけ与えられていた特権をいかんなく行使した人間と特権をあえて拒絶した人間の間には、大きな溝」があったことを指摘している。このような歴史的背景の文脈の中に置いたとき、本人の意志で特権を捨てた「私」の選択の特異性が際立つ。

彼は昭和二十年に「N飛行機工場に動員」されるが、東京帝国大学元総長内田祥三が遺した「太田新文部大臣ニ面会対談要旨」（『内田文書『総長会議其他　其三　自昭和二〇年四月至』』、『東京大学の学徒動員・学徒出陣』所収）には次のような記録が遺されている。

> 学生ノ勤労動員　法、文、経ハ本年四月ノ入学者在学、昨年十月入学ノモノハ一ケ年ハ勉強サス筈デアツタノガ昨年十二月ヨリ航空気《（ママ）》増産ノ為メ特ニ動員サレテ小泉ノ中島工場ニ行ツタガ三月末引上ゲテ今再編成ヲ考ヘテヰル、法文経ハ入営入団スル故残リハ弱体者、軀ツキ工場ニ適セザルモノ多ク、農耕ノ方ナラ勤ルモノモ出来ル、

然シソレモ出来ナイモノハ事務ニ動員サレテヰル（略）。

これは「八割の学生は工員になり、あとの二割、虚弱な学生は事務に携はつた。私は後者であつた」というテキストの記述と一致する。ところが「内田文書」は「コレガ一番好成績コレガ帝大学生ノ適性ナラン」と続き、軍人としての適性を欠いても、効率的事務処理能力という「帝大学生」としての別の評価が提示されている。

「特別幹部候補生」の道をあえて選ばなかったにもかかわらず、面会の際に「一人で居丈高に喋」る草野の姿に気圧されて、結局「即日帰郷」を命じられた「第二乙種合格」(注3)の「私」の思いが屈折しなかったはずはない。草野が「赤ぎれとひびと霜焼けが、塵芥と油に固められて、海老の甲羅のやうないたましい手」を差し出したとき、この「いたましい手の幻影」のために、「彼女を愛さなければならぬ」という強迫にとらわれる。それは彼にとって「例の奥底の疾ましさよりも更に奥底によこたはる当為」となる。そしてこのような入隊をめぐる経緯が老海軍大将が述べた通り「君のデステネイ」であるとすれば、彼の性的志向をめぐる本質主義的決定論と並んで、虚弱な肉体というもう一つのモチーフにおける「宿命」の意味が重要な叙述として前景化してくる。いわば戦時における〈男性〉失格の烙印を押された「私」にとって、園子を得ることによって男性役割を果たすという選択につながったと推察できる。

四、性の季節の到来

「私」にとっての園子はどのような存在であったか。園子に「性欲」は感じていないことを繰り返し述べる一方、彼女が「少年時代から無理矢理にゑがいてきた肉の属性としての女」ではなく、「私の直感が園子の中にだけは別のものを認めさせるのだつた。それは私が園子に値ひしないという深い虔ましい感情であり、それでゐて卑屈な劣等感ではないのだつた」と述懐している。出会った当初に園子が読んでいた『水妖記』―括弧して―（ウンディーネ）」とは、「蔵書目録」（島崎博・三島瑤子編『定本三島由紀夫書誌』昭和47・1、薔薇十字社）にも所蔵されている昭和十三年十月に刊行された岩波文庫版のフリードリヒ・バローン・ドゥ・ラ・モット・フゥケー（柴田治三郎訳）の作品であろう。魂を持たぬ妖精が人間と愛し合うことで魂を得るが、夫の裏切りにより相手を殺す。園子は彼に対して「罪に先立つ悔恨」や「懲罰」をもたらす予感を与えるが、ここには無垢で誠実な愛情を裏切った夫を殺すウンディーネのイメージが投影されている。ただし裏切りの相手は「私」の場合、男であるのだが。

私は好もしいEphebeからも、ただ肉慾をそそられるに止まつた。皮相な言ひ方をするならば、霊はなほ園子の所有に属してゐた。私は霊肉相剋といふ中世風な図式を簡単に信じるわけにはゆかないが、説明の便宜のためにかう言ふのである。私にあつてはこの二つのものの分裂は単純で直截だつた。園子は私の正常さへの愛、霊的なものへの愛、永遠なものへの愛の化身のやうに思はれた。
（第四章）

女性を霊的な存在として性的欲望の対象ではなく憧憬の対象とする一方で、肉の次元に所属する女性の誘惑への嫌悪が表明されている。千枝子や「悪所」の娼婦などの園子以外の女性は、「口紅にふちどられた金歯の大口」を持つ、霊性を脅かす肉の誘惑としてミソジニーに彩られて描かれている。

しかし霊と肉＝精神と肉体に分離させるダブル・スタンダードが、通常二種類の女に分け持たれるのに対し、「私」の中にあっては古典的で抑圧的な図式が、精神＝女、肉体＝男という図式にずらされていることは興味深い。通常の精神＝男、肉体＝女という図式が転倒させられ、精神的な充足を女である園子に求め、近江などの男に対しては「理智に犯されぬ肉の所有者」と見なし、「知識《インテリジエンス》とは縁の遠い・初心な口もとをした若者」たちを精神性を欠いた、単なる肉体的魅力を持った対象として見るという逆転が起こっている。「私」にあって特徴的なのは、このような通俗的・抑圧的コードがいつの間にか当人の意識とは無関係に、アナーキーな軌跡を描き始める点にある。それは自覚的な異性愛体制の破壊よりも、より大きな起爆力を持つ。

呆れることには、私は浪漫的な物語の耽読から、まるで世間知らずの少女のやうに、男女の恋や結婚といふものにあらゆる都雅な夢を託してゐたのである。近江への恋を私は投げやりな謎の芥に投り込んで、深くその意味をたづねてみることもしなかつた。

つまり彼女との関係に見出していたのは異性愛セクシュアリティの帰結としての恋愛から結婚に至る筋道であったことがわかる。このような矛盾した関係が続くことを望んでいた「私」は、「すべてこのままの状態で、二人がお互ひなしには過せない月日を送る」ことを望むが、「たとへ別離が訪れなくても、男と女の関係といふものはすべてこのままの状態にとどまることを許さないといふ覚醒」で「私は胸苦しく目覚めた。どうしてこのままではいけないのか？」と繰り返し問い続ける。高原英理は「不完全な青年と押し隠された少年―三島由紀夫『仮面の告白』から　2少年」（『群像』平成14・2）において、「近代の『恋愛』の言説」は、結婚・生殖へと一直線に結びつき逸脱や停滞を許さないため、園子を求める気持ちに嘘はないにしても、「特定の役割に自己を固定されたくない」という願いはかなえられることはないと指摘している。彼の切実な問い掛けは、理想的な夫・妻になるという近代国家の異性愛的・家族主義的な男女関係への根源的な疑惑を内包している。しかし結局、「私たちは子供部屋にゐるのではなく、すでに大人の世界の住人」であり、「中途半端にしか開かないドアはすぐさま修繕されなければならない」と自ら断念する。「私はまるでこの新鮮な少女を愛してゐないやうな気がしてゐた。それでゐて私は居心地がよいのであつた」という心情は、非性器的なエロス的な関係を希求しているが、性器を特権化し、「官能的な激甚な歓び」にとらわれている彼にとって、このような名付けられない曖昧な関係を継続していく確信は持てない。

　成長・成熟することが、自らのジェンダーロールを果たし、異性愛体制下で生きることに結びついているとすれば、「私」が園子との間に望んでいた社会の中に居場所のない関係は、いずれ破綻することが運命付けられていた。これが「私」の側の一方的な過剰反応とも言い切れないのは、草野家の反応を見ても明らかである。「新兵のやうに緊張」しつつ「接吻」した結果、「無邪気」で「安らかな寛容」を湛えていた園子は「この次お目にかかるときはどんなお土産を下さるの？」と請求し、それが「結婚申込」であることを察知した「私」は怯える。「重大通牒」として草野が一家を代表して結婚の意思の有無を確認する手紙を寄越し、結婚を迫る包囲網は狭められていく。

　竹村和子は『愛について—アイデンティティと欲望の政治学』（平成14・10、岩波書店）において、再生産されていくのは「異性愛一般と言うよりも、ただ一つの『正しいセクシュアリティ』の規範」であり、「『正しいセクシュアリティ』とは、終身的な単婚《モノガミー》を前提として、社会でヘゲモニーを得ている階級を生産する家庭内のセクシュアリティである」と指摘する。従って「私」を圧迫しているものの真相は、「正しいセクシュアリティ」という価値観そのものからの脱落であり、同性愛的欲望への執着は、さまざまな断念の先に遺された残余のものとして立ち上がってきたと考えられる。このような性自認と性欲望と性実践との間のずれによって、その間に首尾一貫性を置くことを前提とする〈正常〉な性規範が切り崩されていくが、彼の性実践における挫折は異性愛体制の虚構性と根深さを表象している。異性愛という一本道しか見出せなかった彼にとって、その対極に存在するものは同性愛であり、このような二元的な近代セクシュアリティの布置こそが、彼を自ら「男色家」として統合させていく推進力になったと考えられる。

　そして戦後社会を描いた第四章において、彼のオブセッションであった〈男らしさ〉の追求は新たな段階を迎える。先に挙げた「内田文書」を参照すれば、戦時下でも事務能力が評価されていたことがわかるが、戦後を迎えてひたすら「法律の勉強」「官吏登用試験の準備」に追われる姿が描かれている。平和で安定した社会において、学歴や社会的に認知される職業は近代資本主義社会で必要とされる労働の主体としての適応能力を示す。「私は官吏登用試験に合格し、大学を卒業し、ある官庁に事務官として奉職」し、エリート官僚となった彼は、戦後社会の社会・経済的文脈においての〈男性〉性を獲得することに成功した姿として登場する。

しかし問題は、そのような戦後社会のジェンダーポリティクスに適応した〈男性〉性の獲得が、「私」自身の解放には何も役立っていないという点である。彼のまなざしは、より激しく「充実した引締つた筋肉の隆起」を持つ、「粗野で野蛮な、しかし比ひまれな美しい肉体」に向かう。このような「愚連隊」の若者は、暴力的で危険な男らしさを表象し、戦後においては安寧秩序を脅かしかねない無駄な筋肉の持ち主である。そして平和時の戦わなくなった筋肉は、審美的なセクシュアリティの領域に囲い込まれる。第四章以後、肉体の領域がもはや戦闘ではなく、性の領域に囲い込まれた実態が描かれる。

結局園子は他の男性と結婚するが、第四章において「純潔」を失った彼女の変容が「私」の目を通してとらえられている。最初に出会ったときの「下手なピアノの音」が「いつまでもつづけられること」を願うが、結婚後の彼女のピアノは「稚なげな音色ではなく、豊かで、奔逸するやうな響き」を持ち充実して輝いている。ピアノの音が「宿命的なもの」になりうるのは、彼が「宿命」を自己規定していく上で、園子の無垢さ・純粋さが必要であることを示している。園子は結婚生活に潜む倦怠を描く『蓼喰ふ虫』を読んでいたが、神にも玩具にもなりきれない、現実の結婚生活を生きる園子は霊性を失った存在として彼の目に映っている。また「裸の女」[注4]が表紙に描かれた「今流行の」書名は、例えば戦後の性の解放とアナーキーな状況を描きベストセラーとなった田村泰次郎の『肉体の門』(昭和22・5、風雪社)などを想定することもできる。

「私」にとってのセクシュアリティの領域は、常にそれを支える虚弱な肉体とともにあったが、戦前・戦中・戦後の社会的・歴史的変動の中で〈男らしさ〉の意味付けが変容していくに従い、私のセクシュアリティのありようも変化していった。そして戦後の性の季節の到来によって、肉体の領域が性をめぐる表象の中に囲い込まれたことが、この手記を書く原動力となったと考えられる。性が中心化された時代から遡及して語られたために、彼の多様な肉体をめぐる記憶は、性の系譜に焦点化されて再構築されることになった。しかしその一元化への道のりの傍らに、捨象せざるを得なかったものを見出すことができる。

〈告白〉する内実が性の領域にあり、性こそが人間の〈真実〉の姿を語るという言説は、セクシュアリティの近代と手を結んできた日本近代文学の正統な歴史を継承するものでもあった。その歴史的系譜の中に置いたとき、あらためて『仮面の告白』の特異性が際立ってくる。日本近代文学において、冒頭に掲げた抱月の言う「斯かる方面」が異性愛であることは自明の前提であったが、『仮面の告白』は男性同性愛の〈告白〉を描く点で、近代文学の批判的継承者という三島の位置を告げる作品であったと言える。さらに、同性愛をめぐる近代的なセクシュアリティの布置を真摯に踏襲しながら、そこからずれ続けていく語り手によって「整理」「再編成」される過程で、当時の時代や文化の中で名付けられずにうち捨てられたもの。それらの捨象されたものは、「私」自身の断念の大きさとあいまって、テキストの隙間で輝きを放っている。

注1　ヒルシュフェルトの『戦争と性』全四巻（高山洋吉訳、昭和28・8〜30・2、同行社磯部書房）は三島の「蔵書目録」に所蔵されている。またクラフト・エヴィングが『性的精神病質　Psychopathia Sexualis』を刊行したのは一八八六年で、日本では最初に一八九四年に日本法医学会から『色情狂編』というタイトルで出版され、発禁処分にあった。本書は『変態性慾心理学』（平野威馬雄訳、昭和31・11、河出書房）と改題され再刊行されたが、「蔵書目録」には、同書の他に『変態性慾心理』（松戸淳訳、昭和26・5、紫書房）が収録されている。

2　フラ・ディアボロ（Fra Diavolo Colonel Michele Pezza）はイタリア映画で、『イタリア映画史』（飯島正　昭和28・11、白水社）によれば、一九四一年制作でルイジ・ザンパ監督、エンツォ・フィエルモンテ、エルザ・デ・ジオルジ出演。

3　「昭和十七年度臨時徴兵検査結果調」（「内田文書『総長会議其他　其一　自昭和一八年四月至昭和一八年九月』『東京大学の学徒動員・学徒出陣』所収）を参照すると、法学部の「第二乙種」は二一・五パーセント（甲種三・八パーセント、第一乙種五三・六パーセント）という記録が残っている。

4　『決定版三島由紀夫全集』第一巻（平成12・11、新潮社）には「僕が『人間』にかいた小説」となっているが、この「昭和廿一年九月十六日」のノートの記述が『仮面の告白』において「今流行の」小説として別の作者によって書かれた作品に改変されたと考えられる。佐藤秀明は『日本の作家１００人三島由紀夫―人と文学』（平成18・2、勉誠出版）において、この場面の改編について、「実際には『人間』に発表された『煙草』が話題になったところを、第三者の流行の小説に代えてある」と述べている。

（福岡教育大学教育学部助教授）

「仮面の告白」と童話

——ローズの悲しみ、「私」の悲しみ——

池野美穂

1

平成十八年夏休みに、童話を題材とした異色の映画が二本、公開された。ひとつは、デイヴィッド・スレイド監督の「ハードキャンディ」、もうひとつは、テリー・ギリアム監督の「ローズ・イン・タイドランド」である。

「ローズ・イン・タイドランド」は〈現代版「アリス」とも言うべき死と狂気の物語〉[1]だ。主人公は、ドラッグとアルコール中毒の両親の元で育ったジェライザ・ローズ、十一歳である。ヘロインの摂取過多で死んだ母親を残し、父と二人で父の故郷へと帰るところから物語は始まるのだが、父は家について早々にヘロインを打ち、〈ヴァケーションにいく〉＝眠りにつく（不眠症の父はヘロインを打ち、酒をあおることで眠りについている）のだが、これが最後の、永遠のヴァケーションとなってしまう。

ローズは、きちんとした教育も受けておらず、友達は、薄汚れた、首だけのバービー人形四つである。劣悪といっていい環境で育った彼女は、それでも全く「悲しみ」を見せない。バービーの首を両手の指にはめて、腹話術の要領でおしゃべりをし、野原を探検する。そして時には姿見に映った自らを見て、着飾り、口紅を付け、女優の真似をして台詞を叫ぶ。父の死も、頭では理解していながら、まるで彼が生きているかのように振る舞う。なぜなら彼女は、父に繰り返し読んでもらっていた『不思議の国のアリス』の世界を愛し、まさにその世界に生きていたからである。

この「ローズ・イン・タイドランド」のローズの心理構造と行動は、「仮面の告白」の「私」の幼年時のそれと、よく似てはいまいか。「仮面の告白」の第一章には、幼年時の記憶として、童話についての次のような記述がある。

> 子供に手のとどくかぎりのお伽噺を渉猟しながら、私は王女たちを愛さなかった。王子だけを愛した。殺され

る王子たち、死の運命にある王子たちは一層愛した。殺される若者たちを凡て愛した。

しかし私にはまだわからなかつた。何だつて数あるアンデルセン童話のなかから、あの「薔薇の妖精」の、恋人が記念にくれた薔薇に接吻してゐるところを大きなナイフで悪党に刺し殺され首を斬られる美しい若者だけが、心に深く影を落とすのかを。なぜ多くのワイルドの童話のなかで、「漁夫と人魚」の、人魚を抱き緊めたまま浜辺に打ち上げられる若い漁夫の亡骸だけが私を魅するのかを。

勿論、私は他の子供らしいものをも十分に愛した。アンデルセンで好きなのは「夜鶯」であり、また、子供らしい多くの漫画の本を喜んだ。しかしともすると私の心が、死と夜と血潮へむかつてゆくのを、遮げることはできなかつた。

ここで、「私」の童話享受のしかたが、一般的なそれとは違うことが見て取れる。さらに続く記述には、「仮面の告白」という作品全体の要となる幼年時のエピソードのうち、もっとも注目すべき一つの童話についてのエピソードが描かれる。それが、以下に引用した〈ハンガリーの童話〉の一部を手で隠して自分の好みに読み替える、というものである。

「竜はすぐに、がりがりと王子をかみくだきました。王子は小さくかみ切られる間は痛くて〳〵たまりませんでしたが、それをじつとこらへて、すつかりきれぎれにされてしまひますと、またふいに、もとの体になつて、ひらりと口の中から飛び出しました。体にはかすれ傷一つついてをりません。竜は、その場に倒れて死んでしまひました」

私はこの箇所を百遍も読んだ。しかし、看過ごしてはならない欠陥だと思はれたのが、「体にはかすれ傷一つついてをりません」といふ一行であつた。この一行を読むと私は作者に裏切られたと感じ、作者は重大な過失を犯してゐると考へた。

やがて何かの加減で、私は一つの発明をした。それはここを読むときに、「またふいに」から、「竜は」までを手で隠して読むことだつた。するとこの書物は、理想の姿を具現した。それはかう読まれた。……

「竜はすぐに、がりがりと王子をかみくだきました。王子は小さくかみ切られる間は痛くて〳〵たまりませんでしたが、それをじつとこらへて、すつかりきれぎれにされてしまひますと、その場に倒れて死んでしまひました」

——かうしたカットの仕方から、大人たちは背理を読むであらうか？　しかしこの幼い・倣慢な・おのれの好みに惑溺しやすい検閲官は、「すつかりきれぎれにされて」といふ文句と、「その場に倒れて」といふ文句との、明らかな矛盾はわきまへながら、なほ、そのどちらをも捨てかねたのであつた。

この、童話を指で隠して読むというエピソードは、〈幼年時代は時間と空間の紛糾した舞台である。たとへば火山の爆発とか叛乱軍の蜂起とか大人から告げられた諸国のニュースと、目前で起つている祖母の発作や家の中のこまごました諍いごとと、今しがたそこへ没入してゐたお伽噺の世界の空想的な事件と、これら三つのものは、いつも私には等価値の、同系列のものに思はれた。私にはこの世界が積木の構築以上に複雑なものとは思へず、やがて私がそこへ行かねばならぬいわゆる「社会」が、お伽噺の「世間」以上に陸離たるものとは思へなかつた〉という「私」の幼年時の価値観を、端的に表現しているといえるだろう。つまり、幼年時代の「私」にとっての「現実世界」とはまさに童話的なものだったのである。

2

童話の雰囲気はそのまゝ私の生活だつた。夢の中ではおそらく「忘却が絶えざる役目をし」て、生れるまへの世界さへくりひろげてゐたことだらう。こゝではお化が生きてゐる。さうしてナポレオンの辞書のやうに不可能という文字がなかつた。文字があるないよりも可能と不可能の区別がなかつたのだ。小学校時代までそれは打続いた。（略）

幼年時少年時の感傷はすべて童話の世界をとほして生れ、拙いものながら後年の詩を形づくつた。わたしと同年輩の子供たちはボオルや鉄兜に暮らしてゐるあひだ、わたしは目を丸くして童話を読み、子供らしいお伽噺をつくつた。三重吉の世界童話集、グリム、アンデルセン、ワイルド、ストリンドベルヒ、あれやこれやの創作童話集、小川未明の作品、巌谷小波訳の童話全集……名をあげればきりがない。このほかにはアラビアン・ナイトもよろこんでよんだものゝ一つだ。（傍線及び傍点、引用者）

これは、三島由紀夫が十五歳の頃に書いた「童話三昧」[2]である。「仮面の告白」で、「私」が指で隠して読んだハンガリーの童話とは、実は『定本三島由紀夫書誌』「第五部　資料編」にもその名が挙げられている、三島自身が所蔵していた『世界童話第一集　黒い騎士』[3]の表題作「黒い騎士」なのである。[4]三島は、幼少期に読んだ童話をその二十年後、自らの渾身の一作に引用したのだ。しかも、主人公の「私」のその後を左右する、セクシュアリティの、とりわけ残虐な性的趣向の問題を提示する重要な場面である。それは、三島自身にとっても、童話の読書体験が、非常に重要なものであったからだといえるだろう。また「童話三昧」で〈童話の雰囲気はそのまゝ私の生活〉であり、自らの〈感傷〉が〈すべて童話の世界をとほして生まれた〉とまで言い切ってしまう裏には、外界から隔絶された童話の世界で想像力をめぐらせる、孤独な平岡公威少年の悲しみがあるのではないだろうか。

さらに、興味深いのは次に挙げたエッセイ「電灯のイデア――わが文学の揺籃期」[5]である。

子供のころ、私は厚い金ぴかな世界童話集を何冊も持つてゐた。灯下で、それらの本を縦横に組み合せて、私の宮殿を作つた。金ぴか趣味は生来のものだつた。本は床になり壁になり屋根になり階段になつた。もちろんそれには多くの薄手の本も要り、表紙さへ岩乗なボール紙であれば、建築材料として役に立つた。そして室内をのぞいてたのしみ、たとへばある広間の床が、インド童話集の密画風な表紙絵の絨毯に覆はれ、ある壁が捺金のアラベスク模様に飾られてゐるのを喜んだ。入口には又、一対の衛兵の人形を置いたりした。

私はある部屋々々にはわざと屋根を置かなかつた。するとその部分は、中庭《パティオ》のやうにも見え、神殿のやうにも見えた。さうして眺めてゐるうちに、私を最も魅了したのは、光と影であつた。（略）私にはただの電灯の光りが、かうまで真昼の燦然たる太陽の光りと同じ効果を与へるのにおどろき、その光りを正に熱帯の太陽の光りと感じることによつて、宮殿が急に巨大なものになり、太陽の寸法にふさはしいほどの壮大さのリアリティを持つにいたるのを発見した。

子供の私は何を見てゐたのだらうか？

思ふに、私は全く自分一人で、自己流に、現実を眺め変へる術を学んでゐたのである。すなはち、その光りが天然のものであらうと人工のものであらうと、或る普遍的な光源を仮構すれば、あとは現実のサイズはどんなに大きからうが小さからうが自由自在に変へられうるし、本の宮殿も実際の宮殿も、現実としての質は同じだといふ観点に立ちうる、といふ発見である。源泉としての光りさへ確保しておけば、あとは五十歩百歩といふわけだ。そして光源は電灯で十分なのだつた。

（傍線及び傍点、引用者）

このエッセイと同じく、童話の本を積み上げて「宮殿」をつくりあげる主人公が描かれている「環《たまき》」[6]という未完の作品があり、この「宮殿作り」は、三島由紀夫自身の体験であるといっていいだろう。童話の本は読むだけでなく、それを積み上げて自分だけの場所を作るという点でも、平岡少年が童話的な世界に生きるのに一役買っていたのだ。しかし、とりわけ注目したいのは〈光源は電灯で十分なのだつた〉と認識してしまったことだ。これは先ほど挙げた「童話三昧」で、自分の〈感傷〉が〈すべて童話の世界をとほして生まれた〉と書いたことに通じる。

さらに、先ほどの引用の続きである。

さて、私は自分がものを書きはじめると、何でもお話にしてしまふことに、われながら困つてゐた。私は家族とピクニックに行き、捨てられた仔猫を拾つて帰つた、などといふよくできた綴方を決して書くことができなかつた。

私のものを書く手が振れると同時に、所与の現実はたちまち瓦解し、変容するのだつた。ものを書く私の手は、決してありのままの現実を掌握することがなかつた。ありのままの現実は、どこか欠けてゐるやうに思はれ、欠けてゐるままのその「現実の完全ざ」は、私に対する侮辱であるやうに思はれた。ものを書きはじめると同時に、私に鋭く痛みのやうに感じられたのは、言葉と現実との齟齬だつたのである。

そこで私は現実のはうを修正することにした。幼児の私に、正確さへの欲求が書けてゐたと言ふよりも、むしろ正確さの基準が頑固に内部にあつたといふはうが当つてゐる。

私はベッドの寸法にあはせて宿泊者の足を切つてしまふといふ盗賊の話が好きだつた。

かういふ風にして生れた一種の専制主義が、さうまで扱ひにくい現実に対する、復讐の念を隠してゐたといふことは、容易に推測されるであらう。私は、本の宮殿の床を区切る太陽の明暗を愛してゐたし、それのみが現実をして現実たらしめると信じてゐたから、文学作品に対する最初の夢は、そのやうな太陽の明暗を読者に感じさせることであり、かつ作者の私は、光源の普遍性をわがの手に握ることだつた。いちばん確保しやすい光源は、私の手の届くところにある電灯だつた。私はスイッチをひねつてそれを消すこともでき、私は光源としてのイデアを支配下においてゐるから万能だつた。哲学には興味がなかつた。想像力に過重な任務を負はせ、いはば私は「電灯のイデア」を以て満足してゐた。

……かうして私の文学は出発した。多分、七、八歳のころのことと思はれる。しかしこの出発における確信は、後年、手痛い復讐を私自身の人生に加へることとなるのである。

（傍線及び傍点、引用者）

ここで三島のいう〈扱ひにくい現実〉とは、幼年時の、祖母の下での制限された思い通りにならない生活のことを指していると考えられよう。すでに書きつくされた感のあることだが、三島は生まれてからわずか四十九日で、母・倭文重《しずえ》の手から離され、祖母・なつの傍で暮らすことを余儀なくされた。その背景には、家庭におけるなつの存在の大きさが関係していた。三島が「母を語る――私の最上の読者」(7)に書いているように、〈親類一同すべて堅い勤めの人〉であり、〈昔気質の旗本の娘で、アメリカの無声映画が好きだつたり歌舞伎役者が好きだつたりしながら、一方では、今では考へられぬほどの封建的な生活感情を維持してゐた〉祖母の支配する、芸術的雰囲気のない平岡家へ嫁いだことによって、母の〈少女時代の夢〉は閉ざされ、その結果〈当然、このやうな夢は子供に向ふ〉ことになった。〈私が身体が弱く、祖母に育てられて、感受性の鋭い子になつていけばいくほど、母はそこに、自分の失はれた夢の投影を見るやうになつたのだと思ふ。母は私に天才を期待した。そして、自分の叙情詩人の夢が息子に実現されることを期待した〉と三島は記している。

そのような幼年時代を振り返り、母の手記(8)を一部引用して書かれた「椅子」(9)には、次のような記述がある。

> 母のさまざまな感情移入には誤算があつた。私は外へ出て遊びたかつたり乱暴を働らきたかつたりするのを我慢しながら、病人の枕許に音も立てずに坐つてゐたのではない。私はさうしてゐるのが好きだつたのだ。現在美しい記憶に残つてゐるのは、母との短かいあひびきや、学校のかへりに母と手をつないで歩いた春の散歩などの場面であるにしても、私はそのころ祖母の病的な絶望的な執拗な愛情が満更でもなかつたのだ。（傍点、引用者）

ここには、複雑な、相反する心理状態が垣間見られる。〈さうしてゐるのが好きだつた〉のは、それがいかに〈病的な絶望的な執拗な愛情〉であったにせよ、愛情を受けることによって得られる充足感があったからであろう。また同時に、〈病人の枕許に音も立てずに坐つてゐ〉る間は、自分の愛する夢想の世界、童話的な世界に浸っていることができたからではないだろうか。

そしていつしか三島は〈「箸の上げ下ろしにまで口やかましく干渉されながら味も何もわからない」食事をとり、それから寝るまでの一時間、又「母の枕許で本を読むだけの自由が与へられるだけ」(10)〉の日々を強いる祖母の、厳しい言い付けを守るだけでなく、母の期待にも応えようとしていた。〈なぜなら、物心つくと同時に私は詩を書き始めたからである〉(11)と三島は続ける。そして〈私の詩や物語の最初の読者は母であつた。母は、私に芸術的天分があるといふことを誇りにした〉のである。

3

このような状況下で、三島は童話から〈すべて〉を学び、創作を始めた。〈本の宮殿の床を区切る太陽の明暗を愛してゐたし、それのみが現実をして現実たらしめると信じ〉たのは、それほど童話との関わり方が濃密であったからであるといえよう。「仮面の告白」の第一章における「私」には、三島自身の童話享受の在り様が、非常にストレートに投影されているのである。

ところで、冒頭で映画「ローズ・イン・タイドランド」のローズと「仮面の告白」の「私」の心理構造と行動が似ていると述べたが、〈現代版「アリス」とも言うべき死と狂気の物語〉の主人公・ローズは、ドラッグ中毒の母親になじられながら足をさすったり、突然怒りだしたかと思えば、次の瞬間には泣き出して謝ったりする母親にも、動じることなく淡々と対応する。そしてバービーの首と会話をしながら、自分の生きている世界を『不思議の国のアリス』の世界に変えてしまう。だがそれは決して狂気ではない。生きるための術なのである。そしてそれはおそらく、三島由紀夫の幼年時の心理、行動とも同じものだろう。「ローズ・イン・タイドランド」の原作『タイドランド』初版の帯には、「Weekly ぴあ」に掲載された〈孤独な少女の狂気をファンタジーに昇華させた幻想文学〉という評も書かれている。しかし、そもそもローズの行動は狂気といえるのだろうか？

狂気とは、ファンタジーに内包されるものなのではないだろうか。フェティッシュな欲望や、残虐な性嗜好、殺人、人肉食などといった、インモラルなものも、ファンタジー、つまり夢想でとどまっているうちは、狂気とは呼ばれない。しかし一度実行してしまえば、それは狂気と呼ばれる。このことは三島の最期の行動についても言えることだろう。

ラストシーンで、一人ぼっちになったローズは、列車事故の現場に行き、そこで事故によってやはり一人になった女性に、事故の犠牲者と間違われ、〈行きたいところまで、ちゃんと連れて行ってあげるからね〉といわれるのだが、ローズは〈ここ以外にいくところなんかない〉と思い、目の前を飛ぶ蛍の群れを空想する。一見、救われたかのように見えるローズは、タイドランド、つまり干潟の、夢想の中でしか生きたことのない少女なのである。これから始まる彼女の「本当の」人生を思うと、不安を覚える結末となっている。

「仮面の告白」のラストシーンで、他の男性と結婚した園子と再会し、「私」は園子に〈もう、勿論あのことは御存知の方でせう〉と性体験について聞かれるが、その間も「私」は、つい先ほど見た若者の肉体へ思いを寄せ続けている。そして園子に「仮面の告白」、すなわち、自分には女性経験があるという告白をする。同時に本作は、「私」の読者に対する「仮面の告白」でもある。本作は「私」という一同性愛者の告白であるかのようにもみえるが、実はそれよりももっと深いもの、つまり、残虐な死と結びついた性欲が「私」には隠されているのである。それゆえ「私」は、園子は勿論、他の女性とも男性とも、決して交わることが出来ない。

「私」は男性同性愛者という「仮面」をつけて「告白」することで、残虐な死と結びついた性欲をもつ私、という「現実」を巧妙に隠している。と同時に、自らをも欺こうとしていたのではないだろうか。そうしなければ、夢想の世界から抜け出し、「本当の」人生を生きることができないと思ったのではないだろうか。だが、「仮面」をつけた「告白」では、いつかその仮面を剥ぎ取られる日が来てしまう。そのときこそ「本当の」自分と向き合い、その「本当の」人生を生きなくてはならなくなるのである。

『タイドランド』には、このようなエピグラフが書かれている。

死と眠りは、なんとよく似ていることか
——ギルガメシュ叙事詩

注1 『タイドランド』(ミッチ・カリン 金原瑞人訳 角川書店、平成十六年十一月三十日)初版帯。
2 初出「新潮臨時増刊 三島由紀夫没後三十年」平成12・11。昭和十五・三・十四擱筆。
3 鈴木三重吉編、春陽堂、昭和四年五月。
4 「黒い騎士」は、一三七頁～一五〇頁に掲載。なお、「童話三昧」に引用されている「黒い牡牛」も、本作に収録されている。
5 『新潮日本文学45 三島由紀夫集』「月報」昭和四十三年九月。
6 『決定版三島由紀夫全集 二十巻』初収。推定執筆時期は昭和十七年頃。詳細は「三島由紀夫研究① 三島由紀夫の出発」「『決定版三島由紀夫全集初収録作品事典 II』」参照。
7 「婦人生活」昭和三十三年十月。
8 のちに三島由紀夫の母・倭文重《しずえ》が「暴流《ぼる》のごとく」というタイトルで「新潮」昭和五十一年十二月号に寄せたエッセイに、その手記の一部が掲載されている。
9 「別冊文芸春秋」昭和二十六年三月。
10 注9に同じ。
11 注7に同じ。
※本文での三島作品の引用は、特に注記のない限り、すべて『決定版三島由紀夫全集』(新潮社、平12・11～18・4)から。また、引用文に旧漢字があった場合は、適宜新漢字に改めた。

(白百合女子大学 言語・文学研究センター助手)

三島由紀夫の軽井沢
――『仮面の告白』を中心に――

松本　徹

『仮面の告白』が三島由紀夫の文学的生涯に占める意味は、大きい。なにしろここで三島は、例外的に自らの体験、それも誕生から執筆時点に近い時点までの、性的なもろもろの体験と正面から向き合い、扱っているからである。

その体験のなかで最も重いのが、昭和二十年（一九四五）六月中旬の軽井沢でのものであろう。

そのあたりのことは、すでに拙著『三島由紀夫エロスの劇』（平成十七年五月、作品社刊）で扱っているが、その後、現地を歩き調べて分かったことも多少あるので、一部重複するが、書いておきたいと思う。

この体験を扱ったのは、作品としてはまず『夜の仕度』（昭和二十二年「人間」八月号）があり、『盗賊』（昭和二十三年十一月二十日、真光社刊）があって、『仮面の告白』（昭和二十四年七月五日、河出書房刊）になる。作品以外では、『盗賊』の創作ノートと口述筆記の『わが思春期』（昭和三十二年一月～九月「明星」連載）がある。

そこで、まず『夜の仕度』だが、六月上旬、ドイツが降伏したためドイツ人が急に増えた「離れ小島めいた土地」のK駅に、芝が降り立つ。芝は大学生で、勤労奉仕に行っていた飛行機工場から四日間の休みを取り、友人一家の疎開先を訪ねるのだ。その友人の妹、桂頼子とは手紙を交換しあい、「恋人まがい」の間柄になっていた。

頼子が自転車を押して駅に出迎え、一家は「女ばかりの家族が男の客を迎へる油断のない賑やかさ」でもって、迎え入れる。祖母と母と頼子に妹の和子の四人で、三月十日の東京大空襲の後、ここへ疎開して来たのだ。そして、季節外れの高原での暮らしに、彼女たちは無聊をかこち、頼子が望むまま、彼を呼び寄せることになったのである。

明くる日、頼子は徴用のがれに勤めている外務省分室（丘の上の元Mホテル）を休み、朝食をすますと、二人ともレインコートを着て、小雨の中、散歩に出かける。外へ出ると、雨は止んでいたが、霧が出て来た。そして、人の来ないところへと、裏山の「殆ど道のない斜面」を登るのだ。

そうして濡れた草の上に、芝は脱いだレインコートを広げ、二人は他人行儀に座ったまま、無為に時間を過ごし、帰ろうと言って立ち上がり、頼子が敷いていた芝のレインコートを畳もうと身を屈めた時、芝は彼女の前に立ち塞がり、抱き、接吻する。

この接吻の「前後」から、芝の心理は変化、「急激に自分の恋が信じられなくなり、恋でないとする認定が、恋がゆるさぬこともゆるすよい口実」となった、と書かれている。真剣に恋しているなら、接吻しようと安易に行動に出ることができないが、どうもそうではないらしいと考え始めたために、そうすることができたとするのである。そして、その夜、寝る前に洗面所の薄暗い灯の下で再び接吻すると、「出来ない相談」と承知しながら、「無礼な要求」を囁く。

その次の日、頼子の母親が、かつての恋人と逢うため、翌日から泊まりがけで、急に出掛けることになる。頼子がそのように仕向けたのだ。そして、明くる日、分室から昼休みに戻った頼子を送りに出て、旧ゴルフ場の芝生の上で、陽を浴びながら接吻するが、彼女の体は「嘘のやうにやはらかく」「乳房は燃えてゐた」。そして、予定なら芝は今夜の夜行列車で帰るが、帰らないように要求するのだ。芝は、自分の要求に従って純潔な少女が、見事に「夜の仕度」をしおおせたことに驚く。が、それとともに、決まり切った行動にともなう

写真１　三島由紀夫が滞在した別荘

写真２　軽井沢会テニスコート

写真３　観光会館（元郵便局をほぼ復元）

写真４　元・三笠ホテル

「退屈さ」を感じ、「苛立ち」を覚え、自分の手を「疲れたもつといやらしい何かの手」と見る。
　この接吻してからの芝の心理が、いまひとつ分明に描かれていないが、おおよその事実関係は、後に確認するように、『仮面の告白』とほぼ重なる。

＊

　ここで、『盗賊』の創作ノートから、関連部分を引用しよう。昭和三十年に『肉筆版創作ノォト』（七月二十五日、ひまわり社刊）として刊行しているので、並々ならぬ愛着をこの作品に抱いていたと察せられるが、奇態な失敗作とでも言うよりほかないものである。ただし、拙著でも述べたように、『仮面の告白』と深く繋がり、ある点では表裏の関係にあって、この最初の長篇を完成させることによって、初めて構想が固まり、執筆を開始できたと捉えてよかろうと思われるのである。そして、その勘所が、いま問題にしている接吻体験であり、それをどう受け止め、作品化するかに掛かっていたと思われるのだ。

　その体験を書き込んでいるのは、《第三章》と欄外に記入があることろから五ページ目。

　◎彼女はレインコートを脱ぎたがらなかつた。まるでそれが下着でもあるかのやうに。だから僕の彼女の抱き心地はゴワ〳〵した感覚しか残らない。それのみか彼女は、唇を吸ふにまかせて自らは吸はうとしなかつた。また抱かれるにまかせて抱かうとしなかつた。彼女はお人形のやうに強ばつてゐた。そして戦争中の人目のうるさゝから殆どお化粧をしてゐなかつた。そしていさゝか子供つぽすぎるその横顔をます〳〵子供つぽくみせてゐた。

（後略）

写真５　元郵便局（軽井沢タリアセン内に移築）内部から入口を見る

写真６　旧軽井沢ゴルフ場

写真７　神津牧場

このところを、十二年後に口述した『わが思春期』(昭和三十二年一月~九月「明星」連載)では、おおよそこう語っている。

午後、二人で散歩に出る。私は学制服の上にレインコートを羽織り、彼女もレインコートを着て、雨上がりの曇った空の下、地理もよくわからないまま、とにかく人のいないところを目指して歩き回る。そして、崖下にシダが生えた小道を見つけ、彼女の手を引いて登る。そして、木立の疎らな草地に出ると、朽木にレインコートを脱いで敷き、並んで座る。二人とも緊張して、しばらく言葉も交わさずにいて、「もう帰ろうか」と立ち上がる。彼女はレインコートに付いた枯れ葉を払い落とす。その時、後ろから近づき、レインコートの上から抱き、接吻する。二人とも緊張、震えていて、歯がぶつかり合う。

こう語って来て、「私の思春期はこれで終ります」となる。

この二つの文章が、事実そのままを示しているかどうかは必ずしも明らかでないが、おおよその輪郭はこうであったろう。昭和二十年六月、絶望的な戦況の下、入隊検査で結核と誤診され戻された二十歳の大学生が、軽井沢で、友人の清純な妹と、接吻したのである。大学生にとっては、親戚の年上の女と戯れにした接吻に次いで、二度目であるが、真剣な接吻としては初めてであった。少女にとっては勿論初めてで、ともに男と女の関係に踏み込もうとする、その閾に立って、極度に緊張、戸惑いながらのことであった。

＊

そこで作品『盗賊』だが、昭和二十一年一月に執筆にかかってから完成までは試行錯誤、改稿を繰り返し、断章を各誌に発表、加筆して昭和二十三年十一月二十日、真光社から刊行された。

その第四章周到な共謀(上)で、主人公の明秀が、軽井沢に山内家を訪ねる。駅へ婚約者の清子が自転車に出迎える。季節は夏の長けた頃となっている。

山内家には両親と清子、その弟と従弟(中等科一年生)がいて、従弟がきのう自転車で仲間たちと行って来たK牧場の話をする。それを聞いて、明秀は、行ってみたいと言い出し、清子と二人は、霧に包まれた早朝五時に、弁当を持って自転車で家を出る。

まず、和見峠(正しくは和美峠)を目指す。坂道は自転車を押して上がる。そして、峠からは急な坂道を下り、渓谷のほとりで朝食を取ると、今度は坂を上がり、高立の農家に自転車を預け、徒歩で牧場への細い道を登る。

途中で、牛乳入りの樽を背にした馬を引く少年とすれ違う。

そうして牧場に着くと二人は牛乳を飲み、物見山の麓の牧場を歩き回り、ほどよい斜面に明秀は体を伸ばし、清子はその枕許で無心に草を摘み、編む。それは「天上の一瞬が無垢なまま下りてきたやうな刻々だつた」と書かれる。ここには抱擁も接吻もない。ある意味では空しく寄り添うばかりなのだが、純潔無垢な至福の時を味合ったとするのである。

軽井沢が舞台ではあるが、二人が行く場所が近くの裏山から「五里」（約二十キロ）も離れた場所に変えられ、そこでの二人の過ごし方も二人が受け取ったものも、まったく違ったものとされているのである。ただし、作品のなかで占める重要さは変わりない。

創作ノートに神津牧場についての記述（上に引用と離れた初めの方）があるので、K牧場とは神津牧場（写真7）だとわかるが、実際に二人は自転車で行ったのだろうか。ノートは「リュックを背負ひ自転車で」と書き出され、道筋が書かれており、そのまま作中に生かされている。現在、和美峠経由だと三十数キロ、車で一時間ほどかかる。峠までは近いが、それから先が遠く、下りはつづら折りで、上りもまた大変である。峠を経ずに別荘地から妙義荒船林道を採れば、二十数キロで、上り下りはあまりない。こちらの道にほぼ平行して、ハイキングコースがあるらしい。しかし、いずれにしろ、女の体力では往復するのは無理である。それに、およそ自転車向きの道ではないし、より大変な帰途の記述がないことも、実体験に基づくとは思われない点である。

ただし、神津牧場は明治二十年（一八八七）に本格的欧米式牧場としてわが国で初めて開設され、三島が訪ねる直前の昭和二十年四月に経営体制が変わり、地元では話題になっていたようである。それに当時は厳しい食糧難であったから、牛乳、バター、肉などの供給源として、いやが上にも関心を寄せずにおれない場所であり、殊に軽井沢在住の欧米人にとってはそうであった。

こうした点から、「離れ小島めいた土地」避暑地軽井沢のさらに彼方に位置する、およそ日本離れした理想郷に近いところとして意識されていたのではなかろうか。だから、「天上の一瞬が無垢なまま下りて」来るのに相応しい場所として、設定されたのであろう。

軽井沢での接吻体験を、三島は、こう思い切って場所と内実ともに変えることによって、『盗賊』を完成させ、次へ進むことが出来たのだと考えられる。

＊

『仮面の告白』では、六月も十二日と明記されている。この日付は事実のようである。主人公の「私」は、勤労動員で行っていた海軍工廠から休暇を取り、友人の家族が疎開している家族から幾度も招かれるままに出発する。その家族の長女園子――友人の妹――とは、手紙をやり取りするうちに、「恋仲」と言ってよい間柄になっていた。そして、今回の訪問では、なにがあっても彼女と接吻しよう、と考えている。

祖母に伯母、母、園子に小さな妹たちがいて、一緒に過ごすが、園子は、幾度となく大胆な目配せをしたり、食事の際には食卓の下で足を触れ合わせたりするのだ。また、祖母の話し相手になっていると、祖母の背後に立ち、胸のメダイヨンを摘み上げ、揺らして見せたりする。

滞在もあと二日となった日、「雨季の稀薄な雨」が一帯をつつむように思われたなか、自転車を借りて郵便局へ郵便を出しに行き、局の建物の中で園子がやって来るのを待つ。彼女は、徴用のがれのため勤めている「官庁の分室」から、午後の勤めをずるけてやって来るのだ。

二人は並んで村のメイン・ストリートを走り抜け、「今は使はれなくなつてゐるゴルフ場」へ入り込む。そして、ゴルフ場添いの「湿つた径」を、自転車から降りて歩き、木立の蔭で接吻をする。「私は彼女の唇を唇で覆った。一秒経つた。何の快感もない。二秒経つた。同じである。三秒経つた。――私には凡てがわかつた」との記述になる。

『夜の仕度』の近くの裏山でも、『わが思春期』のシダの生えた小道を上り詰めた草地でもなく、また、『盗賊』の遠い神津牧場でもなく、『夜の仕度』で野外では二度目の接吻をした旧軽井沢ゴルフ場に、場所を設定しているのである。そして、この接吻で私は自分が同性愛者であることを自覚することになった、とするのである。

多分、『盗賊』の創作ノートと『わが思春期』の記すところが事実に近く、『盗賊』では、人物設定や事件の展開を含め、肉体と性から可能な限り遠くに二人の係わりを設定し、『仮面の告白』になると、逆に肉体と性と正面から間近に向き合う。ただし、異性には冷淡な同性愛者とする。その点で、『盗賊』と『仮面の告白』は、先に表裏だと言ったが、その通りで、じつは同じ事の表と裏であろう。この性的に無知で未熟な男と女の間には、自然な性愛がまだない。そのことを好ましい純潔とも呪われた同性愛とも捉えているのだ。

ただし、この二つの作品は、一方は若書きの奇態な失敗作であり、一方は才能に溢れた新人作家らしい衒気に満ちた成功作であり、さらに前作は絵空事に留まっているのに対して、後作は、自らの実体験に則して、三島の好んだ言葉を使えば、自らの「ゾルレン」を「ザイン」として受け止めるべく、書き切っているのである。この姿勢が、以後、三島の最も核心的な姿勢となる。

＊

おおよそこのようにして書かれた『仮面の告白』だが、軽井沢体験に係わる個々の事実について、いまのところ明らかになっているところを記すと、

繰り返すが昭和二十年六月十二日、上野から信越線に乗って「私」は出掛けるが、車窓から田園風景を眺めていて、「何もかも見おさめだといふ気」がし、「つまらない事物にも、それを見ることに喜びを感じ」たと、『わが思春期』に書いている。戦況は深刻さを増し、死を覚悟しなければならない若者としては、当然の心境であろう。「一種のやけのやんぱちの心境」だったともしている。ところが高原へ着くと、そこでは「普通の時代の普通の家庭生活が平然と営まれて」い

たのだ。『夜の仕度』で「離れ小島めいた土地」と書いているのは、そのことを言っているのである。この食い違いが、後には結婚話として露骨に現われて来ることになる。

その軽井沢だが、よく知られているように明治二十年代の早くから欧米人の手で避暑地として開発され、国内でも特異な地域となっていたが、空襲が盛んになると、別荘を持つ人たちを初め、同盟国と中立国の大使公使館も疎開して来て、ホテルを初め別荘に入った。そこへドイツが降伏すると、その収容地として政府が指定したため、ドイツ人が急増、外国人で膨れあがった[1]。こうした事態の推移に対応して、外務省は三月に出張所（分室ではない）を三笠ホテルに開設した。彼女が勤めていたのは、ここである。そして、この出張所は、戦争終結を目指しての外交交渉の拠点ともなった[2]。

彼女の一家が住んでいたのは、三島が両親に宛てた葉書（昭和二十年五月十日付）の記載によって、長野県北佐久郡軽井沢旧軽井沢一三二二と分かる。所在地を示すのは地番が一般的だが、軽井沢の別荘地では、外国人からの要請によると思われるが、郵便局が明治三十年（一八九七）にハウス・ナンバーを設け、四十五年に改定、今日に至っている。そのため容易に分かるが、万平ホテルの西側を入ってすぐ左へ折れて進むと、道が二つに分かれるが、その分岐点に建っている[3]。かなり早くから開発された地域で、当時そのままかと思われるが、木造二階建て洋館（写真1）である。現存する大正から昭和の初めにかけて、主に寒冷地に建てられたアメリカ式木造建築[4]と共通、屋根は赤く塗られたブリキ製、窓枠は白く塗られ、外壁は下見板張りで褐色に塗られている。さほど大きくはないが、階下の食堂、居間はゆったりしたスペースの洋室で、二階は、多分和室で、三室ほどあるのではないか。当時では、上流家庭だけに許された本格的な、ただし実際は半洋風の生活空間である。

三島の家を考えるとき、この別荘は小さくない意味を持つかもしれない。当時住んでいた渋谷区大山町の家は、屋根の勾配が急な、外見は洋館だが、中は、いわゆる応接間を除くと和風の文化住宅である。三島が生まれた新宿区永住町の家は、元樺太庁長官の祖父に相応しい「場末の礼拝堂ほどにひろい洋間」のある家だった。それらと、軽井沢の別荘が、大田区馬込の「ビクトリア風コロニアル様式」の家を建てるところまで行かせた、と考えることができそうである。

郵便局へ行くには、この別荘を出て、万平ホテルとは反対の、分岐する南側の道を採る。すぐに矢ケ崎川で、それを渡り、そのまま直進すると、諏訪ノ森神社の境内に突き当たるが、右折すれば右側が軽井沢会集会堂、そしてテニスコート（写真2）である。

この道で自転車に乗ったドイツ人の少年とすれ違うが、先に述べたように、この時期、ドイツ人が多かった。

その先へ進むと、いわゆる旧軽井沢銀座通り、昔の中山道に出るが、その手前右角が郵便局である。現在は復元、観光会館（写真3）となつているが、元の建物が軽井沢タリアセンの一角に移築されているし、模型が観光会館内に置かれているが、これはある程度の規模の木造二階建の本格的洋館である。

明治四十四年に建てられたこの郵便局は、滞在する外国人の歓談の場所になっていたとのことだが、当時はどうであったか。外国人が増えた時期であったから、正午頃のここには外国人がいたのではないか。

そこへ勤め先の三笠ホテル（写真4）から園子が自転車でやって来るのだが、かなりの距離がある。しかし、下り坂だから、自転車を走らせるなら十五、六分ではなかろうか。やや急な坂を下れば、いまはなくなった草軽鉄道の三笠駅で、軌道添いの直線の緩やかな下り道で、一本松から脇道へ入ると、郵便局の前へ出る。

その園子の姿を、内から硝子扉（写真5）越しに見るのだ。彼女は「胸を波打たせ、濡れた肩で息をして、しかし健やかな頬の紅らみの中で笑つてゐた」と書かれている。

この後、二人は自転車に乗って村のメイン・ストリート旧軽井沢銀座を下り、あちこちと走ってから、「今は使はれなくなつてゐるゴルフ場」（写真6）へ入る。まっすぐ行けば五分たらずの距離である。戦時下、ゴルフ場は全面的に閉鎖され、この旧軽井沢ゴルフ場も例外ではなかったが、実は、イン九コースばかりは使われていたらしい。完全閉鎖は八月一日である。

裏山やシダの小道を登った草地などより、小説の中で若い男女が幼い接吻をするのに相応しい場所だろう。ゴルフはいまでこそ一般化したが、当時はごく一部の限られた富裕層が興ずる欧米のスポーツであり、その点では、牧場よりも一層欧米色の濃い場所だろう。そして、接吻と言う行為もまた、欧米の映画や文芸作品で知られたという面を引きずっていたから、なおさら相応しい場所であったろう。

この翌日、園子と私は、再びこのゴルフ場で接吻、彼女は今度来る時はお土産（結婚申し込み）を持ってくるようにと言い、指切りして、翌朝、駅まで見送ってもらい、軽井沢を去る。『夜の仕度』のゴルフ場でのやりとりとは違う。明らかに『夜の仕度』の方は作りものだと思われる。

その駅だが、祖母と母が一緒に来ているので、草軽鉄道の旧軽井沢駅（昭和三十七年に廃線）とも考えられるが、歩いてもそう遠くはない草軽鉄道の一駅先、信越線の軽井沢駅とするのが順当だろう。園子は、駅員の出入口をくぐり抜け、プラットホームに接した焼木の柵に摑まり、声を張り上げて私に呼びかけたのだ。

＊

以上、事実としての体験のおおよその輪郭、それに対する三島の揺れる気持、それに根差した虚構について見た。その体験には、昭和二十年六月という時点での軽井沢という土地の特殊な在り方が、意外に深く係わっていると思われる。

この時、二十歳の三島は、再び軽井沢を訪れることはないし、彼女と真剣な接吻を二度とすることもないと考えていたのではないか。空襲で炎上する横浜や東京を、勤労動員先の防空壕から「ぜいたくな死と破滅の大宴会の、遠い篝のあかり」（私の遍歴時代）と見、自分もまたその火に焼かれるのを確信していたのだ。だからこそ、彼女と接吻したい、しなくてはならないと考えて、実行に移したのだ。『夜の仕度』では、接吻に踏み切った心理を、「自分の恋が信じられなくなったことに求めているが、そうではなく、今を逃せば、清純な少女の唇を知らずに死ななければならない、と思ったからであろう。

だから、この接吻自体には、明日がなかった。先に「自然な性愛がまだない」と書いたが、もともと未熟で、性に無知なまま、一回限りの、幼い恋を幼い恋のまま完結させる行為として、行ったのだ。だから三島は、結婚話を持ち出されると受けとめることが出来なかったし、敗戦により日常生活が戻って来ると、その接吻そのものが「離れ小島めいた」行為、となる。

『夜の仕度』の「心理」はそういうところで案出されたものであった[5]。また、『盗賊』の「天上の一瞬が無垢なまま下りて」来たような一刻もそうだし、『仮面の告白』の同性愛者の自覚の契機もそうだろう。同一体験について、このように違った視点をとり、異なった意味付けをおこなっているのである。

ただし、この三作が同じ重みをもつわけではない。殊に『仮面の告白』は、生まれてから今までの自分の生涯の事実を出来る限りそのとおりに持ち込もうとしている。その点で、間違いなく「告白」なのである。ただし、その核になる接吻体験に対しては、大胆なひとつの解釈、あるいは仮説による設定を行ったのだ。「仮面」とする所以だが、もともとの体験が、恐ろしく未熟で無知なまま、一回限りで後がない体験であったから、この解釈なり仮説が事実に即しているともまったくの虚構とも言えないところがある。だから、「肉付きの仮面」ともなる可能性を孕んでおり、三島自身、その方向へと歩み出したと見てよいようである。

こうした点で、三島は、同時代のだれよりも深く戦争の刻印を身に受けていたのだが[6]、それはまた、欧米を目指しての近代化の性意識にまでわたる問題とも絡んでいた。そのため以後、自分の性、肉体を、突き詰めて行くことになったと思われる。

注1　昭和二十年六月六日付け大久保利隆外務省軽井沢出張事務所々長兼公使の報告によると、軽井沢滞在の外国人は二千数百人にのぼっている。また、外交官は三百人にもなっ

たという。

2　安原安春『軽井沢物語』によると、出張所には大久保所長のほか、工藤参事官以下四、五人いたとのことだが、その人数のなかに、勤労動員逃れの彼女は入っていないだろう。ただし、秘密保持が求められる以上、父親が駐仏大使などを勤めた外交官で身元が確かであり、然るべき推薦者がいてのことで、決して遊び半分の勤務ではなかったと思われる。

3　一九三八年神戸のニュージーランド系会社が刊行した『MAP of KARUIZAWA』（軽井沢町歴史民俗資料館所蔵）には、HAPPY VALLEYとNORTH HAPPY VALLEYの分岐点に、1322の記入がある。

4　建築様式が似ているものとして、軽井沢会テニス・クラブ・ハウス（大正十二年）、軽井沢会集会堂（昭和二年）がある。設計者はアメリカ、カンザス州出身のW・M・ヴォーリズ。当の別荘については、建設年代、設計者など確認出来ずにいるが、これらに近い建物だと思われる。

5　堀辰雄の影響によるところが少なくないと思われる。村松剛『三島由紀夫の世界』（平成二年九月、新潮社刊）ⅠⅡに指摘があるが、『盗賊』もそうである。「体験」と向き合わずに心理面に重点を置いて小説化しようとすれば、そういうことになろう。『仮面の告白』になると、その影響からはっきり抜け出ている。

6　この体験に近いのは、島尾敏雄の加計呂島での恋愛であろう。八歳の差があり、特攻出撃を前にしての体験だが、比較検討する必要があると思う。

主要参考文献

『軽井沢町誌』歴史編（近・現代）昭和六十三年三月　軽井沢町誌刊行会

『軽井沢町誌』民俗編　平成元年三月　軽井沢町誌刊行会

安原安春『軽井沢物語』一九九一年　講談社

宍戸　実『軽井沢別荘史――避暑地百年の歩み』一九八七年六月　住まいの図書館出版局

特集　仮面の告白

三島由紀夫が見逃した祖父
――樺太庁長官平岡定太郎

大西　望

はじめに――漱石・定太郎・三島

「余は東京の場末に生れたものであるが、妙な関係から久しい以前に籍を北海道に移したぎり、今に至つて依然として後志国の平民になつてゐる。」

これは『極北日本　樺太踏査日録』（高原操著・大正元・12）の序文冒頭である。夏目漱石が書いている。この序文は、漱石の本籍が北海道であることを漱石の言葉から知ることが出来る貴重な資料なのだが、もう一つ興味深い事実が書かれている。題名の通り「極北日本」とは、樺太（現サハリン）のことで、朝日新聞名誉主筆にもなった高原操（漱石は序において「蟹堂君」と呼んでいる）が現地での見聞を記録した書である。この書を読んだ漱石は、「蟹堂君が親しく大経営の方針を聴いたといふ平岡長官や、それから君が世話になつたといふ中川第一部長は、二人共予備門時代に於る余の同窓である」と書いている。ここにある「平岡長官」というのが、第三代樺太庁長官平岡定太郎――三島由紀夫の祖父なのである。

平岡定太郎は、文久三（一八六三）年、兵庫県印南郡志方町に農家の二男として生れた。定太郎は森鷗外の一歳下だが、経済的理由や早稲田専門学校から開成中学へ転じたことなどで、四歳年下の漱石と大学予備門で同窓となった。明治二十五（一八九二）年、二十九歳で帝国大学法科大学を卒業した。内務省に入省してから、県警部長、書記官などを歴任し、明治三十九（一九〇六）年福島県知事に就任、明治四十一（一九〇八）年には樺太庁長官となった。当時の樺太庁長官は、朝鮮総督府、台湾総督府長官につぐ大臣級の地位で、これらの昇進は、平民宰相原敬の力によるといわれている。

以下は、よく引用される『仮面の告白』（昭和24・7）の祖父について語られた箇所である。

震災の翌々年に私は生れた。

その十年まへ、祖父が植民地の長官時代に起つた疑獄事件で、部下の罪を引受けて職を退いてから（私は美辞麗句を弄してゐるのではない。祖父がもつてゐたやうな、人間に対する愚かな信頼の完璧さは、私の半生でも他に比べられるものを見なかつた。）私の家は殆ど鼻歌まじりと言ひたいほどの気楽な速度で、傾斜の上を辷りだした。莫大な借財、差押、家屋敷の売却、それから窮迫が加はるにつれ暗い衝動のやうにますますもえさかる病的な虚栄。（中略）

祖父の事業慾と祖母の病気と浪費癖とが一家の悩みの種だつた。いかがはしい取巻き連のもつてくる絵図面に誘はれて、祖父は黄金夢を夢みながら遠い地方をしばしば旅した。古い家柄の出の祖母は、祖父を憎み蔑んでゐた。

この文章から、三島が祖父を家の没落をまねいた人物として見ているのが分かる。また、この文章を起点として三島の祖父を曰く有りげに述べる先行研究もある。しかし、これは平岡定太郎の一側面でしかない。

今回、日本の植民地時代に樺太で発行されていた雑誌「樺太」に、樺太庁長官平岡定太郎の談話が掲載されていることが分かった。この談話からは、三島の小説や、三島研究における定太郎への言説から想像される人物とは違った姿を読み取ることが出来た。また、これを契機に、他の資料を調べた結果、福島県知事時代、樺太庁長官時代は大きな治績を残していることも分かった。さらに、調べていく中で樺太に建立された定太郎の銅像についても新たな情報を得た。

官僚として見るべきところのある祖父であるのに、三島は何故、暗い部分しか語らなかったのか。本論で取り上げる定太郎に関する資料には、三島由紀夫が小説で描かなかった祖父、つまり三島が見逃した祖父の姿が克明に刻まれている。その定太郎像を明らかにするとともに、三島が祖父を見逃した理由も考えたい。

資料からみる官僚平岡定太郎

今回注目した資料では、官僚としての平岡定太郎の人物像と、定太郎を知事、長官として受け入れた福島県、樺太の当時の様子を知ることが出来る。まずは、時代順に知事時代から述べる。

福島県知事時代の定太郎のことは、高橋哲夫『ふくしま知事列伝』（昭和63・2）に詳しい。以下この書に従って述べる。定太郎が第十四代福島県知事に就任したのは、明治三十九年七月。当時の地方官は否応なしに政友会系、憲政会系と分けられ、定太郎は原敬の子分として政友会系になっていた。新聞紙上では知事の離着任について、「政友会系の『福島民報』と憲政会系の『福島民友新聞』の論調は正反対で、民報が褒めれば民友はけなし、民友が褒めると民報は非難するありさまであった」という。定太郎も着任早々この『民友』に牽制されたが、在任二年間の治績は大きく、県民の好評を得た。

定太郎着任の前年、福島県は大凶作に見舞われ、県民の疲弊は深刻だったという。定太郎は農村疲弊の救済、県下金融界の救済、岩越鉄道の延長や、県内最初の保育所の設置、福島商業学校を始めとする農学校、技芸学校などを設立し、「平岡知事は乏しい財源の中で有能な知事として誠実に働いた」とされている。明治四十一年六月に樺太庁長官への栄転が決まると、『福島民報』はもとより、政敵憲政会系の『福島民友』までもが栄転を惜しむ社説を載せた。「まさに例外といってよい」事態だった。孫引きになるが、その『福島民友』の社説「平岡氏を惜む」（明治41・6・14）を挙げる。

……県治行政の成績着々として見るべきものあり、県民はようやく暗黒の境より光明の境に入りたる心地をなせり。而して平岡氏は学識に於て、手腕に於て全国中有数の良二千石（知事）たるは、天下自ら定評あり、今回異数的推挙をうけ、樺太庁長官に栄転せるも、之を証するに足る。然れ共、吾人本県民の側より見れば、本県の発展上、今後氏の手腕に期待せし所少なからず。おもうに、平岡氏もまた幾多の経綸抱負を有せられしを疑わず、我社はこの点に於て、深く氏の栄転を愛惜す。

この福島県知事時代を取ってみても、官僚平岡定太郎は人事を尽くしていたことが分かる。その結果、政敵側の新聞社までもが認めてしまうほどの信頼を勝ち得たのだろう。

福島県を惜しまれながら去った定太郎は次ぎに、明治四十一年六月から大正三年六月までの約六年間を第三代樺太庁長官として勤めた。第三代といっても、初代は樺太守備隊の司令官である陸軍将官楠瀬幸彦（在任一年一ヶ月）、次いで内務省地方局長床次竹二郎（在任三ヶ月）が長官を兼任していたので、実質的な樺太庁長官は定太郎が初代といえる。そして、十五代いる長官の中で在任期間が一番長かったのが定太郎である。

前掲『仮面の告白』の通り、疑獄事件で辞職はしたが、辞職後十七年も経た昭和五年には有志により樺太に定太郎の銅像が建てられている。定太郎の銅像建立時の樺太の様子や当時の新聞報道などについては、杉村孝雄『樺太―暮らしの断層』（平成12・11）に詳しく書かれている。ここからは、この文献に拠りながら銅像について細かく見ることにする。

平岡長官の銅像と建立位置

樺太庁長官の中で銅像が建立されたのは定太郎一人である。銅像建立計画は、昭和二年頃からあり、一度は当時の長官が更迭となり話が立ち消えになったが、昭和三年に民間有力者の間で再度話が持ち上がり、「平岡長官頌徳会」が設立されて昭和四年に計画が動き出したという。「頌徳会」の会長は、定太郎長官時の部下中川小十郎である。銅像の設計並びに原型製作は、東京美術学校教授北谷鐵也。銅像の高さは三・三m、台石三・七mで、製作費は台石や基礎工事などを含めて合計三万三千四百円。有志の寄附で賄われ、東京方面が一万五千円、その他が島内からの寄附だと『樺太日日新聞』（以下『樺日』と略す）は報じている。

『写真集　三島由紀夫』（平成12・11、新潮文庫）には、昭和五年八月、銅像を前にしての記念写真がある。後列に関係者と思われる人々、前列に五歳の三島が祖父定太郎と祖母夏子の間に挟まれて写っている。銅像の鋳造は東京で行われたのでこの写真は東京でのものだろう。野坂昭如の『赫奕たる逆光　私説・三島由紀夫』（昭和62・11）にも樺太への発送前に三島と祖父母が銅像の検分に行ったと記されている。

定太郎の銅像除幕式は、昭和五年八月二十二日に樺太神社で行われた。樺太神社は、樺太庁のあった豊原市（現ユジノサハリンスク）に明治四十三年、つまり定太郎が長官時に全島鎮護の大祀として創立された官幣大社である。除幕式の翌日二十三日は樺太始政記念日、領有二十五周年でもあったので、同日の記事はその特集とともに、銅像除幕式の模様や当日の定太郎、銅像などの写真を載せている。除幕式には当時の樺太庁長官や王子製紙社長藤原銀次郎など約三百人が集まったという。十七年ぶりに来樺した定太郎は謝辞を述べている。

満場の各位

不肖、定太郎は本日茲に、此光栄ある寿像除幕の、式典に預かり肝銘、深謝に堪へざる所であります。

不肖の奉職は本島開拓の、初期に属しまして、百事草創の際でありましたので、其行ふ所、其為すところは、悉く輪廓を引くに、長年月に待つの外ありませんのでした。

今回十七年振に、来島しまして現下の、島勢一端を往年の、島勢に対比しまして、爾来官民各位が、その肉付け、その培養に如何に辛苦努力せられたるやを想察しまして満腔の感謝を禁ずる能はざるものであります。

然るに此辛労、御努力の、偉勲者各位より、その輪郭引たるに止まるところの、定太郎に対し唯の賛辞を頂戴さるだけでも、慙愧に感じて居ります処なるにも拘らず、此永久的なる栄えある、寿像の建立までに預かりました事は、実に恐懼に堪へざる所であります、一言蕪辞を述べて謝辞といたす次第であります。

（昭和5・8・23『樺太日日新聞』）

定太郎は十七年振りの来樺に甥（兄萬次郎の長男）の平岡萬寿彦と先崎武久を同伴した。『人事興信録』第二十六版によれば、萬寿彦は明治四十年生まれで、昭和五年当時は慶応大学政治学科の学生だったようだ。先崎という人物の詳細は不明だが、二人とも『樺日』に掲載された定太郎来樺時の写真と先述した昭和五年八月東京での写真に写っている（萬寿彦は後列左から二番目、先崎は一番右に立っている）。

この銅像は、『樺日』が報じている「樺太神社境内」に建立されたことは分かっているが、その境内のどこなのか、具

（図）杉村孝雄氏作成　平岡樺太庁長官銅像建立場所概略図
●印は銅像建立位置を示す。

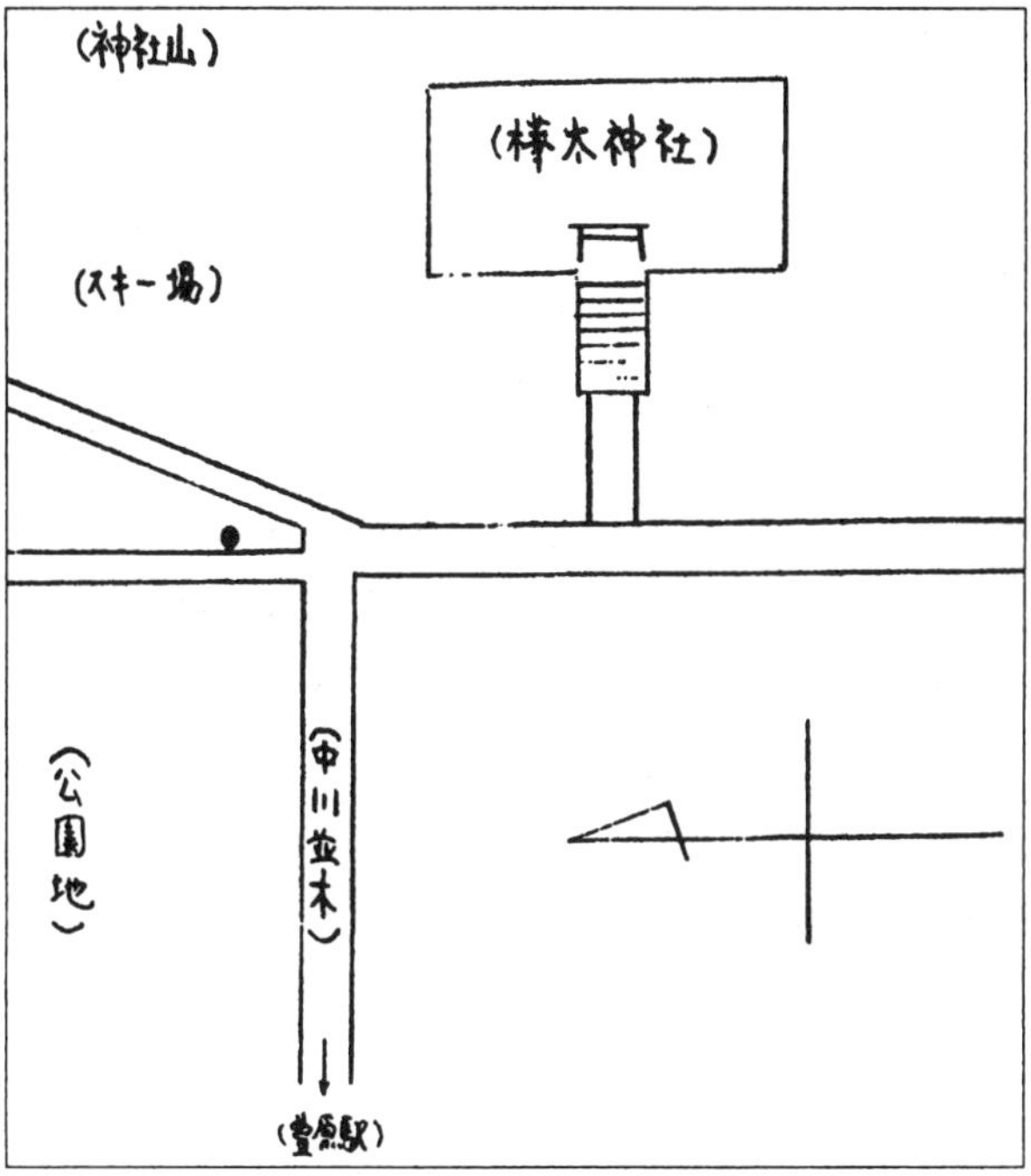

体的な場所はこれまで不明であった。猪瀬直樹は銅像の跡地を求めて樺太神社へ足を運んだが見つからなかったという（『ペルソナ　三島由紀夫伝』）。それも至極、境内といっても実は、鳥居から離れた参道辺りに建立されていたのである。

銅像の建立位置が明らかとなったのは、前掲『樺太―暮らしの断層』の著者杉村孝雄氏からの資料提供によってである。国立国会図書館にも所蔵がない畑山定治『樺太名所の記念碑話』（昭和18・2）に具体的な位置が記されているとご教示いただいた。「平岡長官銅像（樺太神社参道）」の章には、「官幣大社樺太神社の神苑西北方に」「遥か南方の空を凝視し」た定太郎の銅像があり、「東は神社山の勝景を控へ、前方は有名なる中川並木の極まる所」だと記されている。ちなみに「中川並木」とは、樺太神社の参道並木で、先述した中川小十郎の提案で植えられたのでそう呼ばれていた。

杉村氏は豊原市の市街図と先の記述を照合し、自筆の「平岡樺太庁長官銅像建立場所概略図」を提供してくださった（図）。今回、杉村氏の図により定太郎の銅像の位置が明確になった。

そもそも銅像建立に至ったのは、領有二十五周年との関係も考えられるが、樺太でも定太郎の治績が広く認められたからと考えるのが自然だろう。『樺日』に「樺太の基礎施設を確立した功労者である　其の偉業功績を永遠に伝へたい」（昭和5・8・22）、「今日の樺太を築いた平岡氏」（同8・23）という見出しが躍っている。中でも、樺太における定太郎の最大の功績は「日本に於けるパルプ業の始祖、平岡定太郎氏」（同8・22）ということになるだろう。

今回発見した雑誌「樺太」における定太郎の談話も、パルプ業を興すまでの経緯を語っているものである。その資料を紹介する前に、『樺太庁施政三十年史』（昭和11、樺太庁）で史料における当時の樺太の状況、パルプ業の流れをみておこう。

　領有当時の樺太は全島殆ど到る処鬱蒼たる森林を以て蔽はれて居つたが、この大なる天然富源たる森林を利用開発することが、樺太拓殖の為に最も急務であるとして、（中略）歴代の長官が鋭意留意する処であつたが、明治四十一年に至り、樺太にパルプ工場を興し、其の資材に供すべきであるとの断案が得られたのである。

そして内地資本家に慫慂し、紆余曲折ありながらも、三井合名会社や王子製紙株式会社などが樺太にパルプ工場を建設したという。

　樺太に於けるパルプ工業発達の過去を顧みるに、当初その操業開始に至る迄の努力は一方ならぬものがあつたが、（中略）明治四十二年春、三井合名会社を慫慂し、三井合名では平岡長官の熱誠に動かされ、（中略）大泊にパルプ工場を建設の事に決定し、大正二年三月其の建設に着手し、（中略）翌年十二月創業（ママ）開始した。之が我国に於けるサルファイトパルプ工場の嚆矢である。

このように、パルプ工業は樺太のみならず日本初のことであり、今日にまで繋がる大きな事業となった。このパルプの歴史は長官定太郎の決断によって動き出したのである。引用に「当初その操業開始に至る迄の努力は一方ならぬものがあつた」とあるが、その中身を定太郎はこれから紹介する談話の中で語っている。それが「樺太」という雑誌に載った談話「樺太の持つ根本使命」である。

平岡定太郎談話「樺太の持つ根本使命」

まず雑誌「樺太」というのは、樺太豊原市にあった樺太社から発行されていた月刊誌である。昭和四年十一月から発行を開始した。「発行兼印刷兼編集人」であった瀬尾勇治郎曰く「植民政策に正しき批判を加ふると共に、内には民権の発達と擁護に任じ、外には樺太の正しき認識を与ふるの用具たることを契つ」た雑誌である。この雑誌の十周年記念号、昭和十三年一月号（10巻1号）に平岡定太郎が登場することとなった。十周年記念号の目次をみても取り上げられている元長官は定太郎だけである。雑誌の「鈍覚鋭角」という記事には、定太郎の談話を聞いた記者の言葉がある。「在京長官に親しくお目にかゝつてお話を承はる――本誌創刊十年目に相当するのでいろいろと忌憚なき希望なり批判を承はる――本誌の成長を心から喜んで呉れると共に数々の激励を与へられた――真に感激に堪へない」とあって、定太郎の人望のほどがうかがえる。

　平岡定太郎「樺太の持つ根本使命」は見開きA4サイズの紙面で三頁に渡る文にまとめられている。その全てが定太郎の言葉であり語り口調である。以下に抜粋をしながら定太郎の人物像を見ることにする。「樺太でパルプ事業が始められるやうになつた話。今日は一つそれから話して見やうかね。」と談話は始まる。定太郎が着任し最初に行った仕事は漁制の整備で、「この水の方が済めば今度は陸だ」と、農業を考えたが、「何処を見ても森林で、まるで鍬を入れる箇所がない」。樺太の木は少し乾燥すればすぐ割れてしまう。「植民する為には仕方がないから焼いてしまへと思つたこともある」という。しかし苦心した挙句、定太郎はパルプに行き着いた。

　その当時儂はアメリカで発行されてゐる「二十世紀」といふ雑誌を読んでゐたが、その中にパルプといふことが書いてあつた。何かの都合で儂はパルプの輸送関係のことを見よつたのぢやが、パルプは木材から造るものらしいことだけは解つたが、一体どんなものかの見当はつかぬ。いろ〳〵に想像して見ると粗末な紙のやうでもある。また写真等に使ふピカ〳〵した光る紙、あれのやうでもある。（中略）こんな風でパルプについては何一つ智識がないのだが、唯木材をこのパルプにすれば、運賃は少くて済むやうであり、需要も今度相当にあるものらしいことだけは想像される。

　こうして部下にパルプについて海外視察をさせ調査研究をした上で、事業の交渉へと進んでいくのだが、内容にもましてまず、定太郎が自分を「儂」と言うことに驚く。新聞や本など、定太郎の言葉を文章にする段階で編集者が体裁良く直した可能性もあるが、公式の場では、先の引用にあるように「不肖定太郎」や「私」「平岡」などを使っている。談話には他にも「見よつたのぢやが」など方言のような言い回しもある。奥野健男によれば、三島は関西の方言が嫌いだったという（『三島由紀夫伝説』）。本論の後半部分にも関係することなので少し触れておくと、祖母夏子は三島の話言葉を厳しく教育したというが、この教育は祖母の定太郎嫌悪から発していたとみるのは考えすぎだろうか。ともかく、こうした部分から定太郎の飾りや構えのない語りを知ることが出来る。またそれをそのまま掲載した雑誌「樺太」は現在貴重な資料といえるであろう。

　さて、日本で初のパルプ工場九つを、三井、岩崎、大川の三大資本で三箇所ずつ受け持ってもらう計画を定太郎は立てたが、二年間頼み通してもどこもやろうとはしなかった。「最後の一策」として三井の相談役井上馨の「泣落」を使った。結果、三井は漸く重い腰をあげ、工場の機械を作り出した。それに力を得た定太郎は、次に岩崎を落とす懸け引きに出た。「パルプ工場は三井が全部やることになったので、交渉はなかったことにしてくれ」と言うと、岩崎は「それは困る」と焦ってすぐさま三箇所の工場をやると申し出たという。最後は大川である。定太郎の交渉の仕方に注目してもらいたい。

　今一つの大川の方もこの調子で乗り込んだ。大川平

八郎[注1]は既にその時紙では日本のオーソリテーで仲々幅をきかせてゐたが、そこへ儂は行つて

> 「樺太のパルプのことで、再々うるさくお願ひしたが、漸く三井と岩崎でやることになつたから、お気の毒だが断念して貰ひます」
>
> といふと
>
> 「そうはつきりされては困る。わしの方でも是非やらせて貰ひたい」
>
> 「けれども既に約束してしまつた」
>
> 「もう一度考へ直して呉れまいか、何だつたら相手の方へはわしの方から交渉してもよい」
>
> それではこつちの方で話して見るから、一時間程待つて呉れといふので儂は出た。けれども最初から相談する相手もない芝居だから、儂は役所へ行つてお茶を一ぱい呑んで二時間引つ張り、また出直して
>
> 「漸く三井も、岩崎も承知したから、それではしつかりお願ひします」
>
> といひ、結局最初の計画通り、三大資本に三つ宛工場を建設せしむることゝなつた。

定太郎には「人間に対する愚かな信頼の完璧さ」があると三島は語っているが、逆に人を食うような、こんな一面もあったのだ。

「樺太の持つ根本使命」は最後に当時の樺太の情況について定太郎の意見が述べられている。この当時は、パルプ増産に絡む樺太材増伐問題が騒がれていた時期である。

> 樺太なんていふものは最初から知れてゐる。早くいへば猫の額のやうなもので、雑巾で拭つて見たところで凡そ知れた面積だ。その中で木が無くなつたとか増伐の余地がないとかいつて騒いで見たところで、それが何の足しになる。儂は第一そんなちつぽけな根性が気に喰はぬ。
>
> （中略）
>
> 樺太の使命は樺太の開発だけぢやない。日本の北方開発の為の停車場、それが樺太である。（中略）
>
> 而も樺太は四方海ぢや。海の水はレールである。この四方にすき間なく敷き詰めたレールを利用して、この世界の何人も利用し得なくて今尚放置してあるこのオコツク附近の大森林を開発するのこそ、樺太の使命ぢやらうが。
>
> 儂が樺太を放れてから随分長い年月を経てゐるが、当時心密に計画したことは、これであつた。そして今尚この考へには変りはなく、パルプ資材の世界的に減少して来た今日となつて見れば、愈々その信念が深くなつて来るのぢやが、今の人は儂の考へとはまるで逆だ。樺太内のこと位。どんなにやつて見ても、タカが知れてゐる。そんな根性だから、何一つ出来んのぢや。

定太郎は自分の去った後の樺太行政には不満があり、樺太

の根本使命を見直せと最後に訴えている。この談話では、定太郎の長官としての大胆な発想と手腕家であるところがみえる。また、引用した力強い言葉からは、「豪放磊落」(平岡梓)という言葉の具体的なものが伝わってくるだろう。

官僚定太郎を追究した猪瀬直樹『ペルソナ　三島由紀夫伝』(平成13・11)には、昭和九年の動向までしか書かれていない。大正三年に樺太庁長官を辞職し、支えであった原敬首相も暗殺され、定太郎は歴史の表舞台から姿を消した。その中で、今回の資料「樺太の持つ根本使命」は、雑誌「樺太」による好意的な視点から、昭和十三年(定太郎への取材は昭和十二年)の定太郎の言葉、しかも会話をそのまま文字化したものとして貴重なものだと思われる。

もう一つ、長官時代の違った一面が見える資料がある。大正三年一月一日の『樺日』である。定太郎が長官を辞職する半年前の新聞だが、定太郎の短歌が五十九首も載っているのである。これらの短歌を集めたのは、紙面で短歌の紹介文を書いている山本喜市郎であるが、前掲『樺太―暮らしの断層』によれば、この山本という人物は樺太日日新聞主幹だという。「猛神」(「もさ」の振り仮名)と銘打たれたこれらの短歌は新聞見開き二頁に及び、長官定太郎や樺太の風景写真を織り交ぜて掲載されている。興味深いのは定太郎の雅号「臥石」である。この雅号は、明治四十五年一月一日付の『樺日』に定太郎の「積気併力」という書とともに初めて登場したという。大学予備門時代の同窓生が作家「漱石」となったことを知ってのことだろうか。『樺太―暮らしの断層』は、五十九首の中から樺太にちなんだ十四首を紹介している。本論ではその他の五首を紹介する。

あめつちの恵正しく守りして白菊こそやかをり床しき
鶏をはぐくむ人も鶏に養はれつゝ暮らしけるかな
夕月の頃ともいはし卯の花の垣根ばかりは有明の月
秋たけてさよ風寒み独り寝の枕も虫の声のみぞきく
たち向ふ鏡にはつる時ごとの心なりせば人を恋めや

定太郎の短歌は、見たもの思ったことを率直に文字にしている。歌われた心情も曇りのない真直ぐなものを感じる。これらの短歌を紹介した山本喜市郎も「予輩が臥石大守の短歌を珍重するは其修辞技功の妙に非ず、真情流露の赤裸々たる三十一文字の間猶よく大守の面目躍動し来るを悦ぶ也」と言っている。こんなところからも定太郎の大らかで素朴な性格が読み取れるだろう。

以上、資料を通して官僚としての平岡定太郎を追ってきた。各新聞記事から察せられるように、各所で人望が厚かったということは、定太郎が民衆のために尽力したことの証明であろう。しかし、定太郎は疑獄事件により大正四年に法廷で裁かれる身となってしまった。疑獄事件をごく簡単に説明すれば、北海道や東北から樺太に来る建網業者から徴収する漁業料を、長官である定太郎が横領したと疑いをかけられたのである。結局、この事件において定太郎は無罪となったが、莫大な借金を抱えることになった。定太郎は樺太庁の予算不足のため、以前から樺太庁で発行した印紙、切手を法定外割引で売り臨時収入を得ようと試みていた。しかし、右の横領容疑で辞職することになり、計画が中断され赤字だけが残ってしまったのだ。赤字額は十万円。総理大臣の月給が千円という時代（大正九年）の十万円である。しかもそれを定太郎は自腹で払ったというのだ。

定太郎に残ったのは、肩書きのない五十三歳の身と莫大な借金だけであった。それを祖母と三島のいる家へと持ち帰ったのだ。ここからの定太郎を三島はようやく見ることになる。

三島の祖父描写

三島の祖父観は、『仮面の告白』の引用文に集約されているように思うが、祖父の細かい記述は他の作品にもあるので(注2)、以下に見ながら三島が祖父を見逃した理由を考えたい。

まず、短編「椅子」（昭和26）を挙げよう。三島自ら「私小説」（『三島由紀夫作品集五』あとがき）と言った小説である。この作品には「食事はいつも祖母と私と差向ひで摂つた。祖父は一人居間で摂つた」という記述がある。これだけでも祖父母夫婦の関係や、三島の育った環境が想像できる。また、川端康成宛の手紙に「家など祖父の失敗で没落が早かつたわけですが、はやかれおそかれ同じ道を辿るのでございませう」（昭和21・8・11付）と溢している。

中でも、今回注目したいのは、『仮面の告白』の前年に書かれた「好色」（昭和23）という短編である。「作者はこの小説でいかに些細なアネクドートといへども公威が伝聞したこと以外には一切想像にたよらぬことにしてゐる」と断りのある珍しい作品で、祖母とその伯父について語られた小説である。三島の幼い頃、祖母が定太郎の借金に悩まされて考え事をしている描写がある。

> ……その考へ事の内容といふのは、祖父の莫大な借金やその当てもない返済や近くあるべき差押といふやうないちばん深刻で怖ろしい考へ事であつたのである。

また祖母は、差押のことを考えて動産を少しずつ伯父の家に預けていたが、伯父とは預けた預けないでいつも喧嘩になっていたと書かれている。祖母の伯父に向けた言葉がある。

> 「夏が平岡（祖父の名）のことでこんなに苦労してこんなに夜の目も寝ずにあれはかうこれはかうと心づもりをしてゐるのをお茶化しになるつもりでございますか。夏は何も好きこのんで苦労してゐるのではございませんよ。誰が何も好きこのんで……」（中略）彼女はある無礼な債権者にここの部屋でつきとばされた日のことを考へる。彼女の古い血統の矜りが辛うじてたへ忍んできたかずかずの屈辱を思ひうかべる。

「公威の伝聞したこと」を「作者」が書いているという言

に従ってこの引用を見れば、祖母の記憶は公威のものでもあるのだと分かる。祖母のそばにいることを強いられ、外にも出られず部屋で静かに童話を読むしかなかった公威は、祖母の周辺で起きたことは祖母と同じように記憶しているのである。また、孫の口から「お祖母様」より「お母様」という言葉が先に出てきたら機嫌を悪くするという祖母は、公威にどんな時も第一に自分のことを思いやるよう習慣づけた。だから公威は、祖母が債権者につきとばされた日を祖母の悔しさ悲しさとともに思い出していたと考えられるのである。

公威にとって、祖母の周辺の出来事は祖母の言動とともに認識され記憶される。それは祖父についてもいえることである。祖母が祖父と一緒に食事をしないこと、気概のある祖母が祖父のことで苦労して泣くこと、「いちばん深刻で怖ろしい」「祖母の考へ事」が、「祖父の莫大な借金やその当てもない返済や近くあるべき差押」であること、というふうに、常に祖母が基準となって祖父が認知されているのである。また「好色」には、「公威は成長したのちはじめて祖父の家の怖るべき経済状態を聞き知つたが、その時は既に祖父も祖母もこの世を去つたあとであつた」とあるが、日々の生活から祖母が祖父へ恨みを持っていたことは容易に察せられただろう。そんな祖母からは、祖父の知事時代、長官時代の英雄譚など語られるわけがない。たとえ公威が祖父に関心を抱いたとしても、祖父の名など話題に出すことも憚られたことだろう。

三島の母倭文重は、『伜・三島由紀夫』（昭和47・5）で三島の祖母夏子をこう回想している。

実家の威光、家系の誇り、こんなものはいつのまにか時代の波にさらわれて遠く彼方へ飛び散り、敗残の身の母の手もとにのこされたもの、それは今は一生まつわりつく精神的苦痛と疾病のさいなみの他にはなんにもありませんでした。

祖母夏子は、一生「家」というものから出られなかった人なのである。社会的に開けた目を持ち奔放に生きる定太郎と、「家」に閉じ込められ、またすがりつくしかない夏子。「家」という枠組みから外れる夫、「家」に災いしかもたらさない夫を受け入れることは難しかっただろう。その定太郎への見方は公威に当然伝わった。三島の祖父に対する視線も祖母と同じく「家」という枠組みの中からのものであり、「家」以外での祖父を見逃してしまったのである。

そのために、三島の小説における祖父描写は、借金、家の没落、祖母に苦悩をもたらした一人物という描写にすぎなくなってしまった。また、祖母の内面を描くためには、苦悩をもたらす祖父の存在を外せないのだが、三島自身にとっては常に祖母を通しての祖父がいるだけで、祖父個人については語るべきことがなかったと考えられる。それはやはり、祖父を真正面から見る機会を祖母によって遮られたからといえるのではないだろうか。

おわりに

前章では、三島の祖父描写には、祖母に受けた影響が大きく反映されていることをみた。また、そのために三島は祖父の本領である官僚時代を見逃してしまったことを述べた。三島は、『仮面の告白』など初期作品に祖父の記述をして以来、祖父について沈黙した。政治の世界に生きた祖父と文学の世界で生きようとする自分――平岡定太郎ともはや平岡公威ではない「三島由紀夫」。三島が生きている世界の違う祖父について語らないのは当然のことと思える。しかし、その後の作品も含めて、三島の人生に祖父が全く影響していないとはいえないだろう。

後年こんな出来事があったことを父梓は『伜・三島由紀夫』に書いている。ある時、定太郎の書いた書を梓が三島に見せた。梓は書を見せるだけのつもりだったが、三島はその書の額縁を立てかけてじっと見つめ、「お祖父さんの字は実にうまい字ですね、感心した」と言って自宅に持ち帰ったという。その書の文句は「盡人事待天命」であり、定太郎の座右の銘であった。これは三島が自決する半月前の出来事で、梓は「伜も祖父の字を気に入るような年になったんだな、と思いましたが、いま思うと伜はひそかに書の文句の方に感動したのに違いありません」と語っている。しかし、やはり三島は「盡人事待天命」という文句とともに、その文句を書いた祖父の字に感動していたのであろう。この時、自決へと向かう三島が、字を通して祖父定太郎という人物、その人生にまでも触れた瞬間だったのではないだろうか。またそれは祖母が立ち入る隙のない瞬間であったに違いない。

注1　杉村孝雄氏より、樺太で製紙工場を設立したのは「大川平八郎」ではなく「大川平三郎」ではないかとのご指摘があった。『樺日』にも「大川平三郎」とあった。雑誌「樺太」の誤植と思われる。

2　『決定版　三島由紀夫全集』補巻には、祖父と思しい主人公が出てくる「族」という未完の作品が収録されているが、本論は、三島が生前、完成させた作品を対象にしたため取り上げなかった。

*三島の小説の引用は全て『決定版　三島由紀夫全集』(新潮社)に拠った。また全ての引用の本文におけるルビは省略し、新字体に改めた。

(学芸員)

寄稿

三島由紀夫と丹後由良、そしてポッポ屋 修さん

平間 武

1 舞鶴

私はその日一日の出来事をいまでも鮮明に覚えている。昭和四十五年十一月二十五日、その日の東京・国鉄市ヶ谷駅界隈は午後から異様な空気に包まれ、にわかに人、人、人の波でごった返し始めていた。まさに騒然とした空気が刻々と変化し、緊張した時間がアッという間に流れていった。

当時、私は某私立大学の一回生、その学び舎は千代田区富士見町、市ヶ谷駅から飯田橋寄りに徒歩十分の高台にあり、お堀を隔てた目と鼻の先には陸上自衛隊東部方面総監部があった。その日、私は市ヶ谷上空を何機ものヘリコプターが行き交うのを目にし、風向きにより途切れ途切れになるパトカーのサイレンや拡声器からの怒号に似た騒がしい叫び声の数々を耳にしたのである。

そして午後零時十五分、作家・三島由紀夫は自らの命を絶つことで、四十五年間に渡り綴り続けた一世一代の長編小説を彼独自の美学によってアッと言う間に完結させてしまったのであった。

私はその日の夕刻には横浜・綱島にある同郷の友人の下宿に寄り、高架橋を走る新幹線の音を遠くに聞きながら、私が目の当たりにした市ヶ谷での出来事を、その友に得意気に話して聞かせたことも覚えている。

＊

その歴史に残る惨劇の日から遡ること丁度十五年、昭和三十年十一月十日、国鉄京都駅午前六時五十五分発敦賀行きの列車に乗り、東舞鶴を目指したひとりの作家がいた。当年とって三十歳、若き日の三島由紀夫その人であった。

その頃、三島由紀夫は翌年の一月から雑誌「新潮」に連載予定になっていた「金閣寺」の取材のため京都・南禅寺近くの加満田旅館に長期滞在していた。そして十一月七日には金閣寺周辺を取材、翌八日には検察庁に於いて実際に金閣寺に火を放ったとされる犯人（東舞鶴出身）の検事調書を閲覧し、さらに九日には大谷大学（犯人は大谷大生でもあった）に赴き取材をした後、翌十日早朝に宿を出て敦賀行きの列車に乗車したのである。但し、その時の三島は一人ではなかった。三島の実父・梓の知人（京都在住）が氏の依頼を受けて随行していたのである。おそらく二人はその日の午前十時過ぎには東舞鶴駅に到着したものと思われる。

そして早速、主人公となる犯人の育った志楽の町、さらには真言宗・金剛院と取材を重ねている。その取材時にスケッチした青葉山周辺の山並みの絵図も非常に興味深いものであるが、その創作ノートの内容たるや実に微に入り細を穿ち、わずか一日でよくこれだけのことを調べ上げられたものだと改めて感心させられてしまう。おそらくその日は、二人で目いっぱい取材し、東舞鶴の町に投宿したのであろう。

そして翌十一日には西舞鶴駅前に降り立ち（この時点では、すでに三島は一人であったようだ、おそらく随行者はこの日、京都に

引き返したのではないだろうか)、当初予定に入れていたとは思われない行動をとった。西舞鶴港からその街を素通りして丹後由良へ徒歩で向かうことである。創作ノートにも「(この日、自分で歩く)東舞鶴、舞鶴」とその日の予定を記しながらも、その上からあとで舞鶴の文字が斜線で消されているのだ(地元で舞鶴とは一般的には西舞鶴のことである)。それにしても何ゆえに丹後由良までの約十六キロの道程(汽車を利用すれば三十分足らず)を、自らの足でわざわざ時間をかけて歩こうと思い立ったのであろうか。

　おそらく海が好きな三島は、その日無性に舞鶴の海に逢いたくなったのであろう。舞鶴の海の取材ならば、先ずは放火犯が生まれ、小学六年生まで育った東舞鶴に近い日本海に面した成生岬付近なのであるが、何故か前日にもその日にも三島がそこへ行った形跡が創作ノートにはない。

　そんな三島が、海を求めて駅前から最寄りの西舞鶴港まで約二十分の距離を歩いている。その埠頭で彼が見たものはコンクリートで固められた、あまりにも人工的で生命力がほとんど感じられない無機質な海であった。三島はその光景に、小説にある通り愕然とし落胆したのであろう。そしてすぐさま主人公が金閣寺に火を放つ大きな動機づけとなる場所と見なした丹後由良の海に思いを馳せたのではないだろうか。そこがこの物語のひとつの重要なクライマックス場面になる可能性があると直感的に予感したのであろう。さらに、その目的地までの道程のなかに、やがてこの事件を引き起こす犯罪者の微妙で複雑な心理を紡ぎ上げたかったに違いないのである。

　道中、特に四所《ししょ》駅前を通り過ぎ滝尻峠を越えて由良川に架かる大川橋を渡り、突き当たりを右に折れた辺りからの、由良川を右手に山椒大夫遺跡を左に見て河口に至るまでの文章表現ときたら、我らが由良川も三島由紀夫の手にかかると、かくも文学的に調理され盛り付けされてしまうのかと驚嘆する。と同時に、当時の由良川近辺を知る者を、難なく五十年前にタイムスリップさせてくれたのである。しかしながら、ここで一つの大きな疑問にぶつかる。

　それは、その時どうして三島が丹後由良に思いを馳せ、何故そこを目指そうとしたのかということである。未知の丹後由良まで、それも見ず知らずの不安な道程を時間をかけてまで、たった一人でわざわざ歩こうとするものであろうか。

　後にその疑問は解けた。ヒントは新潮社刊「グラフィカ三島由紀夫」の年譜(山口基・作成)にあった。彼が丹後由良まで歩こうと決意したその時点で、三島は西舞鶴駅から港と同じ方角約十五キロメートル先に、その季節には必ずや彼の心を大いにときめかせてくれるであろう由良川とその周辺の景色、さらには丹後由良の海が存在していることをすでに知っていたのである。なぜならその年譜によると、三島由紀夫は昭和十九年七月に、一教練生として舞鶴海軍機関学校での教練に参加していたからである。

　私は、小説「金閣寺」本文にはその時代の三島自身の実体験が各所に散りばめて記されていると強く確信している。例えば「金閣寺」には次のような文章がある。

> 　舞鶴湾。この名は昔にかはらず私の心をそそつた。(中略)それは見えざる海の総称であり、つひには海の予感そのものの名になつたのだ。
>
> 　その見えざる海も、志楽村のうしろに聳える青葉山頂からはよく見えた。私が青葉山に登つたのは二度である。二度目のとき私たちは折りしも舞鶴軍

港に入つてゐた聯合艦隊を見たのだつた。

きらめく湾内に碇泊してゐる艦隊は、秘密の勢揃をしてゐたのかもしれない。この艦隊にまつはることはみんな機密に属し、私たちはほとんどさういふ艦隊が本当に存在するのかを疑つてゐたほどである。だから遠望された聯合艦隊は、名のみ知つてゐて写真でしか見たことのない威厳のある黒い水鳥の群が、人に見られてゐるとは知らずに、威々しい老鳥の警戒に護られて、そこで密かな水浴を娯しんでゐるやうに見えたのである。

その前後の文脈からして「私が」が何の前触れもなく急に「私たちは」に変わったことと、三島の舞鶴の海に対する思い入れの強さを示した文章表現が妙に気になり、私なりに推察してみた。

三島はその十一年前の舞鶴での思い出を懐かしく辿りながら、この文章を書いたに違いない。おそらく彼はその舞鶴での教練期間中に、他の教練生と共に訓練の一環として青葉山に登らされたのではないだろうか。そしてその山頂で三島を含め、教練生である「私たち」が見たものは、まさに威風堂々とした大きな一羽の鶴がその羽を鮮やかに大きく拡げたかのように見える舞鶴湾の美しい姿であった。そこに点在している聯合艦隊の艦船の影の数々は、これもまさに文字通り、あたかも猛々しい老鳥に護られている黒い水鳥たちの群れなのである。

私には青葉山での体験はないが、舞鶴湾の絶景では青葉山と双璧をなす五老岳には何度も登った経験があり、そこからの眺めから想像しても、その部分の文章内容はあまりにもリアルで臨場感があり、青葉山に登ってそこで実際に聯合艦隊に遭遇した者ゆえの驚きとその表現であると、私自身の感覚で確信するのである。

では、その当時果たして聯合艦隊はその舞鶴の軍港に寄港していたのであろうか。関係各機関を幾つかあたって調べてみたが、結果的には埒が明かず、最終的には某出版社のアドバイスにより、当時の詳しい資料が残っている可能性がある防衛庁戦史室に問い合わせてみた。

すると案の定、昭和十九年六月から七月のその時期には、マリアナ海戦で米軍にトコトン痛めつけられた聯合艦隊・第二艦隊に所属する重巡洋艦「利根」「筑摩」をはじめ約二十隻近くの艦船がその傷を癒し、次の海戦に備えるために確かに舞鶴湾に寄港集結していたことが判明したのである。それらの艦隊もその直後の十月のレイテ沖海戦に出撃し、米軍の凄まじい攻撃によってほぼ壊滅状態に陥り、聯合艦隊はこの海戦をもって事実上消滅することになってしまうのである。

とすれば三島は、その舞鶴湾内における記念すべき聯合艦隊最後の勇姿を他の教練生と共に、青葉山頂から見たのではないか。

創作ノートの中の「日本海由良へ海水浴にゆくこと」も「青葉山に登ること」も、おそらく舞鶴海軍機関学校での実体験に基づいて記したことなのであろう。ゆえに「金閣寺」の「夏は海水浴で賑はふ浜も、この季節にはさびれてゐて、ただ陸地と海とが、暗い力で鬩ぎ合つてゐるに相違なかつた。西舞鶴から由良へゆく道は、ものの三里もあつたが、私の足はうろ覚えに覚えてゐた。」と繋がるのである。

そもそも三島の心をそそったはずの青葉山から見た思い出の舞鶴湾であったのだが、波のうねりひとつないその西舞鶴の築港に愕然とし、生命ある海を求めてひたすらその先にある思い出の地・丹後由良へ向かうことに急遽予定を変更したものと思われるのである。そうでなければ、放火犯に接見して直接話を聴いたこともない三島が、検事調書にも担当刑事の取調べ調書にもまったくその記述がない丹後由良を取材場所には選ぶはずがないのである。勿論、これはあくまでも私だけの推察と確信の域は出ないのであるが。

2　由良へむかう道

○由良川
　ひろい、青い、底知れぬどんよりした川。ボラ釣りの季節。
○どんより曇った空の下の荒涼たる由良川の河口。
○山椒大夫の屋敷跡
　（中略）
　その上の邸跡は夏みかん園と雲州みかん園。
○河口近く竹やぶに包まれし州あり、水田一、二丁歩、天水で耕す。
　（中略）
○せまい河口。
○河口の外れ、河口より八里（注・島の形が描かれている）形ノ冠島あり。
『由良湊千軒長者』
由良海岸　浸蝕甚だしき故　護岸工事セメント流し込み　冷たい白さ
沖暗く、雲累々たり　その間に冷たい薄い青空のぞけり　白い雲のはし　冷たき羽毛
砂浜よりスリバチ体形に落つる海
砂――花崗岩質
鉛いろの海　沖は納戸いろ　山々はいかめしい黒紫色　うしろ由良岳
◎四馬力コンクリート・バイブレーター。

以上、三島が創作ノートに記していた丹後由良に関する取材内容であるが、地元の人間でも知る者が少ない「由良湊千軒長者」まで記されていたのには恐れ入った。

このように時間をかけて取材し、歩き疲れてやっとの思いで目的地に辿り着いたその日、全長百四十六キロメートル、京都府美山町芦生に端を発し丹波高地の山坂を越えて日本海の若狭湾に面した丹後由良の里に注ぐ一級河川・由良川の河口で三島を迎えたものは、彼にとっては生まれてこの方、他にはまったく類を見ない鉛色の空と恐ろしく生命力のみなぎった裏日本独特の怒り狂った海であった。

　丹後由良ではその季節、局地的に乱気流による激しい突風が吹くことが多い。極寒の大陸から長らく日本海を渡り湿気を含んでひどく凍った海風は、由良の里を見下ろす標高六百四十メートルの由良岳に激しくぶつかる。そしてその跳ね返しの烈風は、その頂きから傾斜に沿って異様な音を立てて由良の里を掃き、家屋をきしませながら一気に若狭湾に吹き降りるのである。その時、沖から浜辺に押し寄せる激しい海風と大きな波のうねりは、由良岳からの強烈な山風と対岸に聳える神崎山からの吹き降ろしの風とに複雑に相重なって、由良川の流れにぶつかり、まるで怒気を含んだように激しく白波を立てて逆巻き、しぶきを上げて大きく空に砕け散るのだ。

　そのありさまは、人一倍繊細で感受性の強い都会育ちの三島にとっては、まるで地獄の絵図のように感じられたのではないだろうか。丹後由良の冬は厳しい。凍えるような初冬の由良川河口にひとり険しい表情をして沖の荒波を睨みつけて立ち尽くす男の目は、紛れもなくやがて大きな事件を引き起こすであろう主人公・溝口の怨念を込めた怪しく不気味な目であり、さらにはこの作品における大きなクライマックス場面の構想を瞬時に思い描く三島由紀夫の研ぎ澄まされた鋭い目でもあった。そしてその時、荒れ狂った丹後由良の海は、三島をし

て主人公である溝口の中にある残虐なこころを呼び覚まし、強い想念となって、「金閣を焼かなければならぬ」と固く決心させるのである。

三島は「金閣寺」を書き上げた後日談の中で「主人公の郷里に近い舞鶴方面へも旅したが、あちらの北の海岸の荒涼たる景色は心に深く刻まれ、主人公が放火を決意する重要な心象風景として用いた」と語っている。十一年前の追憶と特異な直感的ひらめきがそうさせたのであろう。何はともあれ、作家・三島由紀夫は西舞鶴駅から丹後由良までの約十六キロの距離を、自らの足で歩き抜いたのであった。

3　磯野修三

磯野修三氏

昭和五年に生まれた修《しゅう》さんは、昭和十七年に由良尋常高等小学校を卒業後、すぐに国鉄に奉職し、三年間西舞鶴駅勤務の後、地元丹後由良駅に駅員として配属された。

以来二十四年間、修さんはその持ち前の明るさと面倒見の良さで、丹後由良駅の人気者となり、地元の人にとっては、そこに居なくてはならない存在となるのである。その駅を利用する常連の乗降客は朝に夕に修さんのその笑顔に触れ、その度に何故か明るく爽やかな気分にもなり、その日一日を心穏やかに過ごすことができるのであった。その駅舎の中からホームに至るまでの温かい雰囲気は、荒削りに見えながらも実は木目細かい修さんの思い遣りの心が織りなすものであったのだ。誰からも「修さん！」「修さん！」と親しまれる丹後由良駅の名物駅員であった。

昭和三十年十一月十一日、そんな修さんの目の前に突然、三島由紀夫が現れることになるのである。その日、三島は駅前の「日の出旅館」（作品では駅前の海水浴御旅館由良館）で宿泊の手続きをとることになるのであるが、おそらくその前後に丹後由良駅を訪れたのであろう、その時、駅舎内で業務に従事していたのは「金閣寺」によると駅長と駅員の二人だけであったらしい。

突然の三島の訪問に二人の驚きは如何ばかりであったであろうか？　いやその時点では未だその来訪者が作家・三島由紀夫であることさえ知らなかった可能性が高いのである。その時、三島より五歳下の修さんは初対面の三島の目にどう映ったのであろうか。

平成十七年、横浜の山手にある神奈川近代文学館では三島由紀夫展が始まり、その館内では「金閣寺」を映画化した市川雷蔵主演の大映映画「炎上」も上映された。そうなると当然、約三十年前に一度サラッと読み流したことのある原作を事前にじっくりと読んでみたい気にもなるもので、早速近所の書店に赴き「金閣寺」の文庫本を買い求めた。

それにしてもその文章は、三十年の時を経ても尚、私にとっては相変わらず難解で手ごわいものであった。やっとの思いで第八章・丹後由良駅の場面に辿り着き登場する一人の駅員の様子を読み終えた時、私の視線はそこでピタリと止まったまま、その先には進めなくなってしまった。そしていきなり私の脳裏にまるであぶり出しの絵のように鮮明に浮かび上がってきたひとつの絵柄があった。

それは私が幼い頃に、丹後由良の駅舎内で何度も視たことのある光景であった。その「金閣寺」に登場する人物こそが、次から次へそして何から何まで駅構内における、すべての仕事をテキパキとやってのける、映画好きでひょうきん者のあの若き日のポッポ屋・修さんの姿そのものであったのだ。この時、小説の中の駅員と修さんの姿が私の中でピッタリと重なって同化し、それは直ぐに深い確信となっていった。「金閣寺」の本文ではこうである。

丹後由良駅で汽車を待つうちに時雨《しぐれ》が来、屋根のない駅はたちまち濡れた。（中略）陽気な若い駅員が、この次の休みに行く映画のことを、大声で吹聴してゐた。それは見事な、涙をそそるやうな映画で、派手な活劇にも欠けてゐなかつた。この次の休みは映画に！　この若々しい、私よりもはるかに逞《たく》ましい、いきいきとした青年が、この次の休みには映画を見て、女を抱いて、そして寝てしまふのだ。

彼はたえず駅長をからかい、冗談を言ひ、たしなめられ、その間いそがしく炭をついだり、黒盤に何かの数字を書いたりしてゐた。再び私を、生活の魅惑、あるいは生活への嫉視が虜《とりこ》にしようとした。金閣を焼かずに、寺を飛び出して、還俗して、私もかういふ風に生活に埋もれてしまふこともできるのだ。

私がその駅員を修さんだと確信したのにはわけがあった。私が昭和二十五年に丹後由良に生まれ物心ついた時、私の目の前には既に修さんの姿があった。私の家は修さん宅の真向かい、以来修さんからは身内の子のように可愛がって貰った。たまに駅の辺りで私がひとりで遊んでいると、修さんは気軽に声をかけてくれた、そんな時、丹後由良駅は私の楽しい遊び場と化すのであった。私にとって修さんとの思い出は語れば尽きることがない。そんな私だからこそ、この駅員は確かにあの修さんだ！　と強く断言できるのである。

ところが私はそのあと、いや待てよ、それにしてもそんなことは、丹後由良の人々の間ではすでに周知の事実なのではあるまいかと思い始めた。そしてこの夏の休暇には丹後由良に帰り、必ずその確認をとりたいという強い覚悟で帰省に臨んだのであった。先ず確認すべきは、何と言っても磯野修三夫人・睦子さんであった。久々の帰省に笑顔で迎えてくれた夫人に、私は恐る恐る「修さんはいつから丹後由良駅に？」と尋ねてみた。やはりその答えは私が期待したとおりのものであった。そのあと「二人は昭和何年からの付き合い？」等と、私の

当時の丹後由良駅

不自然な質問攻めに業を煮やした夫人は「どうして、そんなことを？」と私に尋ねた。私が「実は三島由紀夫の「金閣寺」という小説に……」と説明をし始めると、夫人は直ぐに驚きの表情を浮かべ絶句してしまった。

夫人がそれ程、驚いたのにはわけがあったのだ。なんとその三日前、夫人はお墓参りの際に、久々にそこで出会った近所の坂本幸彦氏から思いがけない話を聞いていたのである。それは「修さんが若い頃に駅舎を訪れた三島由紀夫とのことについて、私に何度か話をしてくれたことがあった。由良では三島由紀夫と会って話をしたのは修さんだけで、その時、修さんは駅長でもないのに駅長の帽子を被り三島の前で、おどけてみせたらしい」というものであった。それを聞いた途端に、今度は私が絶句してしまったのである。偶然といえば偶然の出来事であるが、何故私が今頃になって小説「金閣寺」の中にその真実を発見し、さらには坂本氏も何故何十年も経ったこの夏にそのことを夫人に話すことになったのか、私には何か深い意味があることのように思えてならなかった。

そして今回の帰省で新たにハッキリしたことは、修さんが過去に三島と会って言葉を交わしていたことを坂本氏には告げていながら、私の知る限り夫人にもそれ以外の人物にもまったくそのことを話していなかったという事実であった。また三島が駅を訪れているのにも関わらず、それが何のための来訪であったのかも修さんは知らなかったようだ。三島にとっては自分が小説「金閣寺」を書くために、「金閣寺の放火犯」になり切っての取材であったが故に、そして日常的な駅舎内を取材したかったがために、あえてそのことを伏せて説明しなかったのであろう。

おそらく三島が丹後由良駅を訪れた時には、当時の小田垣駅長（すでに故人）も修さんも、好奇心旺盛なただの通りすがりの旅の人としてもてなし、その人物が作家・三島由紀夫であることを知らなかったのではないだろうか。そして修さんがそのことを確認できたのは、小説「金閣寺」が出版された何年もあとのことで、テレビがもっと普及して三島がテレビや映画に出て顔が売れ、あの独特の風貌を見る機会が多くなってからのことではなかったろうか。また修さんが坂本氏に三島との出会いを話したのも、それ以降のことだったのであろう。

そしてその頃には夫人や地元の人々にそのことを話したところで、それはすでにいささか過去のことでもあり、もしかして「人違いでは？」と皆に一笑に付されるのが関の山とでも考えたのではないだろうか。私にはそんな性格も修さんらしく思えたりするのだ。何れにしても、自分のことが小説「金閣寺」に書かれていることなど当の修さんは知る由もなかったのである。

私がお渡しした小説の本文を抜粋したコピーを手にした夫人は、そこに登場する若い駅員が、間違いなくご主人の修さんであることをご自分なりに初めて確認し感激され、その当時の結婚間近な修さんとの恋愛時代にも思いを馳せられたようだった。

その修さんは現在、宮津の病院のベッドの上で夫人に温かく見守られながら難病と闘っている。そして今回初めて、寝たきりでまったく話すことのできない状態の修さんのベッドのそばで、夫人の口からその《五十年目の真実》が語り始められたその時、それを耳にした修さんは、鼻の頭をまっ赤にさせながら、何かを訴えるかのように突然大きな声を発して叫喚したそうである。修さんの脳裏に蘇えったものは？　出来ることなら是非もう一度あの元気な頃の修さんに戻って、今では国内はもとより、翻訳され世界中の人々に読まれ続けて不朽の名作となった「金閣寺」の作家・偉大な文豪との出会いについて、修さん得意のあの冗談話も交えながら私達に語りかけて欲しいものである。その時は私も是非修さんに問いかけてみたい。修さんが駅舎内で大声で吹聴していた映画の題名は何だったのか？　駅長の帽子を被りおどけてみせたその時、三島由紀夫はあの独特の甲高い声で笑い転げたのか、それとも照れながら、あのニヒルで静かな笑みを浮かべて笑っていたのかと。

＊

それにしても偶然の出来事が、これだけ短期間の内にこんなに幾つも重なるものであろうか？　後日、またまた私にとって予期せぬ出来事が起こったのである。それはNさんとの出会いである。なんとNさんは昭和四十年から約十五年間、住み込みで平岡家（大田区馬込の三島家と同敷地内にあった両親の家）に仕えていたお手伝いさんであった。最後に、そのNさんが、三島事件当日のことやそれ以降のことを回想されて私にお話し戴いた貴重な思い出話をここで御紹介して、この文章を締め括らせていただくことにしたい。

「すでに亡くなられた若旦那様（三島）の実母・平岡倭文重《しずえ》さんは事件当日、外出先から戻り玄関から入るなり突然、三和土《たたき》のあがり場で泣き崩れてしまいました。おそらく外出中に事件を知ったのでしょう、その日一日は私が声をかけることも憚れるほど、狂ったように泣き続けていらっしゃいましたが、翌日にはまるで何事もなかったかのように冷静になられていました。

そして後日、奥様（実母・倭文重）は、『あの子からは今回の作品（豊饒の海）を書き終えたあとに何かあるかも知れません、何があっても決して心配しないで下さいと優しい言葉をかけられていたのよ。』さらに『今回のこのことはおそらく三十年から五十年後に、やっと世間の人々にも、その意味を理解していただけることになるでしょうね。』と仰言っていました。

またこんなこともありました。若旦那様が自決されてしばらく経ったある日のこと、開け放ってあった平岡家の居間の窓から、何処からともなく白い小鳥が家の中に舞い込んで来たのです。私はその小鳥を外に放してあげようとしたのですが、その時、奥様が突然『待って、ひょっとしてあの子かも！　あの子の仕業かも！』と仰言ったのです。その日以来その白い手乗り文鳥は、平岡家の家族の一員となったのです。その『文鳥』は旦那様（三島の実父・梓）の頭に乗ってイタズラをしたり、時には頭の上で糞もしました。」

＊

故郷での夏休み最後の日、今では当時とスッカリ様変わりした駅舎をいつもより感慨深く観ながら、私は五十年前の文豪と修さんの出会いの場、丹後由良駅をあとにした。当時三島が宿泊した「日の出旅館」の裏手には、私が幼い頃友とザリガニ取りをして暗くなるまで遊び呆けた田んぼが今でも残っていた。そこにはまるで過ぎ行く夏を惜しむかのように賑やかに赤トンボたちが空を舞っていた。まるであの日、市ヶ谷上空を行き交ったヘリコプターのように。おそらく三島も部屋の窓を開け、目にしたに違いないその田んぼを横目に見ながら帰路に就き、私の不思議なひと夏が終わった。

4　追記

三島由紀夫は不審者として丹後由良派出所（交番）に通報されていた！　丹後由良駅前の「日の出旅館」で宿泊の手続きをと

った三島は、そこに二泊していたことが平成十七年九月二十五日の磯野修三夫人・睦子さんからの聞き取りで明らかになった。以下はその日の夫人の情報によるものである。

日の出旅館の女将だった中西信子さん（現在九十四歳）がその時のことを思い出して語った話では、その日、旅館を訪れた三島は宿帳に名前も記さず、案内された二階の六畳の間に閉じ籠り、なんと二日間、食事のために階下に降りることもなかったのである。不審に思った女将は派出所に連絡して、急ぎ駆けつけた警察官から彼は不審尋問を受けたということであった。

本文中に「三日間にわたる由良館の逗留が打ち切られたのは、その間一歩も宿から出ない私の素振りを怪しんで内儀が連れて来た警官のおかげであった」と皮肉っぽく犯人の立場で書いてあるのは、なんと創作ではなく三島自身が実際にそこで体験した出来事だったのである。

女将がその宿泊客を三島由紀夫と認識できたのは、やはり小説「金閣寺」が出版されたあとのことだったことも明らかになった。その作品の読者やマスコミ関係者？が幾人も「由良館」の所在を確かめるために「日の出旅館」を訪れて、初めて「ああっ、あの時のあの不審な人物が」と思ったのだそうである。思うに、今も「日の出旅館」に残るその二階六畳間で、三島は二日間ひたすら座卓に向かい、丹後由良での出来事を夢中で書き捲くったのであろう。どうも小説「金閣寺」の一部は丹後由良で執筆されたのではないかと思えてならない。

それにしても当時すでに評判の人気作家でもあった三島が、付近に豪華二食付の旅館が何軒もあるにも関わらず、そちらには一切目もくれず、その時期には季節外れで宿泊客がいるはずもない「海水浴客御旅館」の「日の出旅館」をわざわざ選んで宿泊していたとは驚きであった。しかも彼は、最初から意図的に不審者を装い、終始それに徹したのである。その時の三島は、なんと詰襟姿であったという未確認の情報まで伝承されていることを付け加えさせていただきたい。

最後に、平成十八年三月十六日早朝、磯野修三氏、修さんが永眠された。享年七十六歳であった。　合掌。

紹介

フランスにおける三島由紀夫の現在

――新聞、雑誌記事から――

高木瑞穂

フランスでは、三島由紀夫の生前からその人気や関心は高かったが、三島の自決により、スキャンダラスな作家としての側面がクローズアップされ、三島に対する人々の関心は、もっぱらその最期の行動に集約されることとなった。昨年、没後三十五年という節目の年を迎え、フランスでは再び三島由紀夫への関心が再び高まっており、新聞や雑誌で特集記事が組まれた。

そこで扱われているテーマは主に三つで、第一には三島はなぜ自殺したか？　という疑問、第二に三島思想の意義や影響、そして第三に現在の国内外での三島受容である。それらの問題点を、竹本忠雄氏が解説、インタビューを交えて紹介している。ここで、その一部を紹介したい。

「La Nouvelle Revue d'Histoire（ラ・ヌーベル・ルヴュ・ディストワール）」誌（05年11～12月）では、「三島・ニヒリズムへの返答」と題して、竹本氏へのインタビューを通して三島の死に迫っている。竹本氏は三島の自殺に対する当時のフランスの反応を次のように述べる。「始めはいわゆる『切腹の凄惨さ』に狼狽し、『日本の軍事化』を恐れる声もあった。」

しかし、その後メディアは三島の死の魅惑的な部分を取り上げるようになった、という。そして、ヨーロッパよりも立ち遅れているとする日本での三島理解については「政界を除けば、そういう見解は激変した。同業者のほとんどは三島の作品の質や偉大さに敬意を表している」と語る。さらに竹本氏は、フランスの作家であり政治家でもあったアンドレ・マルローの三島への言及を紹介している。

マルローは自身の著作の中で「三島については、行為としての死は、じつに強烈な現実性を持っているといわざるをえません。そこには偉大な日本的伝統が息づき、儀式がものをいっている」（『マルローとの対話―日本美の発見』竹本忠雄、人文書院、96・11・25）と述べている。そしてマルローは、重要なのは三島の死だけでなく、その方法である、とする。マルローは武器や短刀、銃などによってもたらされる意志的な死を称賛し、サムライとヨーロッパの騎士を比較対照していた。彼はここに日本と西欧の秘められた精神的繋がりを見ているのであり、彼との対談はフランスの騎士道精神と武士道精神との対談であったと竹本氏は語る。三島の死については、「戦後のアメリカ化によって失われた日本古来の魂をよみがえらせようとした」と解釈する。「それは戦争の敗北への復讐ではなく、日本の精神的価値を再び我が物にすることであり、三島はこの死によって、失われた伝統の糸を結び合わせた」と結論づけている。

「éléments（エレマン）」誌（05～06　冬号）は、「日本の文豪　三島由紀夫はなぜ一九七〇年十一月二十五日に切腹したか」と題する記事で、三島の死の謎に迫ろうとしている。同誌では竹本忠雄氏の記事により、「楯の会」設立から自決までの詳しいいきさつを紹介している。そこではクーデ

ターを企てながらも理想と現実の間で苦しみ、失望し、次第に追い詰められていく三島の姿を浮かび上がっている。

記事には三島が一九七〇年九月に「たきがはら」に書いた「滝が原の分屯地は第二の我が家」が引用されており、とりわけ最後の文章が注目されている。三島は滝が原分屯地への愛着を語りながら、「同時に、二六時中自衛隊の運命のみを憂へ、その未来のみに馳せ、その打開のみに心を砕く、自衛隊について「知りすぎた」男になつてしまつた自分自身の、ほとんど狂熱的心情を自らあはれみもするのである」と三島は記している。何を知りすぎたのか？　という問いの答えとして、日本の軍隊がクーデターを企てるには未熟だったこと、そして新憲法を切望する三島と、憲法の番人である自衛隊との軋轢などを挙げている。竹本氏は三島の最期の行動の真意を、『葉隠入門』をめぐる自衛隊の細波氏と三島の対話に見えるとし、「あなたの『葉隠入門』や他の作品では登場人物がしばしば死んでしまう。しかし『葉隠』は手足を失っても生きて戦うものだと説いているのではないか？」という細波氏の問いに対して、三島が「しかし、死は光の照射のように未来へ影響を及ぼすことができるのだ」と返答していることを挙げている。この言葉は三島の死生観を端的に表しているといえよう。

「Le　Figaro（ル・フィガロ）」紙（06・7・19、アラン・バリュエ氏による記事）では「三島　サムライの復活」と題して、ここ最近の三島の復権について述べている。記事によれば、当時はそのスキャンダラスな側面ばかりが先行して敬遠された三島の思想や行為が、湾岸戦争やイラクへの自衛隊派遣問題などの国際情勢により見直され、三島受容が進んでいるとのことである。加えて、三島の伝記作家であるイギリス人ヘンリー・スコット＝ストークスの「日本人は、自国の有名な作家が『今や責任を取るべきである』と言いながら、国のために生を犠牲にしたということを実感している」という言葉を紹介している。

さらに、長い間見ることができなかった三島主演の自主制作映画「憂国」や、三島作品の映画の公開、昨年の神奈川近代文学館での大規模な展覧会などについて触れ、三島理解と受容の広がりを伝えている。しかしながら、三島受容の複雑性は依然として残っている、という。精神的、思想的な部分での影響の大きさを語る支持者たちがいる一方で、「彼の政治思想は空想的なものだった」「彼は己の美的基準に従って、自分を引き立てるために政治を利用したに過ぎない。落ち目になり、文体も衰えた彼には、愚かな自殺を犯す以外に選択はなかった」とする石原慎太郎の言葉も挙げている。また、文学上での受容と思想上の受容の乖離も目立つ。大学では三島について論文を書く学生が増えているというが、彼らは三島の思想については何も知らないのだ。彼らにとっても、また、自身を「三島の系譜に属する」と語る平野啓一郎のような次世代の作家にとっても、三島は天使でも悪魔でもない。思想的側面は抜きにして、ただ模範となる作家として重要な人物なのである、と指摘している。

以上、見てきたように、フランスにおける三島由紀夫への関心は、現代においてもやはりその最期に収斂しているといえよう。三島の死についての疑問は、日本人ですら容易に答えを出すことができないまま、三十五年が過ぎたのである。ましてや、文化も歴史も異なるフランスではなおさらであろう。にもかかわらず、他国でこれほど大きく取り上げられる三島由紀夫について、活字離れが叫ばれて久しい現代の日本人は、もっと知るべきなのではないか、と考えさせられる。

（白百合女子大学
言語・文学研究センター助手）

徳岡孝夫氏

座談会

バンコックから市ヶ谷まで

―徳岡孝夫氏を囲んで―

■平成18年3月23日
■於・徳岡孝夫氏（自宅書斎）

■出席者
徳岡孝夫
松本　徹
井上隆史
山中剛史

■体験の記憶

徳岡　僕は一九八一年、真珠湾攻撃から四十周年の時に、真珠湾へ取材に行きましてね、その日その時刻に皆が何をしていたか、日本軍に攻撃された側を取材したんですよ。そしたらね、みんな記憶が鮮明なんです。日本軍の飛行機が入って来た時、お父さんと二人で操縦免許とるため軽飛行機に乗っていて、日本空軍機と一緒になってしまい、後部座席の機関銃でちょっと撃たれたって、いまハワイ大学の海洋学の教授がおったりですね、それから、アリゾナなんていふ戦艦が並んでいたけど、自分の巡洋艦はドックに入っていたので大砲も撃てず、目の前で日本空軍機が次々と魚雷を落としていった、そういう情景をまざまざと見た水兵とかね。記憶が実に鮮明だった。だけど五十年後の新聞記事を見るとね、やっぱり記憶が薄れてますね。だから、僕は、昔を語るのは四十年が最後やなあと思いました。三島さんのことはまだ三十六年やし（笑）。いや、ひとは死にますしね、それからその後いろんなことが混ざってきて、物語よりも評論になると言うんですかね。論評するようになって来るんですね。ありのままをありのまま言えなくなるなあと思います。真珠湾四十年の時は、ほんとにビックリしました。やっぱり彼ら一生忘れないというショックがあったんだと、その時思いました。

井上　そういう感じだったんですね、昭和四十五年（一九七

○）の時も。

徳岡　まあね、現場へ駆けて行く新聞記者は誰も同じなだなという気がしましたけども。

松本　ただし徳岡さんは、今お元気な方々の中で最期の三島由紀夫に一番近いところにいらして、一番濃密な時間を過ごされただけじゃなく、新聞記者として、速報記事から解説記事までお書きになりましたね。お持ちだろうとは思うんですけど（持参した「サンデー毎日」を取り出す）、これなどに……。

徳岡　えーそれお持ちなんですか。世の中には恐ろしい人がいますね（笑）。

松本　こうした記事には、ご本『五衰の人―三島由紀夫私記』（文藝春秋、平8・11）の元になることがほとんど出揃っているという感じですね。あの事件の渦中に身を置いておられながら、それまで三島と付き合い、感じ、考えたことをきちんと踏まえて、お書きになっておられる……。

■バンコックの三島

徳岡　ここに三島さんに貸した本があります。バンコックでね。

山中　『和漢朗詠集』ですね。

徳岡　あとで考えたらね、あの頃（昭和四十二年十月）バンコックには、この本の他にはなかったんじゃないかな。

松本　どうしてあんな重い、岩波書店版日本古典文学大系の一冊を……。

徳岡　いや、勿論サックからは抜いて行きましたよ。平安朝のね、要するに「リーダーズ・ダイジェスト」なんですよ。それでね、後の方の補注、補遺を見ますとね、「長恨歌」なんかが全部入っているんです、参考文献としてね。シナ人とかチャイナ系の華僑のおるところで、「長恨歌」の一節を出せば、皆、うおーってなるに決まってますがな。その時に間違ったらあかんと思ってね、持っていった。

井上　三島さんにお会いになったのは、偶然なんですか。

徳岡　いやあ、バンコックに来るなんて知りませんでしたから。

井上　その『和漢朗詠集』を貸したのは……。

徳岡　三島さん退屈してましたから。三島さんもインドからの帰り道で、インドについては私と全く意見が違いまして（笑）。僕はあんなとこ地上最低の国だと。僕はインドの田舎、車でずっと走ったんですよ、横断したんです。もの貰らい根性が激しくてね、国道一号線に川を渡る橋がないんですよ。橋がないから、汽車が来るのを待って、その貨車に車乗せて、向うにいかなきゃならん。向う岸まで行くのに汽車賃を払うんですよ。汽車賃払うだけでなしに、汽車動き出したらおばさんが来て、ちょっと心付けくれいうんですよ。そんなもん橋があれば黙って通れるとこや。おまえもの貰う相手間違っとるちゃうんかって、カーッとなってね。まあそれでも銭やりましたけどね。だから、地上最低の国だといったらね、三島さんはそんなことはないって。

井上　三島由紀夫はインドへ行った直後で、かなり興奮していたんですかね……。

徳岡　興奮というかね、三島さんの哲学がズバッと入ってるんですよ。インド人が古いものを守っているということは何事かだって言うんです。インドに向かって、早く日本のようになれと言うのは全く見当違いだと言うんです。

井上　ガンジーのことなんかしきりに言っている時期がありましたね。

徳岡　あのガンジーの話もしたでしょうけれども、インディラ・ガンジー、あの当時の首相とも会っているんですよ、三島さんは。だから『暁の寺』にはやっぱり、インドが入ってきて……。三島さんと意見対立したのはそれが初めてで（笑）、アホかーって僕は言うたんです（笑）。

松本　僕はインドへ行ったことがなくて、その辺がよくわからないんですけれど、例えば、『暁の寺』で一番大事なポイントは犠牲の山羊の首を落とすところ、それから、ベナレスですね。あの二つが、徳岡さんもあの小説のポイントなんだとお書きなんですけれど、インド批判派の徳岡さんが、どうしてそういうふうに三島の作品に説得されたのか。

徳岡　いやあ（笑）。インドについては説得されてないですよ（笑）。インドもその後変わったでしょう。僕が見たのは東京オリンピックの年ですから、もう四十年は経ってる。とにかく日常生活を縛る宗教。イスラムもそうですけどね、ヒンズー教もまたそうだし。体を傷つけたりする。ベナレスのあのもの凄い貧困というかね、それはね、もう。実際に見たんですよ僕は、人間焼いてるとこ。焼いて、あんた、そのすぐ下流で、石畳になってるでしょ、そこで、この腹のあたりまでガンジスに浸かってて、水すくってね、こうやって飲んでるオッサンがいるんですよね。これはちょっと……、やめたい。もう、言いたくない。

松本　遠藤周作さんの『深い河』にもその場面が出て来ますね。

徳岡　おそらくガンジスはね、その当時の日本の河よりはるかに綺麗だったんですよ。濁ってたけど、化学物質は一切含まれてなかったんですよ。だから、河の水に浸かってもね。

井上　人焼いていても、見た目には……。

徳岡　人焼いたって、灰やったら却って水が浄化されるんじゃない。

松本　しかし、生焼けの死体が流れて。

徳岡　そう、生焼けよ。生焼けの死体でも、ちょっとだけなら……。

山中　そういう生と死の激しいぶつかり合いというか、そういうところにショックというか、衝撃を覚えたんでしょうかね。

徳岡　三島さん？　いや、魅力を覚えたんじゃないですかね。

松本　しかし、天皇を言い出すと、神道ということになるでしょ。神道は清浄を尊び、死を穢れとして排除する。それが何故、インドに惹かれたのか。

徳岡　いやそれは、一言でいうたら、昔を変わらずに引き継いでることじゃないですかね。他国の者にどう見えようと、死に方まで伝統をしっかり守ってる。（書棚を指して）あの三島全集……粗末な蔵書をお見せして恥ずかしい。僕はもうすぐ死にますから（笑）、死ぬまでに読まない本はどんどん捨ててるんですよ。まだ母屋にもうちょっと残ってるんですけど。ここに全部収めようと思ってね、努力して、そのため売ったりするより捨てるのが第一と思ってね、捨ててるんですよ。あの三島全集の補巻にね、僕と三島さんとのバンコックでの対談というかインタビューが入ってます。三島さんおそらくノーベル賞とるだろうから、取ったらこれ載せたろ、思ってね、「三島さん、暇でしょ？　インタビューでもしましょ」って言うたら、「やろう」って、ホテルの庭でやったんですよ。

山中　「インドの印象」ですね。これ当時の新聞のコピーなんですが……。

徳岡　ああそうですそうです。新聞に載ると何でこんな粗末な内容になるのかわからないんだけれど、薄っぺらな質問しているでしょ。要するに僕と三島さんとでインドで対立したことを書いた。「何であんな気持ちの悪いところ好きなんですか」って僕がいったら、「徳岡さんそれは間違ってる」って（笑）。

山中　徳岡さんがインドをお嫌いだったから、話が盛り上がっていて。

徳岡　そうそう。三島さんを挑発した（笑）。エラワンホテルの庭でやったんですよね。あれは可笑しかった。三島さんもう真面目になってね、そういう考えの人はダメだって言うんですよ。

松本　その姿勢が切腹にまで貫いてる……。

徳岡　そう。

井上　徳岡さんは、エラワンホテルに泊まってらしたんですか。

徳岡　いや、そうじゃない。私はまだ家族が来てませんでしたので、単身赴任の日本人が何人か泊まってるとこにいました。

井上　バンコックで初めて三島を見かけたのもそのホテルのテラスで……。

徳岡　テラスじゃなく、ステーキ・ハウス。三島さんはアメリカ人のデッかい男と話していた。

井上　それはもうかなり真面目に……。

徳岡　アホかと思うた、三島さん一生懸命。相手はね野球帽被ってね、Tシャツや。こんな太ったアメリカ人。ちょっと知ってたんですね、三島という名前を。そうだ、その頃「ライフ」に載ったんですもん。「ライフ」の影響力って今じゃちょっと想像出来ないでしょう。だからね、日本の自衛隊のこと言ったんでしょう。ほんなら三島さん、一生懸命に説明する。英語はうまかった。

井上 うまかったですか。

徳岡 うまかったよね。それで一生懸命説明する。アホかと思うて、アメリカ人の後に寄って、三島さん行こ行こと言うたんですけどね、三島さん、ステーキ食ってる相手に、演説するんですよ。過剰なほど真面目なところがある。観光客やからいい加減にごまかしておくという態度じゃあなかった。

井上 テンションが凄かったんでしょうか?

徳岡 テンションというんじゃない。静かではあったけど、生真面目。

■ジン・ジャンのモデル

松本 ところで、徳岡さんがお書きの、支局のタイの女性のこと、伺いたいんですけれど。

徳岡 えっ、プイさんのこと。プイさんは、僕が毎朝、三島さんの部屋へ新聞を届けさせただけですよ。日本から前日の朝刊が届く。その頃はまだバンコック直行便がなかったんです。で、私が新聞四紙を見て、プイさんに持たせる……。プイ・カマンラートっていうんです。だから掃部頭なんて(笑)。なかなかかわいい子でね、僕の前任者が雇っていて。だけど、当時の僕は、三島さんが昼まで寝てるって知らんかったから、まあ十時頃に持っていかしたんですけどね。三島さんその時間なら起きているだろうと思って。プイさんは「ミシマーサン」っていって起こして、新聞渡す。彼女は、当時ドイツ留学から帰ってきた男と恋愛中でね、五時になると僕のオフィスへ迎えに来るんですよ。僕は、プイさん、ここは僕とあなたと二人しかいないんだ、何も遠慮はない、その男を上へあげなさいっていってね。僕のオフィスのソファに座らせて待たせた。そのくらいインフォーマルにしてましたからね。この子はね、ハンドバッグを肩へね担ぐ子なんですよ。痩せたちっちゃい子でね、なよなよしてて、手の動作が綺麗なんです、タイ舞踊の手振りでね。タクシーの運転手でもね、左曲がるぞっていう時に、窓から出してこう手を振るんです。昔はウインカーがあっても、必ず壊れてたから。で、こうやるとね、タイ・ダンスの、こうやってこうやる……。

松本 『暁の寺』のヒロイン、ジン・ジャンとはちょっと違う印象ですね。

徳岡 違うね。三島さん日本に帰ってから、タイ人女性をモデルに求めて苦労をされてますね。紹介されたその子が、なんかちょっと疑ったんですかね、三島さんになんかされるんじゃないかって。あのプイさんは僕の命令で新聞持って行ってるわけですから、平気で部屋なんか入っていったんだろうね。そして、三島さんと色々話したろうし。三島さん、ええ子やーって言うんです。写真を一緒に並んで撮ってくれいうんで、僕はカラースライドに撮って、送ったけどね。

井上　写真あるんですか？

徳岡　ありますよ。写真どこにいったかわからんですけど。その後、タイのアメリカ文化センターへ何か調べに行ったんですよ、プイさんを連れて。僕タイ語出来ないから、タクシー乗るにもまず値段の交渉をしなければならない。そうしないと、なんぼ取られるかわからない。大抵日本の中古車だからメーターは立ってるんですけどね、メーターは全て帽子掛け(笑)。運転手は帽子を被らないといけないという規則があるんですよ。でも帽子被ったら暑いじゃないですか。だから帽子脱いで、そのメーターに掛けてる(笑)。話が飛びましたけどね。そうやって彼女を連れて行ったら、そこに「ライフ」が置いてあって、見たら三島さんの特集やってる。こんな有名な人ですかってね、プイさんが。

井上　徳岡さんのご印象として、ジン・ジャンにプイさんの面影がどの程度あるか……。

徳岡　いや、どの程度っていっても、あんまり……。ちょいと面影ありますかね。

山中　プイさんは、髪の毛が長い？

徳岡　そうでしたねえ。

山中　小柄で細くて……。

徳岡　あー、そんなん、よう解説でけへん(笑)、小説家と違うもん。

井上　足を蚊に食われたのか、片方の足で掻くっていうシーンが確か『暁の寺』にあったと思うんですけれど。

徳岡　あんまし……そういうとこは(笑)。僕は鋭い観察するような者じゃない。自分の前で変なことしたら一生記憶するんです(笑)。バナナの皮ですべって転んだらそれだけ記憶して覚えている人間ですから。プイさんは、こうやってね、ハンドバッグかつぐのが面白いと思ったんですがね。別に重たいハンドバッグじゃないのに、こうやって担ぐんですよ。

山中　ハイティーンぐらいの方だったんですか、二十歳前後の？

徳岡　いや、もうちょと上だったんじゃないですかね、二十二、三くらいの。僕がいなくなってからは、どっかの日本人の会社に雇われたんでしょうね、千葉のロータリークラブかなんかに呼ばれて、日本に来たことがあるんですよ。

山中　当時、バンコックに日本人の観光客は結構いましたか。

徳岡　結構いたともいえるし、今どころじゃなかったともいえますけど……。

山中　政情が不安定だったということは。

徳岡　いやそんなことはない。完全に王様の国だった。賄賂によって動いてた。非常に便利な国だった。入管へ何週かおきに出頭してビザを更新して二ヶ月に一回は外国に出て帰ってこなければならなかったけど。

井上　徳岡さんのバンコック滞在は比較的短かかったんですね。

徳岡　比較的短かったけど、三島さんと会った場所も状況も、最初の時と全く違ったからね。三島さん、僕には割と丁寧な言葉遣いしましたね、「あなたはバンコック来てたんですか」っていうわけですよね、あれよかった。

井上　最初が、自衛隊の体験入隊の後のインタビュー、昭和四十二年五月二十八日ですね。そして、タイに三島が着いたのが同じ年の十月十三日ですから、五ヶ月も経ってない。でももう、場所も雰囲気も全然……。五月の時は、「サンデー毎日」の記者として三島にお会いになり、それからバンコックの特派員におなりになって。

徳岡　そうです。

■自衛隊体験入隊のインタビュー

松本　その最初の印象は?

徳岡　自衛隊から出てきた翌日に会いに行って、これは、いまいるような人間ちゃうなあ、と思ったんですよ。松本さんならおわかりになると思うんですけどね、話し始めてすぐに電話ジャーンと鳴って、三島さん隣の部屋で電話に出たんだけど、昨日自衛隊から帰ってきたのかって訊ねられてるんですよ。「いや、それについてはまだちょっと話せません」と言って、三島さん断った。で、戻ってきて、「読売新聞」から電話だったたって僕に言ったんです。僕は「三島さん、もしその記者が、電話でなくていま玄関に入ってきて名刺出して、「読売新聞」の何々ですが、自衛隊の話聞かせてください」って言ったらどうしますかって尋ねた。

松本　いやあ、僕も新聞記者をしていましたけど、正面切ってそうは尋ねられないなあ。

徳岡　新聞記者とね、週刊誌の記者とは違いますよ。週刊誌の記者ってそういうこと聞くんですよ。「もし玄関まで来たら、この部屋に入ってもらう」と、三島さんは答えた。

松本　そうですか。

徳岡　僕はね、それで、ああこりゃ礼儀のわかってる人だなあと思ったんですね。その本にも書いてある筈です。新聞記者には慣れている捜査一課長でもそれが分からん奴がおるんですよ。横に待たせておいて、電話に向かってペラペラしゃべる奴。あれはほんとに不愉快ですねえ(笑)。

井上　それで徳岡さんは、ルールがわかった人だと三島のことを思った。

徳岡　その時にね、僕は、大阪での手形詐欺事件の話をした。これも本に書いてある。三島さんは腹抱えて転げ回って笑った。僕はそういう話はうまい方じゃないんですけどね。主犯がズブリスキーっていった。捕まった時ね、刑事がいきなり手錠かけた。普通詐欺なんかじゃ向こうじゃ手錠かけないらしいんだな、だから手錠かけたら、オーノーといいよった。連れてきて、こいつケネディの嫁はんと同じことといいましたって。もう三島さん腹抱えて笑った（笑）。徳岡さん、その大阪弁忘れちゃダメだっていうんだ。忘れちゃダメだって、最初から忘れようと努力なんかしてないし、忘れられる筈ないやなあって（笑）。おもろいことがわかる人やった。いやね、松本さんおわかりになるでしょう。ほんまに腹立つことがあるんですよ、取材中にね。

松本　僕の場合は、落第記者でして（笑）。徳岡さんが大阪にいらした時、記者仲間に野美山薫さんという、僕の先輩がいたはずですが。

徳岡　ああ知ってます。

松本　彼が言っていましたけどね、徳岡さんはやっぱり変わってたよって（笑）。その頃、天王寺動物園に記者クラブがあって一緒だったけれど、徳岡さんはね、英書とかをね、暇があれば読んでいたっていうんですよ。

徳岡　気がつかなかった。辻静雄君って大阪の大きな料理学校に婿に入り、料理研究家になったのが、読売におった。

松本　新聞記者でそんなことしたら、よっぽどのことでない限り排除される。僕なんかもそれをやった。仕事暇な時にね、ふと本だして見ちゃう。そうしたらね、怒られる。お前なにしてる、お前月給貰ってるのとちゃうか、お前新聞記者だろって。僕がコソコソやったことを徳岡さんは堂々と記者クラブで……。

徳岡　英語のスリラーはね、たとえ人から軽蔑されようが嫌われようが上から怒られようがやめられない、読み始めたら。そりゃね、日本語のスリラーとね、引き込みが違うもん。しかも安い。大阪駅前の旭屋書店の裏で売ってた。あなたご存知でしょう、旭屋の裏のちょっとバラックみたいなとこ。

松本　ええありました。だからね、筋金入り……。

徳岡　こないだね、山路昭平と電話で話した。

松本　親父さんは編集局長で社長、祖父が山路愛山。その優秀な息子さん。

徳岡　「夕刊フジ」を創刊した人ですね、東京で。彼にはこてんぱんにいかれた。

松本　僕が産経大阪本社に入った時、社会部の一線で活躍していました。

徳岡　ほかにも敏腕記者がいたね。

松本　文化部に司馬遼太郎、政治部に俵孝太郎……。

井上　いまでも「サンデー毎日」から「毎日新聞」に移ったりとか聞きますけども、ローテーションがあって変わるんですか。

徳岡　そんなことあらへん。特殊な奴しか「サンデー毎日」なんか行かへんで。当時は「サンデー毎日」行ったら最後、身分卑しいもんになる。週刊誌、アホかと思われてました。

編集の奴なんか全然態度が違ってましたからね。
井上　例えば三島由紀夫の取り上げ方なんかでも、「毎日新聞」と「サンデー毎日」じゃ違いますね。
徳岡　そりゃ全然違いますよ。新聞の方はアンタ、平和憲法大事にするっていうかね。だから、三島さん死んだ翌日の「毎日新聞」の社説に、平和憲法は戦後日本人の叡知が作ったものだから、それに対して疑問を発するのは許されない……。日本人の叡知やて。アメリカ人の叡知ちゃうのかって（笑）。
松本　記者として入社されて、研修期間もなしにいきなり高松支局でスタートとは、ちょっと珍しいケースですね。
徳岡　珍しいですよ。支局に人がいないから早う早うっていうわけ。
松本　その点でちょっと損をされたのでは。
徳岡　最低やった。それから大阪の社会部へ来て。スリラーばかり読んでけしからんと（笑）。
井上　その後インドとか、カンボジアとか。
徳岡　インドはね、一九六四年の東京オリンピックの時、「毎日新聞」がダイハツと組んでね。新聞社には事業部ってのがありまして、要するに、戦争と女郎屋以外だったら何でもするという部署があるんですよ。
松本　いかにも新聞社らしいやくざな……（笑）
徳岡　いやあ、週刊誌だったらもうちょっと下品になってた。ダイハツ、大阪にある自動車会社をうまいことたらしこんでね、車出させて、ギリシャのオリンピア、オリンピック始まったとこからインドまで走ろう、と。聖火リレーが飛行機で飛ぶ地点をね、地上で結んで。真面目に考えたらダメですけど（笑）。要するにダイハツから広告料が出るわけ。あっちも新聞に書いてもらえるからね。それで、行こう、と。ダイハツから四人、メカニックとちょっと監督の出来る人、それから新聞社の方から二人、一人はカメラマン、もう一人は英語の出来る奴、徳岡しかいないからあいつを行かせえ、と。そんで、隊長や。隊長なにすんねんていうと、まずビザ取る渉外係。他の奴なんか全部誰も外国なんか行ったことない、一九六四年というとね。だから、僕だけ、留学して帰ったから、英語ペラペラやろという想定の下に隊長になった。それで、オリンピアからカルカッタまで。カルカッタのこっちは走れなかったから。ビルマは入れないですから。だから、そこまでいって、車を貨物船に積んで、日本に送って、日本に着いたやつをまた解いて、鹿児島から東京の国立競技場まで走ったんですよ。それの隊長やった。
井上　そのようなお仕事をやっていらした人は、三島由紀夫のそれまでの人生の中には、あまり出会ったことがないんじゃないですか。
徳岡　いや、よくある週刊誌タイプですよ。半端な野郎、週刊誌野郎ってね。

山中　ただし、徳岡さんの場合は、三島の、ポイントポイントに鋭く入ってらっしゃる。例えば自衛隊でも、体験入隊して一番最初のインタビューをしている。
徳岡　僕は編集長から行けっていわれたから行ったんですよ。
山中　バンコックでも、徳岡さんのほか誰もいなかったでしょうから。
徳岡　いや、バンコックに日本人記者何人かおったんだ。皆ね、恐らく、三島由紀夫がいるってこと知ってたんですよ。
井上　だけど行かなかったんですか。
徳岡　行かなかったなあ。新聞記者の感覚ではそうや。僕は週刊誌記者……。
松本　これはね、外信部記者の特有のなんかでしょうね。
徳岡　あなた仰るとおり。外信部記者、政治のことしか関係ないもん。
松本　それに下手に三島に触って、自分の無知やなんかが暴露されたらマイナスになる。外信部ってのはエリートコースでしょ。
徳岡　将来、重役、社長になるかならないか、そんなこと考えている奴ばっかりや。
井上　だから三島の側から見ると、徳岡さんだから話せるというか。
徳岡　そう、三島さんにとって話せる記者やったいうかね。
井上　そういう独特の結びつきがあったんですね。
松本　バンコックでは完全にそうですね。ホントに密接な、短い日数だけど。

■教養の共通性

徳岡　こない言うたら、エリートみたいに聞こえるかもしらんけど、旧制高校の同じ寮に入ってる者同士っていうか、三島さんは学習院だけど、話が通じた。西田幾多郎『善の研究』、倉田百三『出家とその弟子』とかね、いろんな読む本、決まってたんだ。そのうち森鷗外の『澁江抽斎』、そんな上等な本まで読むようになる。アンデルセン原作の『即興詩人』とか『舞姫』も読んだね。文語文でも平気で読めたんだ。
松本　徳岡さんは、僕の兄の世代なんですね。僕も兄が借りて来た本を読んだりしたんですけれど、例えば、ご本の最後に出てくる「クォ・ヴァディス」ですね、あれなんかは、読んでいないんですよ。だけど、本の存在は知っている。多分、新潮社から出た世界文学全集で読まれたと思うんですが、僕は敗戦の翌年が中学一年生。だから、河出書房から出た世界文学全集です。あれですと「クォ・ヴァディス」とかダヌンチオ、それが入ってない。徳岡さんの世代と三島はそれを読んでるんですね。
徳岡　しかも木村毅の訳だ。ああ懐かしいなあ、あれも読んだ。ダヌンチオ「死の勝利」。訳者は生田長江。
松本　僕は、岩波文庫の翻訳で「クォ・ヴァデス」読もうとしたんですけど、読めなかった。

徳岡　岩波文庫は全然、原文に忠実やから気楽に読めない。原著者に見せたら喜ぶかもわからんけど。山本夏彦さんが書いてるけど、岩波文庫はなんで面白くないか。原文に忠実やから。だからカントの『純粋理性批判』なんか岩波文庫読んでいたら絶対寝られるんや（笑）。英訳で読んでみると面白うて面白うて寝られん。

松本　徳岡さんと僕とはね三年しか違わないんですけど、教養っていうか、身につけたものが違う。

徳岡　ハッキリ言うたらね、僕はねあなた方を軽蔑してた（笑）。

松本　そういう一線がね、やっぱりあるなあって感じですね。僕は昭和八年生まれで、旧制中学の最後の入学生。翌年からは新制中学。中学が義務教育になった。だから、一年下を軽蔑してた（笑）。

徳岡　江藤淳なんかもあなたと一緒でしょ？　しかしね、半分新制にかかってる。高校からは新制でしょ。僕は見下してたの（笑）。

松本　ついでにご紹介しておきますと、ここにいる井上が昭和三十八年（一九六三）、山中が三島没後の昭和四十八年（一九七三）の生まれです。見下ろした視線の先の先ですね（笑）。しかし、三島研究のためにはいい年齢構成だと思っています。

井上　その教養も含めてですが、さっき旧制高校の寮のようなって仰いましたよね、ああいう感覚で三島由紀夫がつきあったジャーナリストなり友人はあんまりいなかったんじゃないですか。

徳岡　旧制高校はね、上級生呼び捨てにするんですよ。おい田中とか山田とかね。なんでかちゅうとね、上級生にも若い奴おるしね、同級生にももの凄く年取ってる奴もいる。織田作之助なんていうのは三高に八年間おったんだから。三年のところ三年で卒業出来ずにね。

井上　体験入隊して、語りたい体験をしてきたわけで、話したいんだけど、それに相応しい人がいなかったということがあったんじゃないですか、徳岡さん以外に。

徳岡　いや、毎日新聞社の重役が、三島さんを体験入隊させるのに関係したんですよ。狩野近雄。こんな肥大漢でね、絶対早う死ぬわと思ってたけど、ホントに早う死んだけど（笑）。あらゆる文化人と仲が良いんだけど、あの貧乏な毎日新聞でさあ、帝国ホテルに住んでて、深川にも家あんねん。それで車で必ず出勤するんだからね。「毎日新聞」夕刊に連載の川口松太郎の時代物に、狩野近雄という侍が出てきてねえ（笑）。

井上　狩野近雄と三島由紀夫はどういう接点があったんですか？

徳岡　狩野さんはあらゆる人と友達になるんですよ。東京都民の半分くらいは友達（笑）。その狩野さんが口をきいて体験入隊。それから狩野さんが出版局長に口利いて、出版局長が「サンデー毎日」の編集長にやれっていうことになって、編集長が、おいお前行けと言った。

■ベトナム戦争の取材体験

松本　徳岡さんはベトナム戦線へ取材に行かれていますが、三島とのかかわりにおいても大きかったんじゃないですか。

徳岡　だったんじゃないかと思います。僕もやっぱり新聞記者として、社会の体制を見ますんでね。当時、共産党が善で、アメリカ帝国主義は悪だというような傾向があったんじゃないですか。それが六七年の五月頃の香港取材でちょっと崩れました。文化大革命……それから六八年のテト攻勢で、こりゃ、僕ら忘れられないです。ユエ市民がずーっと長蛇の列をなして、解放されたユエから逃げて来るんですよ。そういう解放とか平和とか民主って信用出来ますか。いわゆるね、人民解放軍なんていう言葉なんかね、ふざけるなといいたいですね。

松本　だけど、それが結局勝っちゃったんですからねえ。

徳岡　いやあ一九七九年には、ベトナム解放しようとした中国人民解放軍がコテンパンにやられるんですよ。それを誰も思い出さないんだ、日本の新聞は。

松本　だから、日本のジャーナリストの中でも特異な存在にならざるをえない。

徳岡　ややっこしいわ(笑)。

山中　その分だけ、やっぱり三島も信をおいていたという……。

徳岡　いやあ、そこまで僕個人の考えを言わなかったですよ。

松本　いや、分かったんじゃないですか。なにしろ最前線までね、踏み込んでいかれたから。

井上　バンコックで薔薇宮の三島の取材ぶりには、その徳岡さんがびっくりなさったとか。

徳岡　そう。あれはねえ、三島夫人にアンタよくねえ殺されなかったね、もし二人とも撃ち殺されたって文句言えないよって。日本政府が大使館通して抗議したってさ、有名な小説家かどうかなんか知ったことじゃない。共産党鎮圧本部CSOC、コミュニスト・サプレッション・オペレーション・コマンド。今でも覚えてる。その司令官よく知ってて僕はよく遊びに行きましたけどね。ブーゲンビリアの生垣から夫婦揃って覗いてたらアンタ、そりゃ撃ち殺されますよと、私は三島夫人に言った。

井上　それが昭和四十年十月。二年前に夫人と一緒にタイを訪ねたときに、行ってるんですね。もう一度行きたかったんだけど、行けなかった。この薔薇宮の創作ノート(コピーを見せる)、ここに取材の様子が……。

徳岡　その時中に入ってないでしょ?

井上　こんなこと書いてあるんです。薔薇宮、昨日、この宮の勤め人のうちに、コミュニストの潜入せるを逮捕され、見学許可が取り消されたって。まわりは衛兵に守られていたけれど、覗いて見た。
徳岡　守られているのにどうやって覗いたの？　あの生垣ですよ周りは。
井上　夫人が生垣をかき分けた隙間からですよ。「曇り日の下、前庭は芝の平らなるに小径通ひ、二、三の白や黄の花の灌木あるのみにて、簡浄也」、とか書いています。
徳岡　おそらく実際以上にね、それ正しいわ。
井上　これをそのまま、『暁の寺』で使ってます。これ、二年前なんですよ。こういう取材ノートみたいなものをよく手にしてましたか。
徳岡　いや、僕は知らない。僕は主にしゃべりにいったんですけどね。こりゃ面白い。これこそ怖いもの知らずの最たるもんですよ。
松本　ホテルに帰ってメモしてるんだろうなあ。
徳岡　凄いなあ。だから真面目にやってはったんですよ。文学を真面目に考えていはったんですよ。三島が死んでからそういう人いない。こっちも真面目に読んでやらないとっていう気になりますよ。遊び心ってな言葉流行ってさ、遊び心で書かれたような文学、金出して読まれへんもん。
井上　そういえば三島由紀夫の作品、緊張度を高めると同時に、いい意味での遊び心の欠如っていうんですかね。そういうものをお感じになることございますか。
徳岡　いや、僕は別に遊び心求めないから。遊び心っていうのはもっと別なものに求めるんじゃないですかね。

■カトリックについて

松本　インドの話をされて、他に話されたことは……。
徳岡　ヒンズーの話からね、カトリックの話しました。僕はカトリックですから。
松本　失礼ですが、いつ洗礼お受けになったのですか？
徳岡　新聞記者になってから二年ほどしてからです。
松本　じゃ、大阪でですね？
徳岡　大阪です。一九五五年、昭和三十年十一月四日でしたね。僕の話ですから短くしますけれど、三高の寮が焼けて、三高で教えていた神父さんに拾われて、そこの家に住んだんですよ。焼け出されたもん全部で十二人いたんですよ。神父さんは一時的におらせるつもりやったけれど、ほかに食うあてないから、アメリカから届く、要するに善意の寄付の食料を、五年間食わしてもらったんですよ。その間、僕は洗礼受けなかった。施物布教ていうかね、そういうふうな布教を受け入れる人間はダメだって僕は思ってましたからね。で、新聞記者でもカトリックでやって行けると思ったから、洗礼受けたんですよ。
松本　新聞記者でそういう関心を持った人っていうのは……。

徳岡　思い切り稀です。僕は一寸変わってるんですよ（笑）。

井上　三島にいまのお話は、なさったのですか。

徳岡　いやそんなこと話してないですけど、僕はカトリックですっていって、カトリックを擁護したんです。三島さん、大賛成やったんですよね。カトリックの神父がね、祭服を着て、香を焚いて鐘を鳴らして、そういうことをしないと宗教ってのはダメだってね。つまり、近代人の知性とかね、良心とかいうものに頼ったら、プロテスタントみたいにバラバラになって、解体してしまうって。ああいう古いものを守ることが大事なんだって、三島さん言ったんです。僕は意を強くした。プロテスタントのようなどこぞの牧師が適当に作って言うような祈りじゃなしに、まず入祭文があり、司祭が香炉を振り、香の煙があたりにたちこめて、聖歌があり、主禱文なんかが独特の節回しで唱えられる。それから、パンと葡萄酒、そういうものがある。要するに、形而下的なものによって支えられてないと、人間の信仰というものは立ちゆかないと言うんですよ。

井上　形をしっかり守ってる……。形が必要だってこと三島は言いますね。

徳岡　信仰を支える形、形而下的な形。

井上　俗の水準であるかのように見えて、それを徹底していくと垂直的なものが出てくるんですよね。

徳岡　その俗なものに支えられてなかったら、人間、近代人の意志なんていうのは立ちゆかない。ただちに、陽に照らされた霜のように溶かされてしまう。

松本　三島さんが接触してる人の中で、そういうところまで宗教的な関心を持っていた人はあまりいなかったんじゃないかな。村松剛さんとか少しはおられましたけど。そういう超越的な次元について思考を巡らす、そういうことを三島さんは日本人の中で飛び抜けてやったけれど、そういう問題意識を受け止めてくれる人ってのは、残念ながらあまりいなかった。

徳岡　まあ、気楽に話が出来たんでしょうね、僕には。そやろ、っていう感じだったな、三島さんはね。

松本　天皇の話はあまり出なかったですか。

徳岡　天皇の話は一切しなかったですね。当時、僕が天皇のこと考えてなかったものね。

山中　インドなんかの話で、例えばガンジス川でもそうですけど、聖地なんだけれども俗の一番激しいところに、実は聖があるとかというような考え方は、カトリックのお話にもちょっと通じるところがある……。

徳岡　あります。勿論あります。生活を縛る宗教です。プロテスタントは全然生活を縛らないんだ。司教に聞いたけど、神父に課せられているお祈り、英語でオフィスっていうんですけれども、これ言いながら煙草吸ってもいいですかって訊ねたら、司教さん、そりゃいかん。では煙草吸っとる時に、お祈りしてもいいですか、と訊ねるとおおいによろしい。

松本　三島と徳岡さんに結びつきってのはね、単なる報告者とか論者とかいうのと全然違うんですね。例えば『五衰の人』を拝見しますとね、もの凄く濃密なんですよ。そしてね、互いに共感するものがあってね、僕らが踏み込めないところまで徳岡さんはどんどん踏み込んでいろんなこと仰ってるんです。そういう意味でもの凄く面白いんですよ、この本は。

■浜作での一夕

山中　浜作かなんかで、弟の千之さんとご同席されたのは。

徳岡　ああ、四十分も遅れたからねえ……。あん時はね、ほんまにねえ、かわいそうなことした。

山中　渋滞だった？

徳岡　渋滞もあったけど、渋滞で竹橋から銀座まで四十分もかかんないよ（笑）。仕事してた。

井上　昭和四十五年九月でしたね。千之さんがいらした。

徳岡　ああ。平岡千之さんね、チーちゃん。彼のことは前から知ってました。バンコックで僕の家へも来た。彼はラオス大使館の書記官でした。三島さんの没後一回、ちょっと兄さんの話しようよって、向こうから電話かかってきたと思う。宮内庁へ出向して、なんとかいう天皇陛下守る役やから全然忙しくない。それと、迎賓館の館長やったでしょ。一回泊まらせてくれーって僕が言うたんです（笑）。ちょうど同い年や、千之さんとはね。そう言うてる間に死んでしまった。

山中　浜作のお店に行くと、入った途端に三島が寝そべってたと。

徳岡　いや、二階。入ったとこ寝そべってたらアンタ、タイの寝釈迦と一緒や（笑）。

山中　林房雄が両方から金貰っちゃったということで沈んでいたとか。

徳岡　途方に暮れているというかね、だらけた感じやった。あれはね、ある編集者がね、あの理由は教えてあげますっていうてくれてる。そんな話を教えて貰っても別にしゃあないなあって思ってね、僕は聞いてないんですよ。僕よりはるかに三島さんのこと詳しいんです。徳岡さん思うようなことじゃないんですよって。

山中　その林房雄の話ですが……。

徳岡　林房雄も生きてる限り銭が欲しいんだろうと僕は思ったんです、全然驚かなかったんだ。三島さん、完全に絶望してる。林房雄というのは非常に頭のいい面白い小説書く人でね。だけど、年食ってくると、銭欲しくなってくるし、右と左の双方から貰うこともあるんやろうと、僕はそういう点、全然驚かない。だけど三島さん、もう、絶望的よ。

山中　林房雄に民族派の学生を紹介したのが小澤征爾の父親、小沢開作だって言う話がありますが。

徳岡　なるほど。開作か。昔はよくおったんですよ、万里の長城からしょんべんすればゴビの砂漠に虹が立つって、向こう意気ばっかり高くって中身の伴わない奴、ようけおった。小沢氏がそうだとはいわないが、満州浪人。

山中 その浜作でも、楯の会の話はしなかった。

徳岡 いや、楯の会の話はしなかった。

井上 もう最終段階に入ってるから、今更そういう話を……。

徳岡 そういう話をするあれはなかったですね。

山中 その後、二次会といいますか……。

徳岡 六本木の飲み屋にいったんです。

山中 そこで、「三島先生ですよね、三人兄弟だったんですか」っていうふうに、見知らぬ人から言われたという。

徳岡 だからさ、何年かしてから、あ、ひょっとしたら三島さんが仕組んだんじゃないかって気がしたんですよ。しかしね、そこまでは仕組まないよな（笑）。僕を仲間に入れるためにね、こちらは記者ですよ。

井上 千之さんと三人でいらして、こうしたことは他にもありましたか。

徳岡 いや、三人で会うたのはその時だけ。

井上 それは三島由紀夫が亡くなる二ヶ月前ですから、別れの儀式っていうんじゃないですけれど、親しい人と次々食事をするとかしていた時期ですね。

徳岡 じゃあ、徳岡というの呼ぼうと思って、千之さんが僕も知ってるっていうんで、ほな一緒に呼ぼか、ということになったんじゃないですかね。

井上 年譜的に考えるとそうとも……。

徳岡 僕に林房雄の話する必要ないもんなあ。

井上 例えば詩人の高橋睦郎氏に森田必勝をあわせるとかですね、それからドナルド・リチーなんかとも頻繁に会うとか、ちょうどそういう時期なんです。

徳岡 もう死ぬ前にはいろんな人に会いたがってる。

山中 後から、あの晩は本当に楽しかったって言われて意外に思われたという、それも本当に楽しかったっていう感じだった……。

松本 一番心を許せる二人と、という感じじゃなかったのかな。

徳岡 いやあ、しかしねえ、やっぱりね、「あ十一時だ、じゃ僕は」って言って、三島さん帰ったからね。かわいそうになあっていう気持ち。で、いなくなってから、もう一杯だけ飲んで別れたんです、千之さんと。

山中 自衛隊で訓練を共にして、心開いたと思っていた隊員に、一緒に行動してくれるかと言ったら、応えて貰えなかったというようなことは……。

徳岡 あ、それ言うてた。自衛隊もうダメだって。誰もいないところへ行って、本当に心許した奴と、草の中で寝ころんでね、一緒に憲法改正のために立ち上がろうと言ったら、いや、憲法がありますからって言うた。不思議だよな、ありゃ。

だから、絶望しとったんや。泣いとったちゅうかね。林房雄もあれしてるし。そう、三島さん、隊員と話した時のように寝ころんでたよ。僕は座って三島さんの相手をしたんだ、浜作で。

井上　「文化防衛論」の頃と、タイで外人に話してる頃と、四十五年の頃だとやっぱり違いますよね。それをお感じになったことはありますか。

徳岡　いや感じなかったですね。あとで、時系列になってみて、なるほどなと思っただけです。

井上　だんだん過激ってというんですか、極端になって行くというか。

徳岡　まあ袋小路に入っていった感じはありますね。

井上　あとから考えると、いつ頃そういう感じを。

徳岡　わかんない。編集者でないから。しょっちゅう会ってないから。

山中　でも、そういった絶望した姿で寝ころんでるところを見せてもいい相手というふうに思っていた……。

徳岡　そりゃ四十分遅れたんだもん。しかし、それもあったかな。

井上　それまで時間に遅れるようなことは。

徳岡　僕は特に時間に正確、という方じゃないですね。

井上　そういうところを三島がある程度許した……。

徳岡　いやあ三島さん、ある程度許したりしない人ですよ。

山中　その日は、取材というニュアンスだったんでしょうか。

徳岡　取材ではね、料理屋行かないですね、僕は。

山中　旧交を暖めるというか……。

徳岡　旧交を温めたかったのかね、三島さん。さあそれはちょっと……。毎日新聞社に三島さんがボリス・ゴドノフの切符取りに来たのはその前だったかな？

井上　それがハッキリ日付がわからないんです。

徳岡　あ、その時三島さんね、ポロシャツ着とった。明日か明後日が初日という時に、三島さん取りに来たんだ。

山中　そして、喫茶店に入ったら、ウェイトレスが色紙を持って来た。

徳岡　ワーッ持ってきたあ、と喜ぶわけではないけど、僕に断りもせずにすらすらと書いた。そこで、大江健三郎のことをぼやいたわけ。

山中　それは文学上のことで？

徳岡　あいつは、作品は面白いけど、『万延元年のフットボール』とか『個人的な体験』というのは面白いけど、自分と同じイデオロギーの人間じゃないと自分の小説わからんというふうに考えてるから、救いがたい奴だって。

山中　あれは大江のことだったんですね。ご本では名前を伏せていらした。

徳岡　そうそう。作者名は伏せた。まあ、ノーベル賞作家の大江健三郎だからね。

■最期の日

松本　そろそろ昭和四十五年十一月二十五日の話へ……。僕が一番気になるのは、最初の目標は三十二連隊でしたね、あれが変更になった。
徳岡　直前に変わったでしょ。
松本　ホントに直前に変わったんですかね。
徳岡　そうらしいですねえ。やはりわからない。
松本　だけど、意味が違うと思うんですよ。三十二連隊の隊長を拘束するのと、総監を拘束するのと、随分違うと思う。
徳岡　場所が違うしね。三十二連隊なら、決起して国会へ行ったかもしれないよ。
松本　楯の会の会員が集まっているわけですね。三十二連隊が標的なら、それがものをいうことにもなる。そして、徳岡さんが車の中におられるわけですね。だからおっしゃるように違った展開になった。
徳岡　だからね、三十二連隊の隊長が不在とわかったんで、三島さんの行動がより象徴的なものに筋書きが変わっていったんじゃないですかね。
松本　それは成り行きであって、もしかしたら、三島さん、本来は別のことを考えていたんじゃないかなって。
徳岡　わかんない。
井上　裁判の記録からすると、三十二連隊長が当日不在であることが、十一月二十一日にわかり、その日、中華第一楼へ五名が集まったところで森田が連隊長がいないことを報告、それから計画を練り直したと。
松本　だからね、僕ね信じられないの。
徳岡　ほんとねえ。
山中　そうなると、徳岡さんも書いていらっしゃいますが、あのバルコニーでの演説にしても、たまたまそうなってしまったという。
徳岡　みんながね、三島が最期の劇を演出したとか何とかいうけどもね、ほんまかいなーって僕は思うんですよ。早い話が、雨降るかもわからんし。何もね、三島さん、演出とかね、そんな筈じゃなかったと思うんですよ。結果的にああいうふうになっただけであってね。
井上　十月の二日の会議の時点で、連隊長を拘束し、それが報道されるように、信頼出来る人二人を、つまり徳岡さんとＮＨＫの伊達宗克さんですけども、呼ぶ、と。でも、拘束してどうするかっていう具体的なことはあまりハッキリしないですね、十月二日の時点では。伊達さんとは、それまでに面識がおありだったのですか。
徳岡　いや、会うたことない。
山中　市ヶ谷会館で、三島からの手紙を同じように読んでいる人がいて、初めて、ということですか。
徳岡　そうですね。

山中　徳岡さんはちょっと早めに行かれて、楯の会の人に聞いたら、違う、田中ではないと言われたという。

徳岡　まあ嘘つかれたんですけどね、十五分も早かったから。十五分、もちっと、二十分くらい早かったんじゃないかな。あんまり天気がいいもんだからね、市ヶ谷の向こうの陸橋の上でタクシーを降りたんですよ。そいで、ゆっくり歩いたんですよ。向こうの方に制服着たのが一人、後の方にも一人、僕と同じ方向に歩いている。後の方の奴はかなり大きいボストンバッグ持っていたんですよ。ああこいつら集まるんやなあ、と思って。集まるということさえ知らなかった。今高いビルになってるらしいけど、三階か四階建てね。僕は歩いていって、五分もかからなかったですよ。

山中　市ヶ谷会館の中へ一旦入って、集まっているところに……。

徳岡　会うよう言われてた田中か倉田かがいないんだけど、見たら「楯の会様三階」と書いてあったんで三階まで行って、扉開けたら三十人くらいかな、制服着て帽子被ったままのがいたから、お前、部屋の中では帽子脱ぐのが礼儀とちゃうかって、僕は言った。カレー喰いながら話とった奴もいたしね。黙って返事しないんですよ。もう、若者の常だけどね。昔の陸軍やったらバチーンとやられてるとこだなあ（笑）。軍事教練だったらこっちの方が年季入ってるから（笑）。

松本　そうか、僕は一年差で教練受けてないからなあ（笑）。

指定の時間になって、田中と名乗り出てきた時……。

徳岡　これはおかしいな、何かあると思うた。

松本　封筒を受け取る前に、こりゃおかしいなと思われた？

徳岡　時間は厳守せよと、三島隊長の命令ですから、先ほどは失礼しましたと。

松本　そのとき、どういう可能性を……。

徳岡　いやそりゃわからない。

■渡された封筒

山中　封筒の中からいきなり写真が出てきたりして、えっと思いますね。

徳岡　封筒開けてこうやると、一番重たいものが一番先に出てくる。で、写真が。しかし、写真よりは、手紙をまず読みました。それから、檄を読んで、写真を見て。で、写真、あの本に書きましたように、森田の署名の筆圧に驚いたんですよ。グッグッグッグッって書いてあるんですよね。明日死ぬ若者が書いたんだ、パレスホテルの一室で。

山中　森田だけは、私服の写真も入っていたのでしたっけ。

徳岡　今お見せしますよ。その机の上に並べますから。これね、伊達さんはね表装したんだって。僕はね、本棚の上載せたまま何十年ほったらかし。でね、銀行に貸金庫っていうのがあるっていうの知ったんで、そこに入れたんですけど、今度、出してきました。

サンデー毎日
徳岡孝夫様

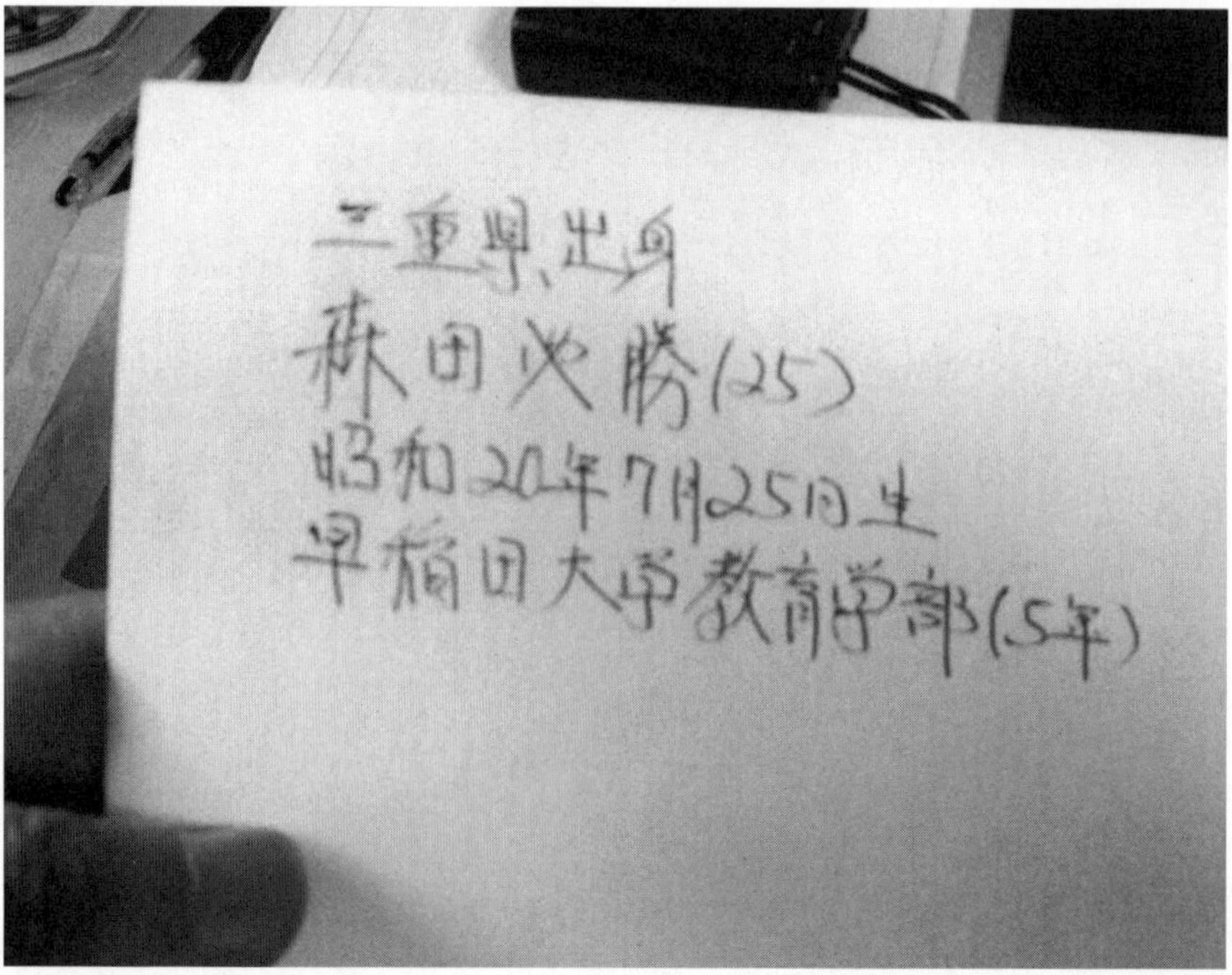
三重県出身
森田必勝(25)
昭和20年7月25日生
早稲田大学教育学部(5年)

山中　写真を撮ってよろしいでしょうか。
徳岡　ええ。
松本　これは三島の字かな（封筒を見て）。
山中　そうですね。親展とある。これは初めてじゃないですか。
徳岡　これまで他人に見せろと言われなかったから見せなかったまでの話で、隠してたわけじゃない。
山中　これがホチキスでとめてあった跡ですよね、三カ所。
徳岡　何カ所とめてあったかは忘れたけど、一カ所だよ。いや、三カ所か。あとでとめたたのかもわかんないしね。社会部がちょっと貸してくださいって持っていったからね、その日。
山中　小島喜久江（千加子）さんに渡した最後の原稿も、ホチキスでガッチャガッチャにとめてあったそうです。
井上　森田の字ですね、写真の裏に……。
松本　これ、相当激しい筆圧だね。
徳岡　もの凄いでしょ。ガッガッガッって書いてるでしょ。表にも出てるんですよ、その字が。それを見て、こりゃ何かあると思いましたね。必勝君が心を込めて書いた字でしょうねえ。
井上　いい顔ですね。
徳岡　そうや。うん。この時二十五？
山中　そうです。森田だけ、なぜ二枚入れたのかな。
松本　こちら、笑ってると感じが違うね。
山中　夏服というのが珍しいですね。
徳岡　これや、これ一番印象がある。表情があるでしょう。僕としては貴重なもんです。
山中　こちらは誰の字ですかね。これだけ鉛筆で書いているんで、おかしいですね。写真館の人の字ですかね。
松本　それ、小川の写真？
徳岡　それ、チビコガやねん。
山中　小賀って書いてありますね。これに振り仮名が。
徳岡　コガが二人いるから。
山中　チビコガとフルコガですね。
松本　三島のには、単に三島様ってある。
山中　じゃ、写真屋さんのか。
井上　バルコニーの上から撒かれた檄の大きさはどのくらいでしたか。
徳岡　比較してみなかったです。僕は貰ってるもん。拾う必要ないもん。
井上　これ封筒に入ってたんですものね。線が引いてありますよ。
山中　青焼きコピーですね。
徳岡　そうそう。これ、全文載せたのは「サンデー毎日」だけんなんですよ。だから後に、出版社から電話かかって、間違いありませんか、一字も間違いないって。それは覚えとる。

おかしかったのはね、何年か後に半藤一利さんと美輪（丸山）明宏と三人でね、三島由紀夫を語るという座談会があって、九十五％くらい美輪明宏がしゃべったんですよ。えらくしゃべってるなあと思ってたら、果たして編集者から電話きて、徳岡さんほとんどしゃべってないって。そいでゲラ送ってもらったらね、時々、なるほど、とかいう僕の発言しかなくてね。そのときにね、丸山明宏はね、僕を見て、そりゃあなた三島さんに好かれるわよーって、丸顔だからって（笑）。僕は人に丸顔だって言われたの初めてだった（笑）。

井上　お顔をよく拝見するとこの辺が四角い感じで。

徳岡　なんか知らんよ（笑）。三島さんに好かれたという……。こりゃ美輪明宏じゃないと言えない台詞やなあと思うて（笑）。

井上　森田のこの、四角い、この辺がしっかりしてる……。

徳岡　森田必勝、僕と同じに好かれたのかもわからんな（笑）。座談会終わって、エレベーターで降りると、美輪明宏がトイレ行ったんです。僕は文春の女の子に、男のトイレですか女のトイレでしたかって訊いた。そしたら見ませんでしたって。アンタそれが一番大事なところなのにどうして見なかった（笑）。僕はエレベーターの中で、アンタ本当に綺麗ですねって言ったんですよ。むっちゃ綺麗やった、四十年前だったからね。

松本　福島次郎っていう方も丸顔ですね、ちょっと角張った顔ね。

徳岡　しょうもないうわさ話をねえ（笑）。美輪明宏にそう言われたのがおかしいんでね（笑）。それだけはちゃんと覚えてる。

松本　これ、演説の内容だ（徳岡氏のメモを取り上げ）。

徳岡　これだけのメモだとなんだかわからないけど、僕は自分ではわかるようにしてあるんですね。

井上　義のために共に起ち共に死のうって、書いてありますよ。その場の雰囲気はどんなものでしたか。

徳岡　僕は自衛隊を見直したんですよ。隊員たちほんまに怒ってたから。チンピラーはよ降りてこーいって。なんで同志を傷つけたんだっていったら、三島さん間髪いれず、抵抗したからだーって言うた。それに対して受けて立ったのは、いなかったね。

井上　そこで、自衛隊員がもう一度怒らなかった？

徳岡　自衛隊員がここで怒れる？　怒ることができるなら怒ってますよ。

山中　垂れ幕を降ろそうと、ジャンプした。

徳岡　そう、落とそうとジャンプしたのがいました。なんべんもジャンプしてました。

松本　だから三島は、あすこだからと、檄書いた布の長さを考えたね。

山中　ということはやっぱり、急に変わったとしても……。

井上　元々は総監だったのが、一旦、連隊長に変わり、また元に戻った。
松本　ああそうか。元々は総監だったのか。
徳岡　第一楼でいろいろあったんだ。
井上　しかし、ホントに当日連隊長がいたとしたらどういう……。
松本　変わってたねえ。あの部隊じゃ、同じ建物の中に東京裁判の会場があるという、象徴的な意味が消えちゃうからねえ。
徳岡　三島さん、要するに、死ぬのにさ、無為に死ぬかもわからんと、それでいいんだと思ったんでしょうね。高倉健とか池部良が猛烈にいいと言ってたからね。
松本　より無駄死の印象が強くなる。
徳岡　そうだろうねえ。無駄死するつもりやったんだろうけどねえ。
山中　私などもそうなのですが、何よりもあのバルコニーで、制服で鉢巻きで演説してるっていうそのビジュアルで、後世の人間はまずショックを受けると思うんですけれども、あのビジュアルがもしなかったら、文字だけで伝えられるくらいだったら、全然三島事件の意味も変わっちゃうでしょうねえ。
松本　変わっちゃうね。
山中　もしちょっとした齟齬によって、これだけ変わったんだったら、偶然なのか、偶然とは言い難い何かあったのか、やっぱり謎だと思うんですけど。
松本　偶然とは思えないけどなあ。
山中　どの程度用意したか、ですよね。その垂れ幕の長さは……。
井上　二十一日に連隊長がいないことがわかってから、準備した。パレスホテルでの準備もその後だからさ。
松本　あの場所のね、高さが何メートルあるってのを把握してないと、檄文を書くのにもね。徳岡さんもお書きだけど、ちゃんと両側に重りがついるんでしょ。だからねえ、あれはやっぱりかなり用意はしてたんだろうねえ。
徳岡　考えてるとね、ホントかなあと思いたくなるんですよね。
松本　三十二連隊といえば、実際に軍備を持っているのはあすこだけですね？
徳岡　ああそう、そうらしいですね。あとは司令部ですか。
松本　それから通信、補給関係。
徳岡　実戦能力のある、連隊のあそこを制圧できたらね、火薬庫やって自殺できた筈だからね。
井上　最初はそういうプランもあったみたいですね。弾薬庫を爆破させるとか。
徳岡　まあ、僕よりももっといろいろ、三島さん考えたでしょうねえ。
井上　五人自決するっていうプランもね。

山中　結局話し合いで、森田と三島だけになった。

松本　最初から三島は、森田と自分だけ死ねばいいという考えだったんじゃないですか。そして多分、三十二連隊を標的にしたのは森田の主張で、三島は一旦、譲ったんでしょうね。

徳岡　あのね、無駄死と言うたけど、無駄死という観念が全く三島さんにはなかったと思うな。何故かというとね、神風連がそうだ。あれを無駄死といえばあんな無駄死はない。

井上　それでよしとする……。

徳岡　そう、それでよしとする。熊本行きましたか。神風連の墓……。

井上　はい行きました。桜山神社に。墓がずっと並んでますね。

徳岡　凄いでしょう、熊本のあの神社。あれと、忠臣蔵の泉岳寺とは全然違う。一本の線香も立ってないんだ。何日も何ヶ月も人が来てないってことがわかる墓地や。

井上　桜山神社。社務所みたいのがあって、一応記念館みたいになってますよね、神風連の。あそこで社務所の人に、土地の人がこういう文章書いたって渡されて、初めて福島次郎の名前を見た。ところで、森田必勝の持ってる影響力っては非常に大きかったでしょうね。

徳岡　いや、どっちが決起へ引っ張っていったかわからないと思いますよ。僕は研究してないからわかんないけどね。

松本　中村彰彦さんが『烈士と呼ばれる男―森田必勝の物語』に書いています。彼も、森田必勝が引きずっていったんだっていう考え方ですね。堤堯さん、宮崎正弘さんもそうですけど、それは徳岡さんが先に仰ってる。

徳岡　あ、そうですか。

井上　森田の文章なんか、独特の何か感じさせますね。

徳岡　文章は稚拙ですね。しかし、体から発散するものは凄かったでしょうねえ。それがアンタ、二十五で死ぬんだもん。死ぬしかないって思ったんだもん。

山中　どちらかというと、三島の方が、青年達のそういった命がけの、何かもの凄いものに巻き込まれていくというような感じで、結局、具体的な死の予定というかスケジュールを組んで行ったんじゃないと思われるんですけどね。

徳岡　お互いに励まし励まされて行ったんじゃないかな。わかりませんがね。いずれの結論にも達するような原稿書こうと思えば書けると思いますよ。指導権はどっちだと。しかし、それは意味がないですよ。

井上　どちらだとも言いようがないですよね。

松本　三島由紀夫研究会の事務局をずっとやってた、三浦重周さんも死にましたね。切腹して。

徳岡　誰か介錯したんですか。

松本　介錯なしです。一人で。

山中　新潟港の岸壁でしたね。

松本　それも包丁だったね。刀が手に入らなかったたってね。

その直前の憂国忌を彼が取り仕切ってたんで、僕は割合話してたんですけど、そういう気配わからなかった。全然わからなかった。

徳岡　そんなことがあったんですか、知りませんでした。

■揺れた時期が

井上　死ぬ覚悟ってのは、昭和四十四年の10・21とか、ああいうときに、巻き込まれて命落とせばそれはそれでいいって思ったんだろうという、そんな感触があるんですけど、その辺は如何ですか。

徳岡　僕はその時日本にいなかったから。ベトナムに比べたら児戯に等しいよ。京大の学生一人殺されたくらいで、なんだ。

井上　三島由紀夫はそのことをどの程度真剣に思ってたと思いますか？

徳岡　革命なんか人権無視に決まってるやんか、と言いたかったですね。一九六〇年の新聞社の共同社説、暴力はやめましょなんて、「アホか」いうんや。革命という言葉に酔うんですよね。岡本公三の方がある意味じゃ正しいというかね、人殺して自分も殺されるんだ。死ぬ覚悟でやっても革命難しいのに、まして死ぬ覚悟のないやつに革命なんて出来る筈がない、というのは赤軍派の思想やけど（笑）。そりゃそうだと思いますよ。命を大事にしながら革命しましょうて、冗談じゃない。

井上　昭和四十四年の事件で三島がかなり死を意識していたとしても、徳岡さんの目から見て、ちょっと現実離れしているっていう印象お持ちですか。

徳岡　いま言いましたように、僕その時の日本のもの凄さちゅうもん知りませんからね。

井上　三島の「独楽」というエッセイに出てくるんですが、未知の高校生が訪ねて来て、「先生いつ死ぬんですか」って訊く。これが昭和四十五年の春で、私、年譜を書いたとき色々調べ、二月くらいかと考えてそう書いたんですけども、ご本人から手紙が新潮社に来ましてね、一月の何日か、五日だったかな、三島由紀夫は今年死ぬっていうような話を皆しているけれども、死んでしまったらイヤだと思って訪ねていったって、そういうことが書かれていた。匿名だったので、それ以上確かめることが出来なかったですが。

徳岡　三島さん、何かで外出する時に来たんですね。ひとつだけ、時間がないから質問を許そうと言った……。

井上　その話を三島から聞きましたか。

徳岡　いや、僕はドナルド・キーンさんから聞いた。三島さんはそのことキーン氏に言ったんだ。

井上　手紙で書いてたみたいですね。そこで徳岡さんがいつ頃ベトナムから帰ってらしたのか、知りたいんです。昭和四十四年の国際反戦デーとか、楯の会のパレードの時は、徳岡さんは日本にいらっしゃらなかった。三島はその時自衛隊の治安出動があったり楯の会の出番があるんじゃないかとホントに思っていたような節があって、昭和四十四年のその頃は、ある程度死を意識していたような気もするんですが、しかし、国際反戦デーが思ったほど激しくならず、四十五年になってしまい、その時点で藤原定家について小説を書きたいと言う。また『天人五衰』のごく初期の創作ノートなんですけれども、何人も登場人物がが現われてくるとか、それでいくと、まだ一年四ヶ月くらいかかるんじゃないかというメモがあったりして、四十五年の初めの頃だと、その年の十一月に死ぬっていう感じはないんですね。だけど、三月頃になったらやっぱり、決起するっていう形になってくる。そういう、非常に揺れる難しい時期があって、その時に、もし徳岡さんが近くにいらしたら、また違う展開が……。だからいつ日本に戻ってらして、三島由紀夫とまた接触するようになったのかっていう、そこが興味あるんです。

徳岡　私は一九七〇年、昭和四十五年の三月に帰ってきたんですよ。そして、六月、帰国して三ヶ月後に会いに行ったんですね。

井上　その三月四月頃が、三島が決起の計画を森田との間で固めていく、そういう時期なんで、それがちょっとまた、なんともいえないタイミング……。

徳岡　えらくタイミング悪かった……。

松本　決心を固めた後に、お会いになったんでしょうね。

徳岡　あの時は、そうでしょうねえ。

井上　その決心を決める直前くらいに、さっきの未知の高校生が訪ねて来ているんで、それが一月なのか二月なのかっていうのは案外大きい意味があると思ってます。だから、『暁の寺』もうまくまとまらず袋小路になりますし、楯の会の運動も袋小路になって、一種追いつめられた状況にいた時に、徳岡さんが近くにいらっしゃらなかった。

徳岡　いやぁ、僕そんな存在じゃないですよ（笑）。あの当時はね、三億円事件の犯人が三島じゃないかって言われてたの。

井上　顔がちょっと似てる……。

徳岡　顔が似てるよ。あんな複雑な筋書き考えられるのは三島由紀夫だけで、しかも楯の会で金を必要としていましたからね。

井上　あの頃の週刊誌を見ると、新年の時点で、「平凡パンチ」の一九七〇年の予想特集というようなページで、防衛大学の学生が反乱を起こして、それを鎮圧するために自衛隊を使うのはよくないので楯の会が出動、その功績で三島が防衛大臣になる。しかし、大御心を悩ます悪書追放リストに「悪徳のよろめき」が入ってることがわかり、天皇に申し訳ないことをしたといって、切腹をしたら失敗し、三島はその後左翼に転向したっていう（笑）。

徳岡　「憂国」の映画は何年でしょう。
井上　四十一年封切り。
松本　徳岡さんはご覧になったんですか。
徳岡　いやダメ。見たいと思わん。

■血みどろの芝居

山中　血みどろのつながりといってはあれですが、このご本の中に出てきた武智演出の谷崎の「恐怖時代」についてはは……。
徳岡　その話はバンコックで三島さんとしたんですよ。三島さんも見たっていうんで。そりゃおもろい芝居やわ。
松本　僕が羨ましいのはね、新聞や何かでは知っているんだけど、所詮、それだけのことなんです。
徳岡　当時はね日本におばあさんが少なかったからね、今みたいに歌舞伎に人気がなかったから、歌舞伎座も安かったんですよ。特に京都の南座は安い。武智さんの歌舞伎は嫌われて、南座しか上演できなかった。六月か七月でね、京都の人は、女の人は浴衣着て見にきてて、最前列の人に血糊が飛んで、問題になって、下京警察からね、三日目か四日目からね血糊を減らした。武智さんはね、京都府警に行って教えてもろて、背中切ったら何秒間くらいして血が滲み出てくるかいうのを研究してたね。登場人物が全員死ぬんですよ、全員。全部殺されるんですよ。最後にふたりが、死んでる人間にまたがって刺し違えて死ぬんですよ。
山中　ちょっと異常な、谷崎の流血趣味。それと武智さんのキツイ趣味とが……。
徳岡　そう。もう武智歌舞伎が光ってた。あの有名な市川雷蔵が、まだ莚蔵といわれてる時代でね。女形やった鶴之助、今の富十郎、これ素晴らしく台詞の切れる男ですけどね。七十何歳になって、子供作る（笑）。ほんま、アホやで（笑）。これがアンタ、女形に弁慶やらしたんですよね。莚蔵が、雷蔵になったかどうかの頃に、富樫やって、一点の非の打ち所もない「勧進帳」やった。いまだにあれ超える「勧進帳」はない。それを東京の日生劇場へ持っていって、成田屋からダメが出て、しょうもない歌舞伎の世界しかありえないごちゃごちゃ、いちゃもんが出たけど、戦後の芝居の中では、僕にいわしたら、そんなに見てないけれども、五指に入るような凄い芝居。
山中　それには三島も関心があった……。
徳岡　いや「勧進帳」の話は、三島さんと話ししたかどうか忘れた。「恐怖時代」の方。僕は三島さん喜ぶだろうと思って。三島さんもの凄く喜んだ。これ、ビニールを舞台に敷いてやったんですけどね、その頃そんな大きなビニールないしね、血が飛ぶんだ。向こうは動きながら血糊出してるんだからら。これ洗濯したら高うおっせ、とかなんとかオバハンが言うた（笑）。ほんまおもろい芝居やった。毒呑んでもがき苦しんでいるやつに、奥方が、鼻紙出して、それにお茶じゃーっと垂らして湿らし、口の上へベタッと載せるんだから。そういう殺し方するんだから。ロビーへ出たら、谷崎さんが吉井勇と立ち話してて。そういう時代ですよ。芝居ちゅうのは見ないと話出来ないんですよ。

松本　残念ながら僕が見るようになったのはその後、市川壽海の晩年です。

徳岡　壽海さんの台詞は凄かったですね。嫁はんが壽海の大ファン。だから、あなたもそう、僕も明治の匂いのする芝居を見てるわけだ。

山中　バンコックでは三島と一緒に映画を見にいらしたそうで。

徳岡　そうそう。

山中　どういった映画を。

徳岡　スリラー。スリラーだが題名は忘れました。はじまってすぐ、「徳岡さん、これが犯人だ」って言うんだよなあ（笑）。うわー言わんといてくれって言いたい（笑）。いやあそりゃアンタ、頭がよすぎるのも考えものですねって言うたんですね。映画見たっておもろないでしょうって言うたんです。そしたら、いや、作者がそこへどうやって話を持っていくかを見てると面白いって、三島さんは言う。

■唐突な話題、見合い

山中　このご本で映画のことを書いてらっしゃる後の方に、お見合いをした話を三島から打ち明けられた話を書いていらっしゃいますが、そこのところ、もう時間も経ちましたので、もしよろしければ。

徳岡　二人で、ホテルのデッキチェアに寝とったんですよ。「あ、徳岡さん」っていうんですよ。「僕は美智子さんと見合いしたことあるんですよ」。こっちはアンタ、熱帯の昼間に寝てるとき。服は着てたけどね。三島さんはポロシャツで、パンツ姿じゃなかったかな。えー、そんなこともあるんかって僕は聞いてた。ほんならそれ、本が出てから「女性自身」かなにかが特集したわ。要するに、よそで今まで書いてなかったんやなあと知ったんです。

山中　本人は言ってませんよね。徳岡さんのご本をきっかけに週刊誌が取り上げた。

徳岡　本に書いたとおり両方とも傷がつかんようにと、正式ではなく歌舞伎座で、正田家と家族で会うて、一緒に幕の内食べただけやって。そうでしょ。芝居始まってるのに食堂に座ってる人がいますわなあって、僕言うた。いろんな目的のため芝居を見る人がいますなあって。こう言って、なるほどな、心の中では財界人ちゅうのはね、有望な作家に嫁はん、娘やってもええなあと考えるのかなあと僕は思ったんですよ。

ただそれだけのことです。

山中　その話は唐突に、三島から？

徳岡　そう、そう。「芥川は三十五で死んだんだからなあ」って言ったのも唐突やったんですよ。それで、僕は言ったか言わなかったのか忘れたんだけど、樋口一葉は二十五ですって。僕はそういうぶち壊しの話を（笑）。三島さん、なんちゅうかね、万斛の思いを込めて言ったのに違いないのにねえ。そういうこと僕はやりかねないんだ。残酷だね僕（笑）。

山中　『豊饒の海』に出てくる合歓の木と関係あるという説は？

徳岡　そう、それ。僕は円照寺へ行った時、寺の人に聞いたけど、僕は合歓の木見てもわからない人間なんですよ。

松本　季節はいつですか。

徳岡　三島さんの一周忌ですよ。山門を入る前、参道に二、三本ありますと教えてくれた。

松本　葉を落とすと、目につかないかもしれませんね。合歓の木は、割合繁殖力が強いんです。

徳岡　だからインドのアジャンタにも出てくるんだ。アジャンタに、バンコックにも出てくるんや。三島さんは、見たから書いたんで、合歓木の子守歌とは関係ないな。

松本　徳岡さんの三島関連のお仕事として、これまで『五衰の人』ばかり触れて来ましたが、もう一冊、ドナルド・キーンさんとの共著『悼友紀行―三島由紀夫の作品風土』（中央公論社、昭48・7）があります。奥行きのある、面白いご本ですね。

徳岡　お恥ずかしい（笑）。

松本　いやホントに。それにしても徳岡さんは、三島さんともドナルド・キーンさんともすごく気が合うみたいですね。

徳岡　いや、あるパーティーでピアニストのNさんに、「徳岡さん、あなたホモでしょ」なんて言われて。僕はね、アホらし言うた（笑）。三島由紀夫とドナルド・キーン……、これも何もないという証明が出来へんなあと思うたね（笑）。

松本　いや僕が申し上げたのはそういう意味じゃない。教養っていうか世代共通のものが、お二人の間にはしっかりある。

徳岡　世代的教養が似てたっていうか……。

山中　ある種の活字文化の……。

徳岡　映像文化なんかありえない、我々にとっては。

松本　『和漢朗詠集』については、お貸しになっただけで、なにもお話しなさらなかったのですか。

徳岡　返してもらった時、「ありがとうございます、楽しかったね、面白かった」ってねえ、三島さん言っただけ。

山中　これが三島に貸した当の本ですね（徳岡氏がその本を手渡す）

井上　付箋が貼ってある。徳岡さんがお貼りになったんですか。

徳岡　そうです。「無常」の所です。三島さん生きてる時はそんな付箋はまだ発明されてない。
山中　このページを三島が見たんですね。
徳岡　漢詩三篇と、沙彌満誓の歌ね、沙彌満誓のね、「世の中をなに、たとへむ朝ぼらけこぎゆく舟のあとの白波」ってあるでしょ。
山中　天人五衰の言葉が出てくるのは、これですね。「生ある者は必ず滅す　釈尊いまだ栴壇の煙を免かれたまはず　楽しみ尽きて哀しみ来る　天人なほ五衰の日に逢へり」。
徳岡　それと、「朝に紅顔あつて世路に誇れども　暮に白骨となつて」ちゅうのと、「秋の月の波の中の影を観ずといへども」があるでしょ。それから、同じ頁だ。後でこれを見て、あっこれだなって思ったんですよ。
井上　バンコックの時点ではまだ『天人五衰』ってタイトルは考えてないですね。
松本　だから、これを読んで、ね。
井上　四十五年になってから、小島さんに『天人五衰』にするって言うんですね。ただ天人五衰って言葉自体、確か、戦争中の文章で使ったと思う。知らない言葉じゃなかった。
山中　しかし、この本を開いて見ると……。
徳岡　三篇並んでるからね、パンチが凄いんだ。
松本　釈尊のお膝下近くの熱帯で、これ読むと、なおさら強く感じたのかもしれないなあ。

徳岡　ドナルド・キーンさんが、あなたは暇な三島さんとつき合った珍しい日本人ですって。そんな嘘やろと思うわ（笑）。またいい文章なんですよ五衰が出てくるところがね。
山中　そういえば、徳岡さんはストークスの翻訳を出されていますね。新版も。
徳岡　本人が一生懸命やっているから翻訳してやらないわけにはいかないからやってるんですけどね。ある意味では、東京にいた新聞記者で、日本人を含めて、三島さんがやってること、これはなにかあるぞ、と思ってたの、ストークスだけなんですよ。自衛隊の演習だって付いていったんだから。そこは西洋人だ、何も知らんから、皇居遥拝ってなった時、皆がパッとストークスの方向いたんだ。ストークスの遥か後に皇居があったんや（笑）。富士山山麓で、皆がこう、ストークスに向かって最敬礼したんや（笑）。僕はそういう細かいとこ好きなんです。そこで、立ち往生して……（笑）。そういう取材やる日本人はいなかったんだ。やるべきだった。一流の作家がね一生懸命やってるんだ。新入社員鍛えるのに自衛隊体験入隊したり、これ昭和元禄の発想や。そんなんじゃなしに、何かあると思ったら、ね。日本の新聞はそういうふうにはなってない。日本の新聞は、よそに抜かれないように、デフェンスの取材しかやってないんですよ。自分がね、これは何かある、面白いと思ってね、やる取材はね、あんまりしない。

松本　やはり、デスクあたりが理解出来ないことを記者がやったら怒られますからね。
徳岡　怒られます。
山中　そういう意味では、新聞よりも「サンデー毎日」の方が自由に動けた、と。
徳岡　そうそう。仕事の自由がある。自由があった一つの理由は、少しは金があったからでしょうね、その頃。ちょっと鹿児島まで取材に行けとか、動物園のヒグマが逃げたからお前ちょっと北海道へ行ってこいとかね、新聞社じゃそんなこと出来ないよ。やっぱり、週刊誌は金があったんや。何十万部か売れてたんだ。現金で入ってくるんだ。誰も小切手で週刊誌買う人いないわな（笑）。
山中　確か三島は原稿料のことを言っていて、週刊誌でも一枚一万円はいくのに、「新潮」で三千円ですかっていうような話を書いてらっしゃいましたね。
徳岡　小島さんが書いてる。いや、僕が三島さんに聞いて書いたんだ。三千円はちょっとビックリしたなあ。アホらしいねえ。
松本　あれから後、市ケ谷へ行かれたことありますか。
徳岡　何十年か経って正門から坂道を登ってみたけど、うわーこの坂走って登ったんかーって驚いた。もの凄い坂なんですよ。こう曲がって、左手にバルコニーが……。
松本　あの時、よく誰何されませんでしたね。
徳岡　いや、あの時はそれどこじゃなかったんや。僕は、走りながら腕章してね。それからここへこれ……（檄文や写真を指さし）。
松本　走りながら、足のどこに。
徳岡　ここ。靴下の後ろ側。だからパキスタン行くときにいつもそうやって闇ドルなんかを持ち込むんですわ。そうせんとアンタ、パキスタンなんか入っていく時に、所持金のドル金額全部書かせて出るときに照らし合わせてその間に使った金をちゃんとパキスタンの銀行で替えてるかどうか。そんな規則、守ってられん。ソックスの中に隠して……。だからねえ、『五衰の人』をどうしてもね、書かないかんと思った。だけど、三島はおもろい奴やったなあってことしか書けないんですよねえ。頭は良いし、原稿書いてもうまいし。そいでアンタ思い切ったことやる。自分の思ったことやり遂げるっていうねえ、こんな奴ほかにおらへん。
松本　僕は、大阪の新聞社にいて、ダイレクトではありませんでしたが、いいようのないショックを受けて、数日間もの凄く憂鬱でしたね。なぜ、そうだったのか。いまだによく分かりませんが、この世は生きるに値しない、と三島に宣告されたような気がしたんですね。だけど、そうじゃない。逆なんだ、生命を投げ出してもよいだけのものが、この世にはあるんだ。また、そうでなければいけないんだ、と三島は主張したということが、だんだん分かって来た。時間がかかりましたけれどね。きょうは、改めてあの日に衝撃を、まだ生まれていなかった山中を含めて、ありありと蘇らせながら、貴重なお話を伺うことができて、充実した愉快な時間でした。ありがとうございました。

■解　題

徳岡孝夫（とくおか　たかお）氏。昭和五年（一九三〇）大阪市生まれ。京都大学英文科卒業後、フルブライト留学生としてアメリカ・シラキューズ大学新聞学部大学院に留学。帰国後の昭和二十八年、毎日新聞社に入社。「毎日新聞」社会部、「サンデー毎日」編集部、「毎日デイリーニューズ」などで記者、編集次長、編集委員などを歴任、昭和六十年に退社。傍ら「ニューヨーク・タイムズ」のコラムニストも務めた。他方、『真珠湾メモリアル』（中央公論社）、『きみは、どこへ行くのか』（新潮社）、『妻の肖像』（文藝春秋）など多数の著書があり、平成三年には『横浜・山手の出来事』（文藝春秋）で日本推理作家協会賞を受賞。また、『ライシャワー自伝』をはじめニクソン、アイアコッカからの翻訳も手がけ、昭和六十一年には菊池寛賞を受賞。三島関連では、ドナルド・キーンとの共著『悼友紀行―三島由紀夫の作品風土』（中央公論社、後に中公文庫）のほか、『五衰の人―三島由紀夫私記』（文藝春秋、後に文春文庫）があり、ヘンリー・スコット＝ストークス『三島由紀夫・死と真実』（ダイヤモンド社、後に『三島由紀夫―生と死』清流出版より改訂版）の翻訳もある。

「サンデー毎日」記者として徳岡氏が三島との初対面を果たすのが、昭和四十二年五月二十八日に行われたインタビュー「三島帰郷兵に26の質問」（「サンデー毎日」昭42・6・11）。その後同年八月に毎日新聞バンコク特派員となった徳岡氏は、九月よりインド政府の招きにより夫人同伴で東南アジアを旅行していた三島が十月にバンコクに滞在した際に対面、インタビュー「インドの印象」（「毎日新聞」昭42・10・20―21夕）のほか、交流を持つにいたる。昭和四十五年、「サンデー毎日」編集部に戻った徳岡氏らによるインタビュー「『精神的ダンディズムですよ』―現代人のルール『士道』」（「サンデー毎日」昭45・7・12）の他、最晩年には弟・千之と共に酒宴へ招かれるなどの交友があり、三島の自決時には、「サンデー毎日」編集次長として事件を取材、記事を執筆（「サンデー毎日」昭45・12・13、昭45・12・23緊急増刊）している。

また、徳岡氏が三島から直接聞いたという美智子妃と三島のお見合い話だが、座談会にもあるように、『五衰の人』発行当時、週刊誌に取り上げられたことがある（「美智子さま大作家三島由紀夫との〝お見合い〟秘話！」「女性自身」平9・2・18）。また座談中に言及される、半藤一利、美輪明宏との座談会とは、「三島由紀夫　善意の素顔」（半藤一利編『昭和史が面白い』文藝春秋、平9・1、後に文春文庫）のことである。

（山中剛史）

資料

初版本・「花ざかりの森」について

犬塚　潔

「花ざかりの森」は三島由紀夫氏の第一作品集である。その書影は新潮日本文学アルバム（昭和五十八年刊）などに見られ、三島氏の初版本の中でも有名で、人気の高い一冊である。ところが、三島氏の生前に唯一行われた東武百貨店の三島由紀夫展のカタログ（写真1）には、カバーのない表紙の書影（写真2）が掲載されている。表紙には書名がないため、わざわざ背表紙の写真を添える必要があった。なぜ、このカタログには、カバーの付いた初版本の書影が使われなかったのであろうか。

この展覧会は昭和四十五年十一月十二日から十一月十七日まで池袋東武百貨店にて開催された。カタログには、三島氏自身によるこの展覧会の説明文が自筆原稿版で掲載されている。（写真3）この説明文は、案内状にも使用され、義父・杉山寧氏宛の案内状が残されている。（写真4a・4b・4c・4d・4e・4f）その文中には、「私は一案を出して、矛盾に充ちた私の四十五年を、四つの流れに区分し、この『書物』『舞台』『肉体』『行動』の四つの河が、『豊饒』の海へ流れ入るやうに構成した」とある。この案が三島氏により提示されたのは、昭和四十五年八月二十九日で、この時、三島氏が書いたメモが残されている。（写真5）「三島由紀夫展構成リスト　NO・2」（全23ページ）（写真6

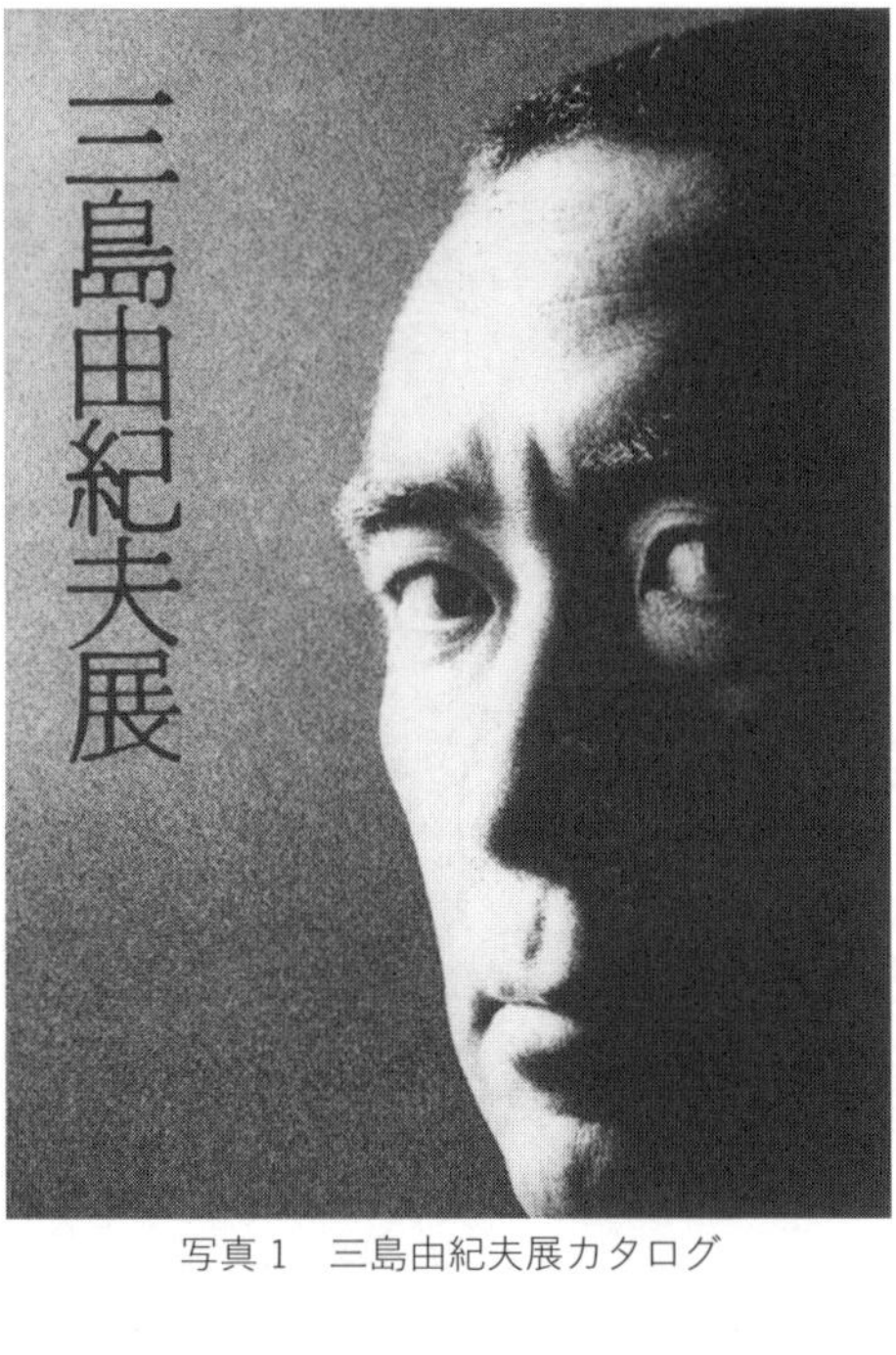

写真1　三島由紀夫展カタログ

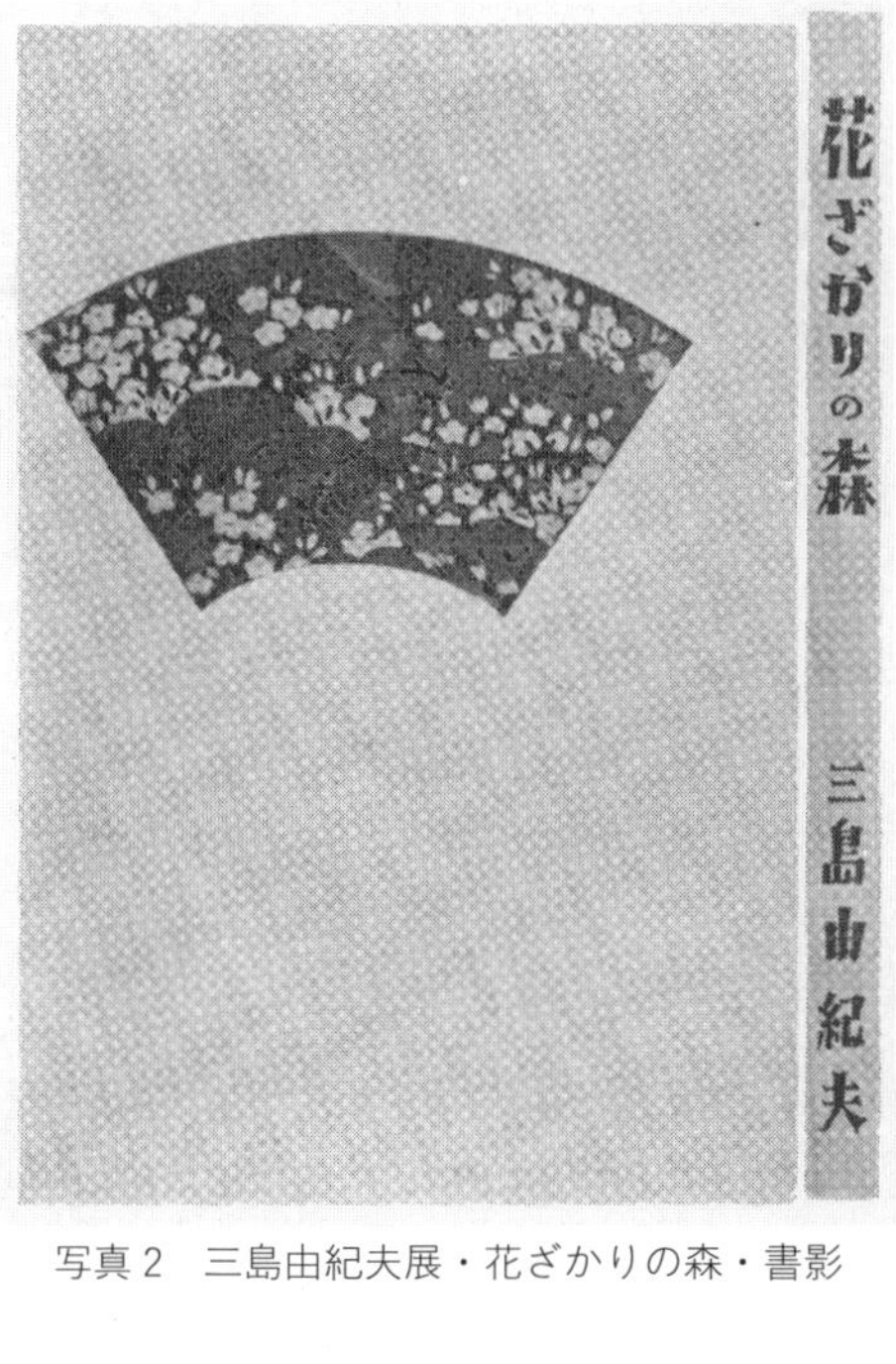

写真2　三島由紀夫展・花ざかりの森・書影

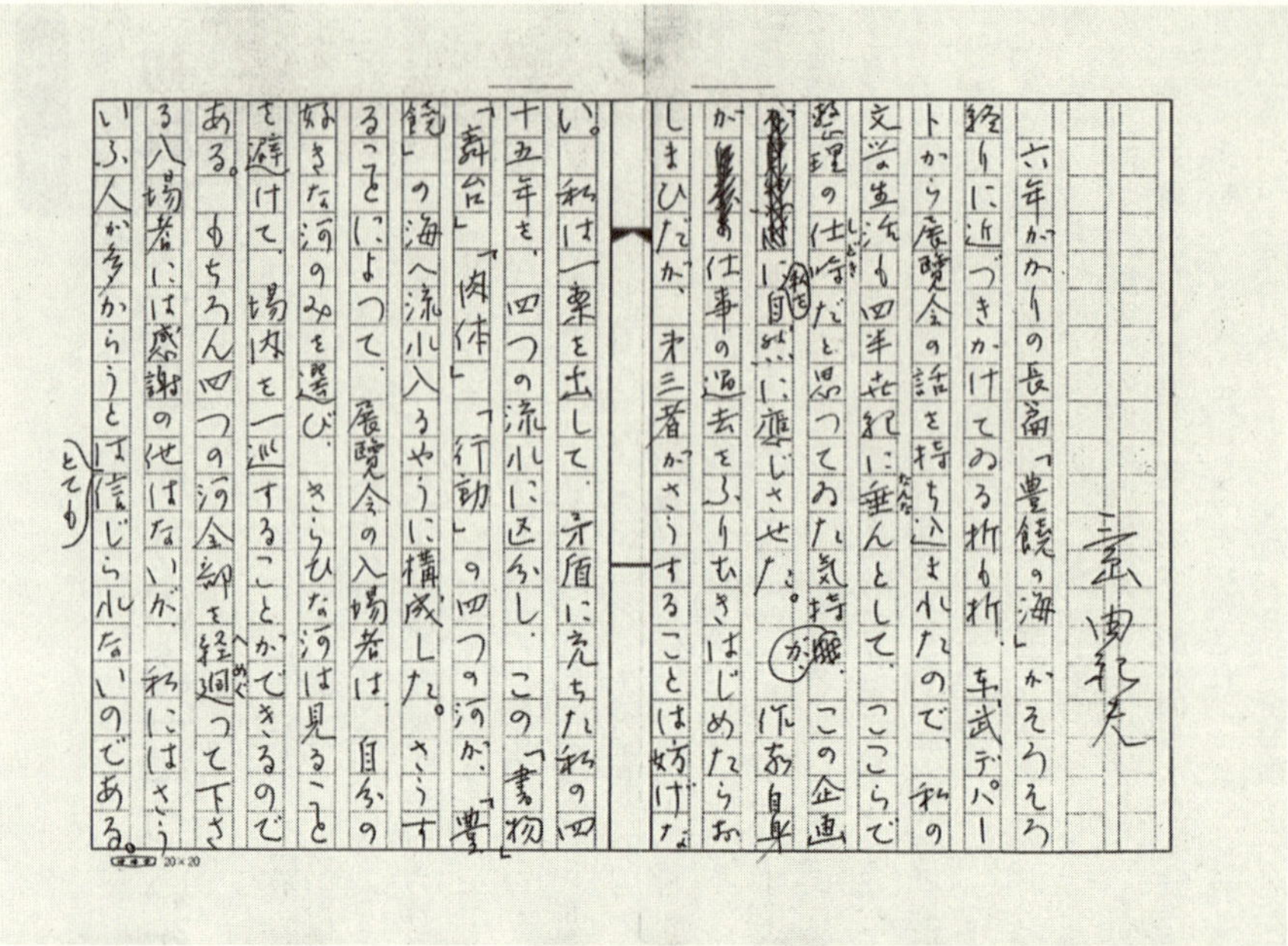
三島由紀夫

六年がかりの長篇「豊饒の海」がそろそろ終りに近づきかけてゐる折も折、東武デパートから展覧会の話を持ち込まれたので、私の文学の生活も四半世紀に垂んとして、ここらで整理の仕時《しどき》だと思つてゐた気持が、この企画に（私を）自然に乗じさせた。作家自身が仕事の過去をふりむきはじめたらおしまひだが、第三者がさうすることは妨げない。私は一案を出して、矛盾に充ちた私の四十五年を、四つの流れに区分し、この「書物」「舞台」「肉体」「行動」の四つの河が、「豊饒」の海へ流れ入るやうに構成した。さうすることによつて、展覧会の入場者は、自分の好きな河のみを選び、きらひな河は見ることを避けて、場内を一巡することができるのである。もちろん四つの河全部を経廻《へめぐ》つて下さる入場者には感謝の他はないが、私にはさういふ人が多からうとは（とても）信じられないのである。

写真 3　三島由紀夫展・説明原稿

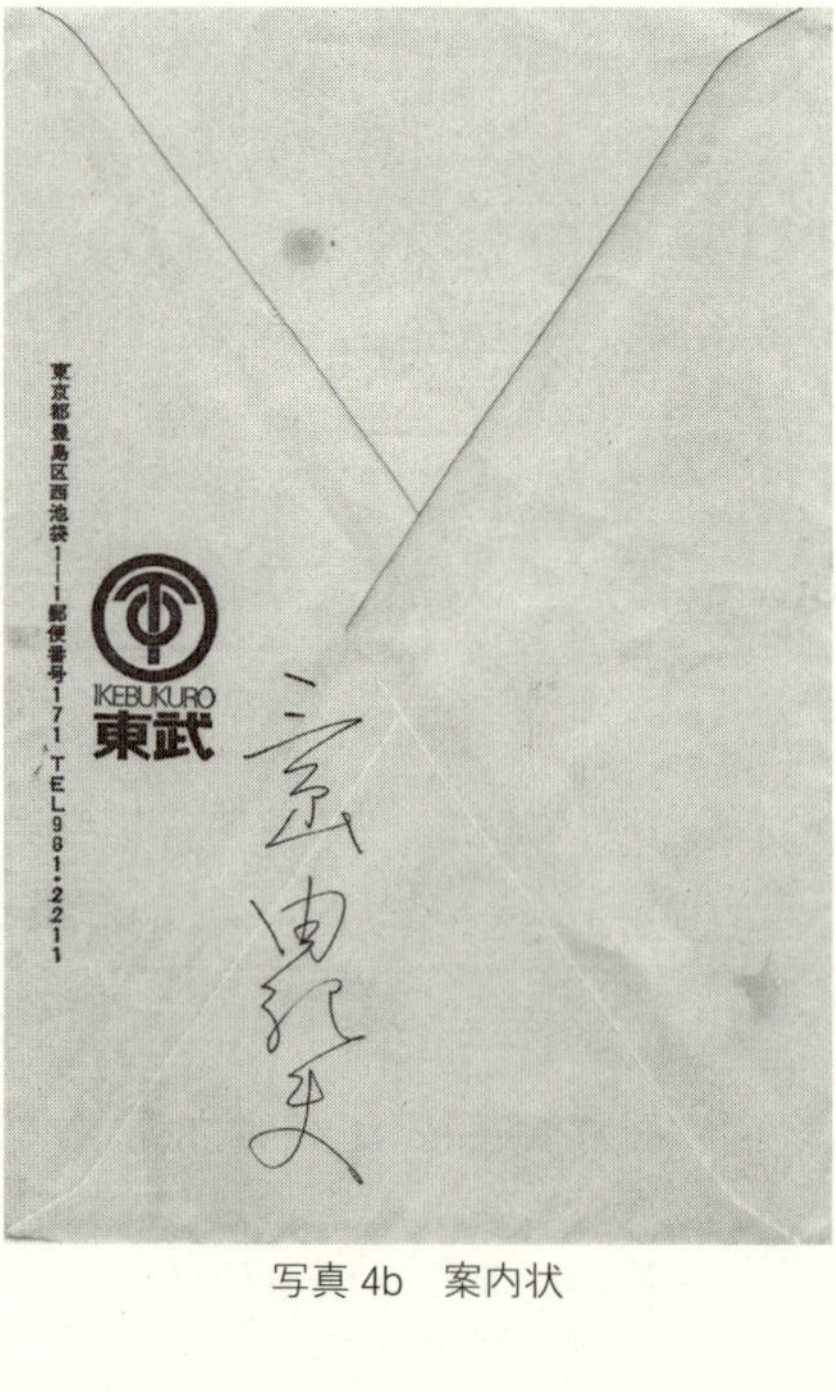

写真 4b　案内状

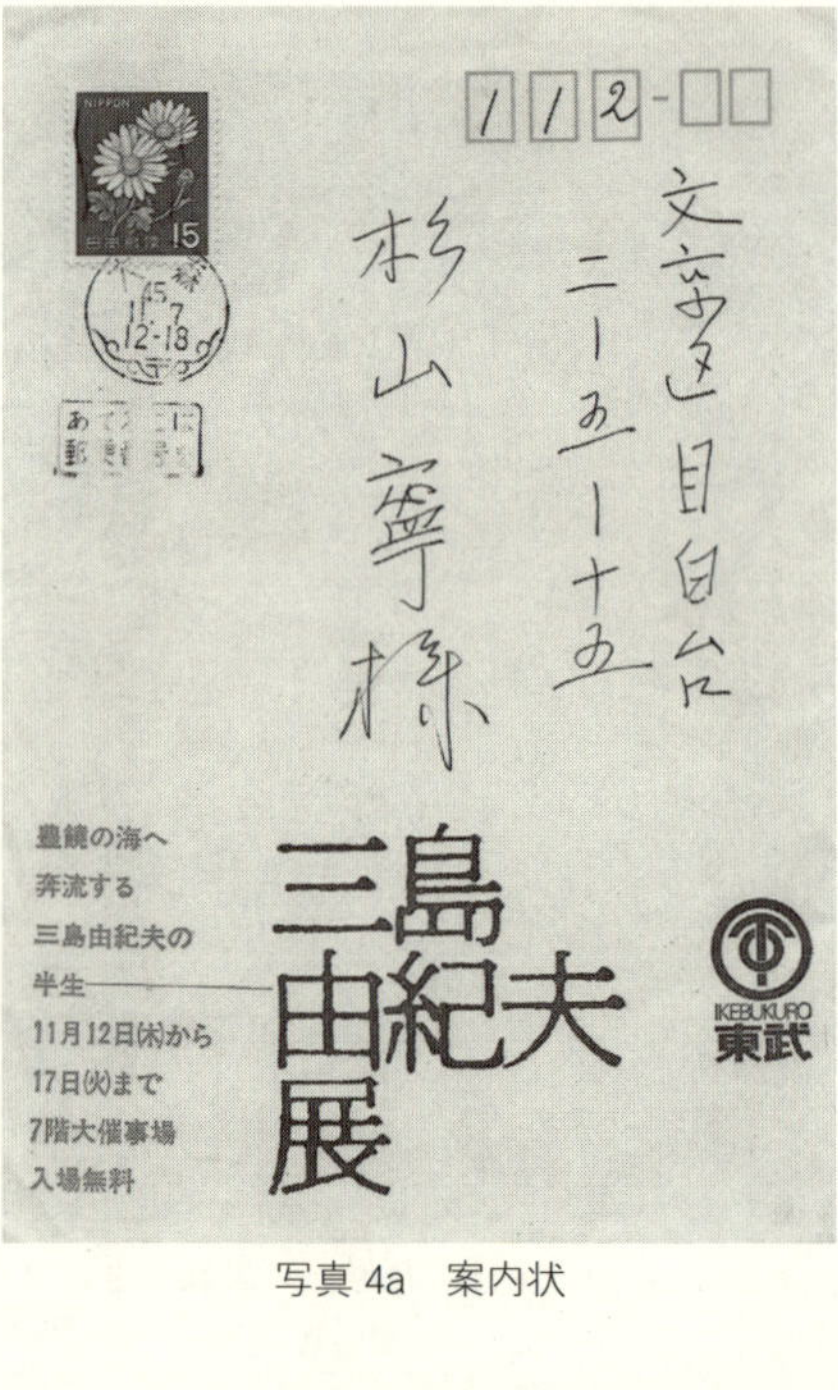

写真 4a　案内状

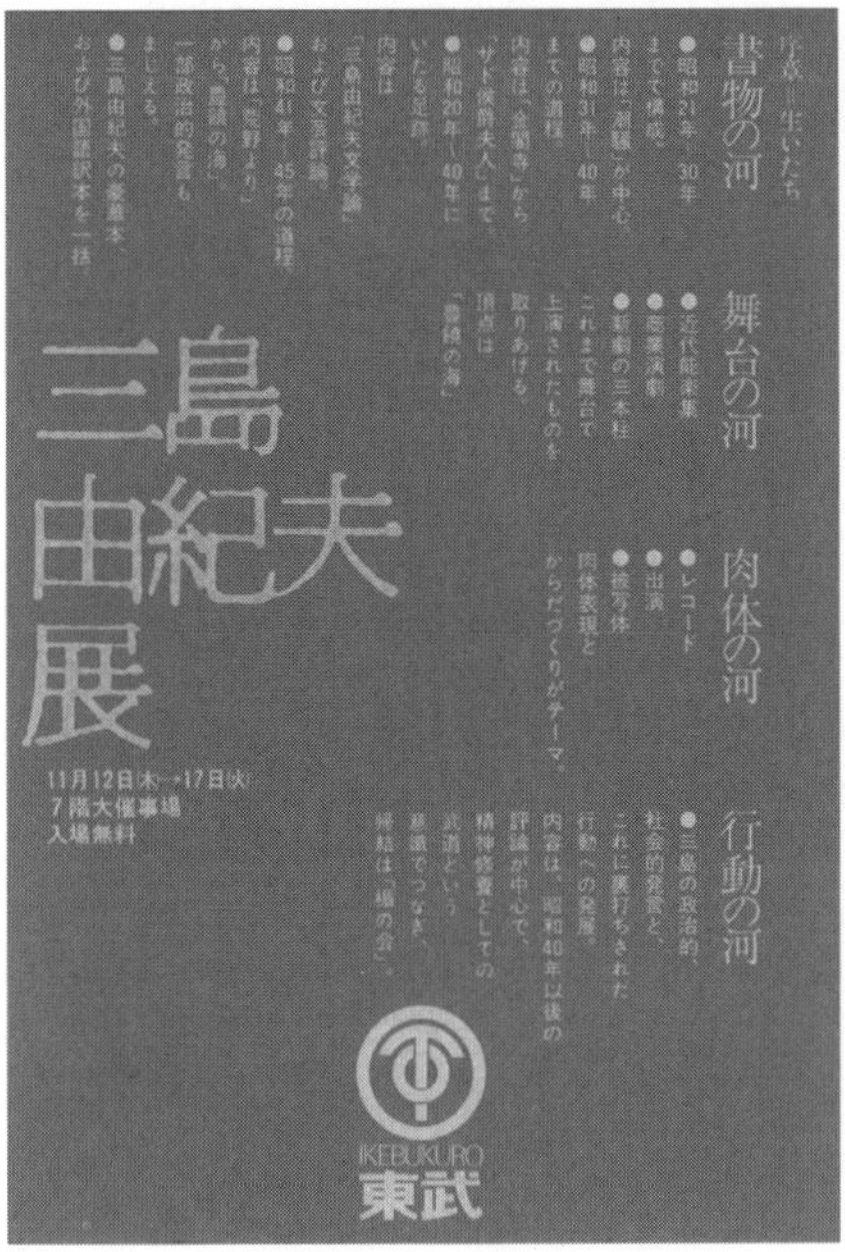

写真 4d　案内状

写真 4c　案内状

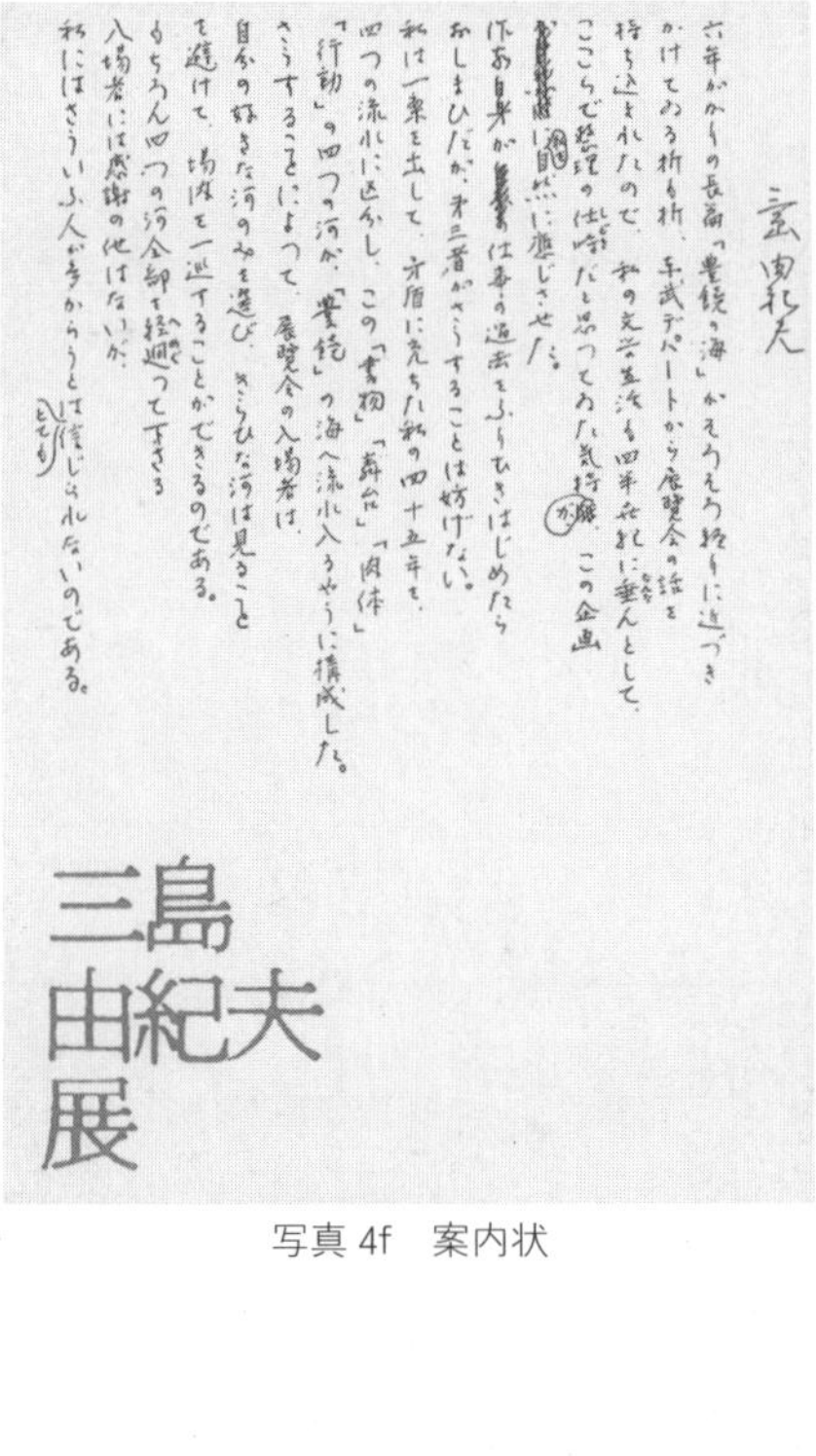

写真 4f　案内状

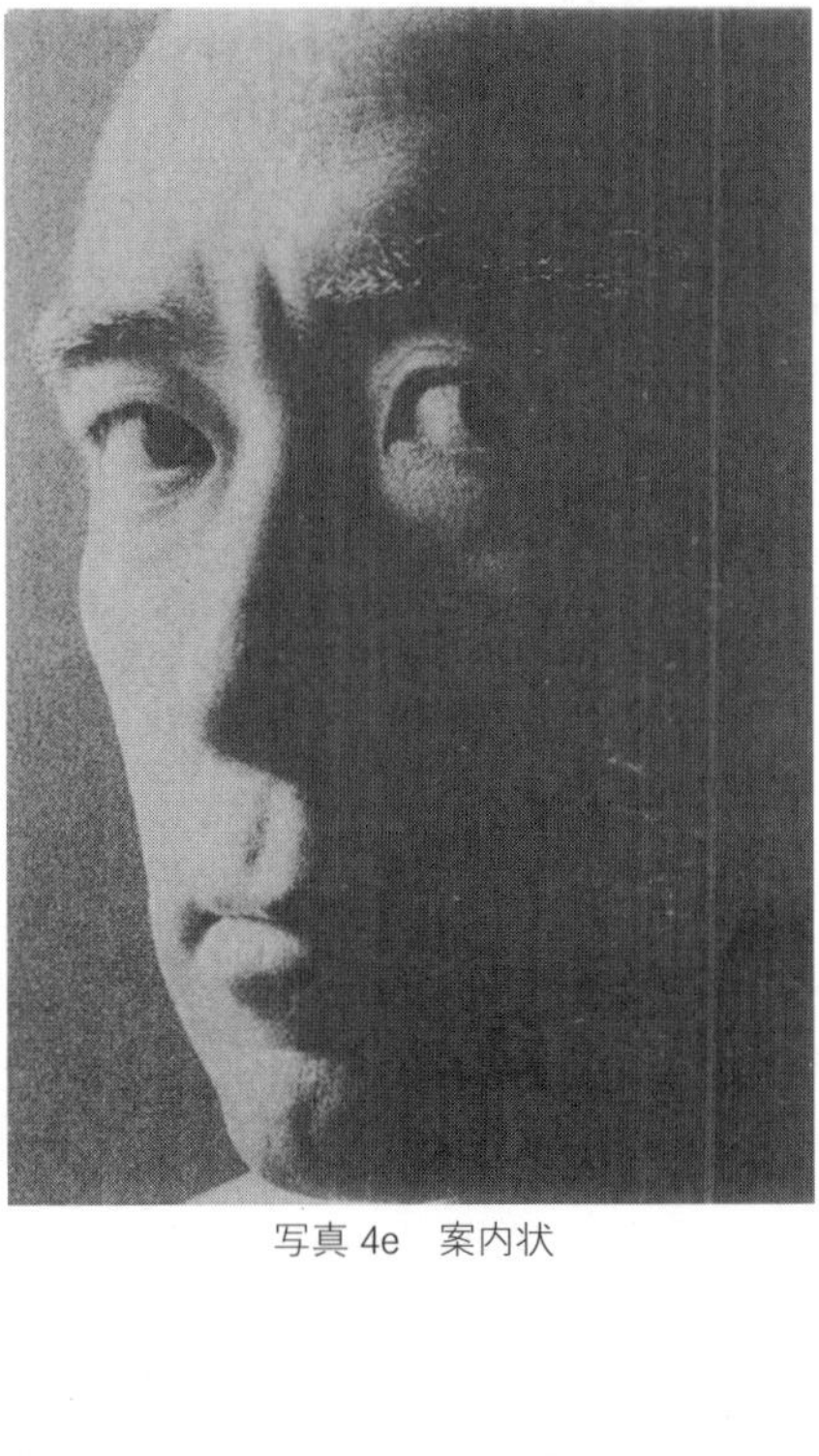

写真 4e　案内状

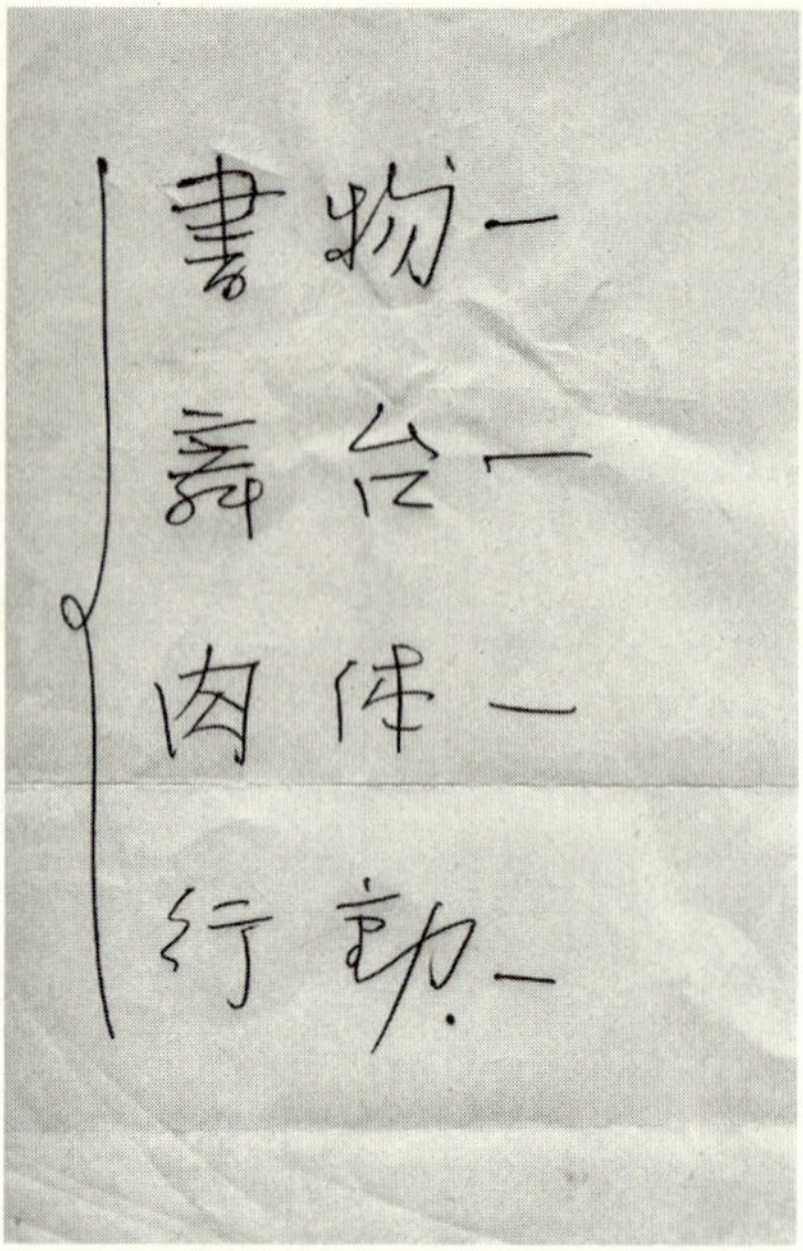

写真5　書物・舞台・肉体・行動メモ書き

a・6b）によると、構成は「三島由紀夫が歩んでいる多方面の足跡を、五つのパートに独立させ、夫々に一貫したテーマを置いて構成する。従って、各テーマはともに三島由紀夫の各分野での断面を表わし、これらを総合してみるとき三島由紀夫の全容をとらえることができる」とされ、「四つの河」に「序章・生いたち」の項目が加えられ、五つのパートに分けられている。

「書物の河」は昭和二十一年から昭和四十五年までで構成され、「生い立ち」は「誕生から大学卒業まで（大正14年~昭和20年）をここに含む」と説明されている。従って、「花ざかりの森」は「書物の河」ではなく、「生いたち」の項目に展示された。「三島由紀夫展構成リスト　NO・2」でも「生いたち」の項目中に「展示　20　処女小説集『花ざかりの森』　1冊　三島家」（写真7）の記載が確認される。

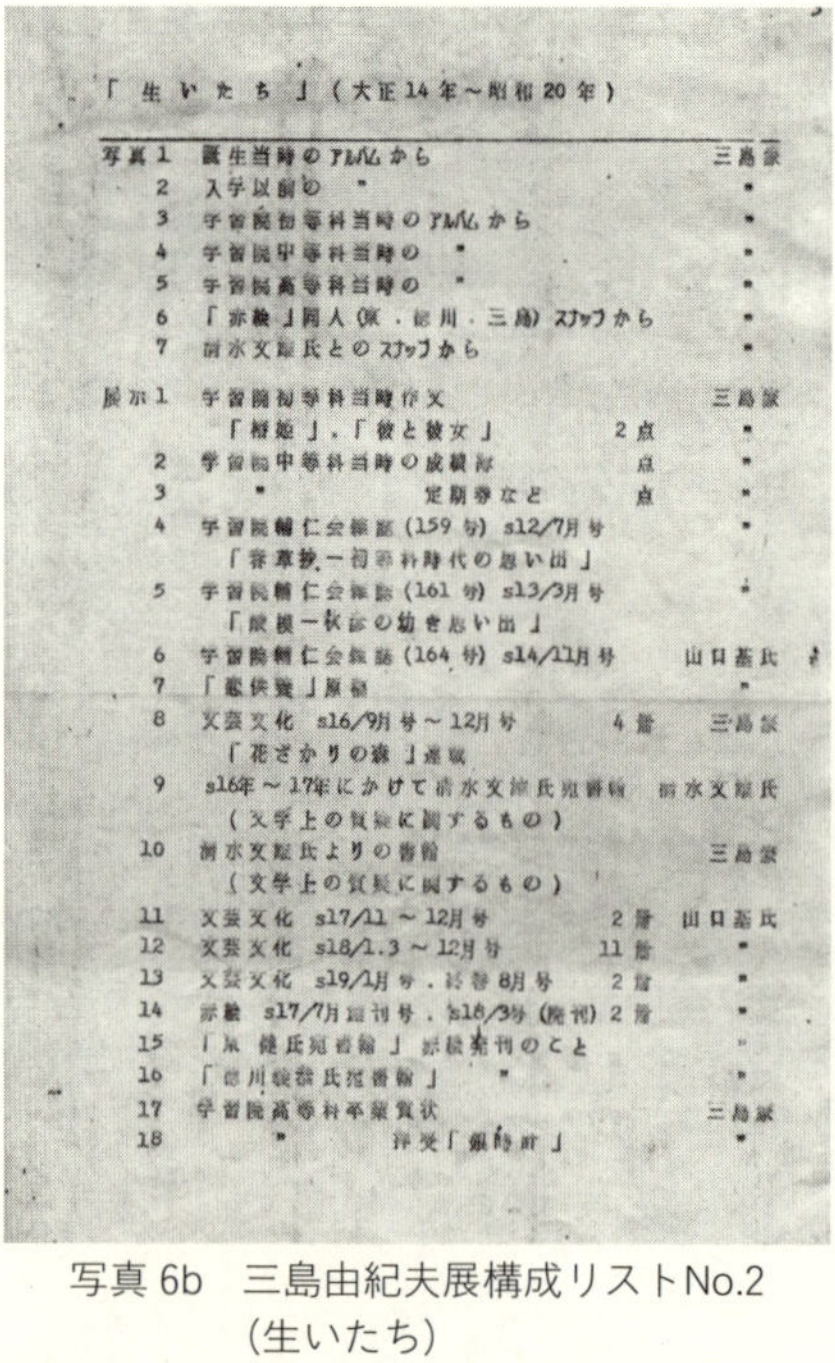

「生いたち」（大正14年～昭和20年）

写真1　誕生当時のアルバムから　三島家
2　入学以前の　〃　〃
3　学習院初等科当時のアルバムから　〃
4　学習院中等科当時の　〃　〃
5　学習院高等科当時の　〃　〃
6　「赤絵」同人（東・徳川・三島）スナップから　〃
7　清水文雄氏とのスナップから　〃

展示1　学習院初等科当時作文　三島家
「樹姫」．「彼と彼女」　2点　〃
2　学習院中等科当時の成績表　点　〃
3　〃　定期券など　点　〃
4　学習院輔仁会雑誌（159号）s12/7月号　〃
「春草抄―初等科時代の思い出」
5　学習院輔仁会雑誌（161号）s13/3月号　〃
「酸模―秋彼岸の幼き思い出」
6　学習院輔仁会雑誌（164号）s14/11月号　山口基氏
7　「彩絵硝子」原稿　〃
8　文芸文化　s16/9月号～12月号　4冊　三島家
「花ざかりの森」連載
9　s16年～17年にかけて清水文雄氏宛書簡　清水文雄氏
（文学上の質疑に関するもの）
10　清水文雄氏よりの書簡　三島家
（文学上の質疑に関するもの）
11　文芸文化　s17/11～12月号　2冊　山口基氏
12　文芸文化　s18/1.3～12月号　11冊　〃
13　文芸文化　s19/1月号．終巻8月号　2冊　〃
14　赤絵　s17/7月創刊号．s18/3号（終刊）2冊　〃
15　「東 健氏宛書簡」赤絵発刊のこと　〃
16　「徳川義恭氏宛書簡」　〃　〃
17　学習院高等科卒業賞状　三島家
18　〃　拝受「銀時計」　〃

写真6b　三島由紀夫展構成リストNo.2
（生いたち）

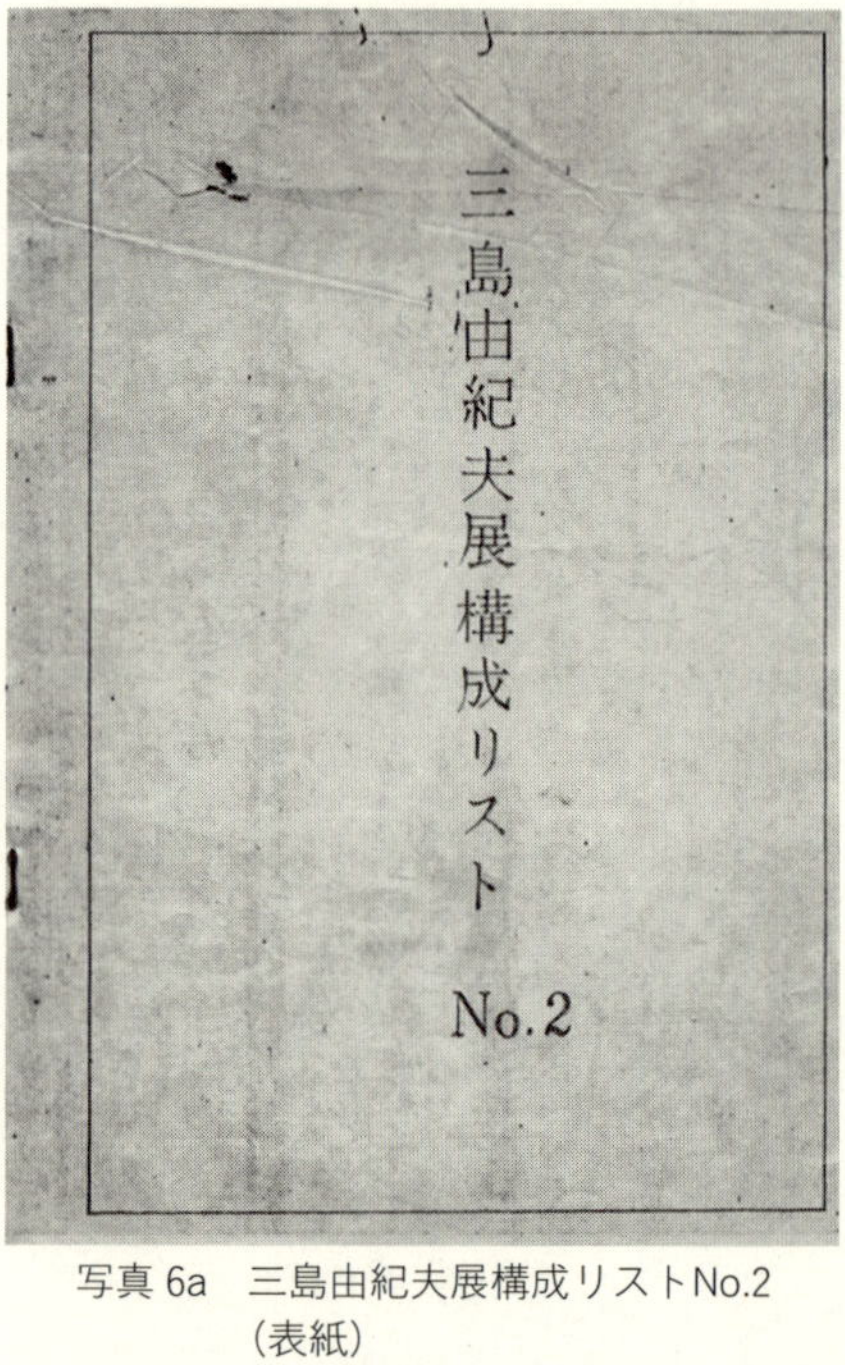

写真6a　三島由紀夫展構成リストNo.2
（表紙）

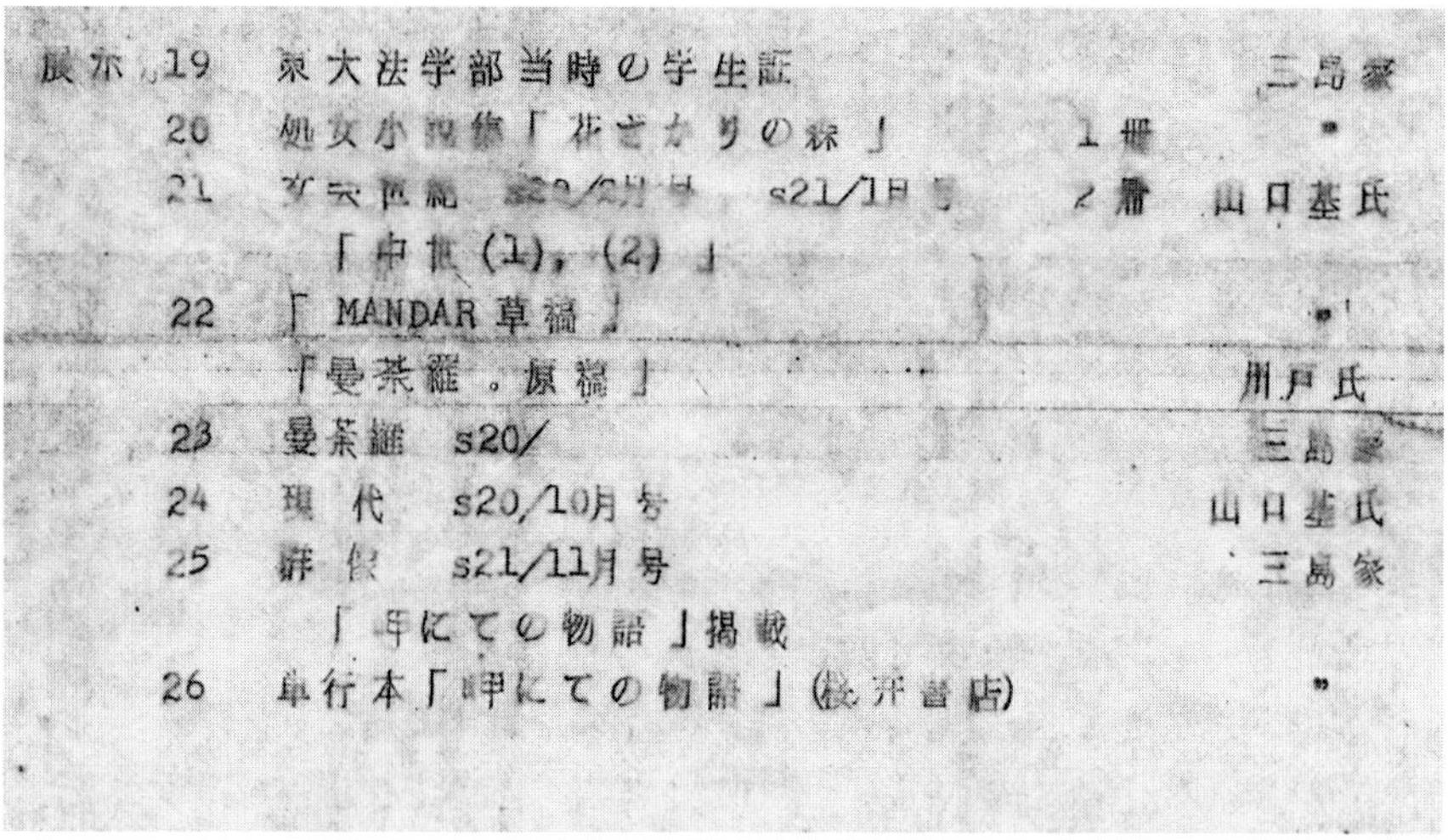

展示、19 東大法学部当時の学生証 三島家
20 処女小説集「花ざかりの森」 1冊 〃
21 文芸世紀 s20/2月号 s21/1月号 2冊 山口基氏
「中世(1)，(2)」
22 「MANDAR草稿」 〃
「曼荼羅。原稿」 州戸氏
23 曼荼羅 s20/ 三島家
24 現代 s20/10月号 山口基氏
25 群像 s21/11月号 三島家
「岬にての物語」掲載
26 単行本「岬にての物語」(桜井書店) 〃

写真7 三島由紀夫展構成リストNo.2（花ざかりの森）

写真8 東武・三島展に展示予定の初版本

また、東武百貨店の三島由紀夫展に出品された書籍や、舞台写真、展示写真などを集めたアルバムが残されていて、出品予定の「花ざかりの森」は「要保存」「平岡」の三島氏の蔵書印（三島氏の本名は平岡公威）が捺されたカバー付きの初版本（写真8）であったことが確認される。しかし、実際に展示された「花ざかりの森」はこの本ではなく、三島家の蔵書から、カバーのない初版本に変更されていたことになる。それでは、誰が何の目的で変更したのであろうか。

この二冊の本の特徴を探るために、初版本を検証してみる。「花ざかりの森」（写真9a・9b）は、昭和十九年十月十五日、七丈書院から出版された。菊版、カバー付きで売価五円である。

写真 9a　和紙版・カバー付

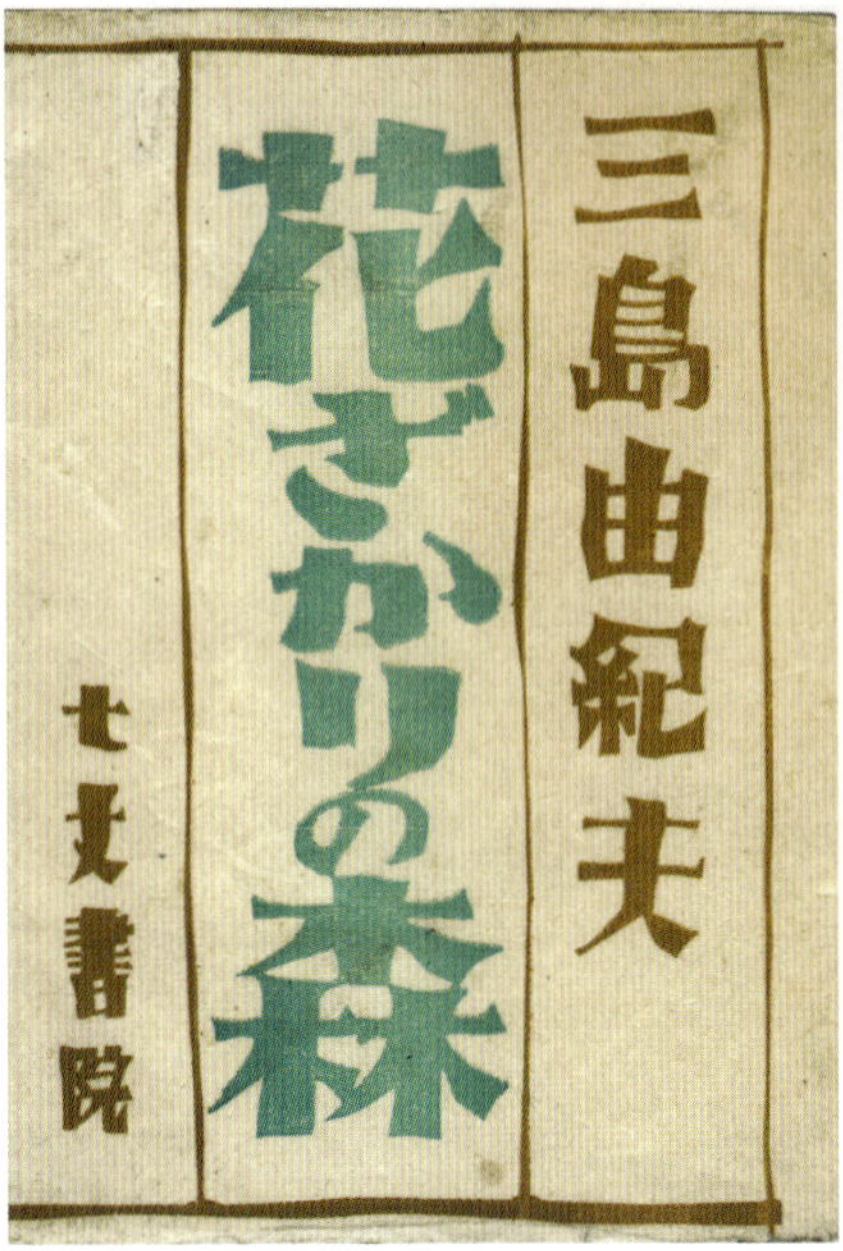

写真 9b　洋紙版・カバー付

収録作品は、「みのもの月」「世々に残さん」「苧菟と瑪耶」「祈りの日記」「花ざかりの森」と「跋に代へて」である。三島氏曰く、「七丈書院はコットン紙まがいの黄色いかなり立派な紙を使い、徳川義恭氏の光琳写しの原色版印刷の美しい表紙に装って、多分、やけっぱちの出版かもしれないけれど、『花ざかりの森』を出してくれた」（私の遍歴時代・昭和三十九年、講談社）とある。

初版四千部といわれる「花ざかりの森」には、和紙版と洋紙版がある。その割合については不明であるが、古書店で見かける「花ざかりの森」は和紙版のものが多い印象がある。背表紙の厚さは和紙版で26㎜、洋紙版で16㎜であり、10㎜の差がある。「花ざかりの森」という書名を背表紙の中央に置くことで、洋紙版ではこの厚みの差が表表紙と裏表紙に二分され、カバーの絵柄は小口の方向へ5㎜ずれることになる。このため、洋紙版では著者名、書名、出版社名を囲んだ枠の一部がずれて見えなくなる。洋紙版ではカバーの図柄がずれてしまうことから、この図柄は洋紙版を対象とせず、和紙版を対象にして製作されたものと推察される。また、本の厚さの違いから、カバーの位置にずれが生じるだけでなく、表紙（写真10ａ・10ｂ）の光琳写しの扇面の絵柄の位置にも同様にずれが生じている。

三島氏が「黄色いかなり立派な紙」というように、初版本のカバーの色は黄色である。この黄色には、紙質により黄の色調の強いもの（写真９ａ）と、黄の色調が極めて弱くクリーム色に見えるもの（写真９ｂ）の二種類がある。この色の違いは、カバーをはずして裏返してみると一目瞭然となる。黄色のものは裏が茶色なのに対し、クリーム色のものは裏もクリーム色をしているからである。出版からすでに六十年を経過しているが、この黄色が鮮

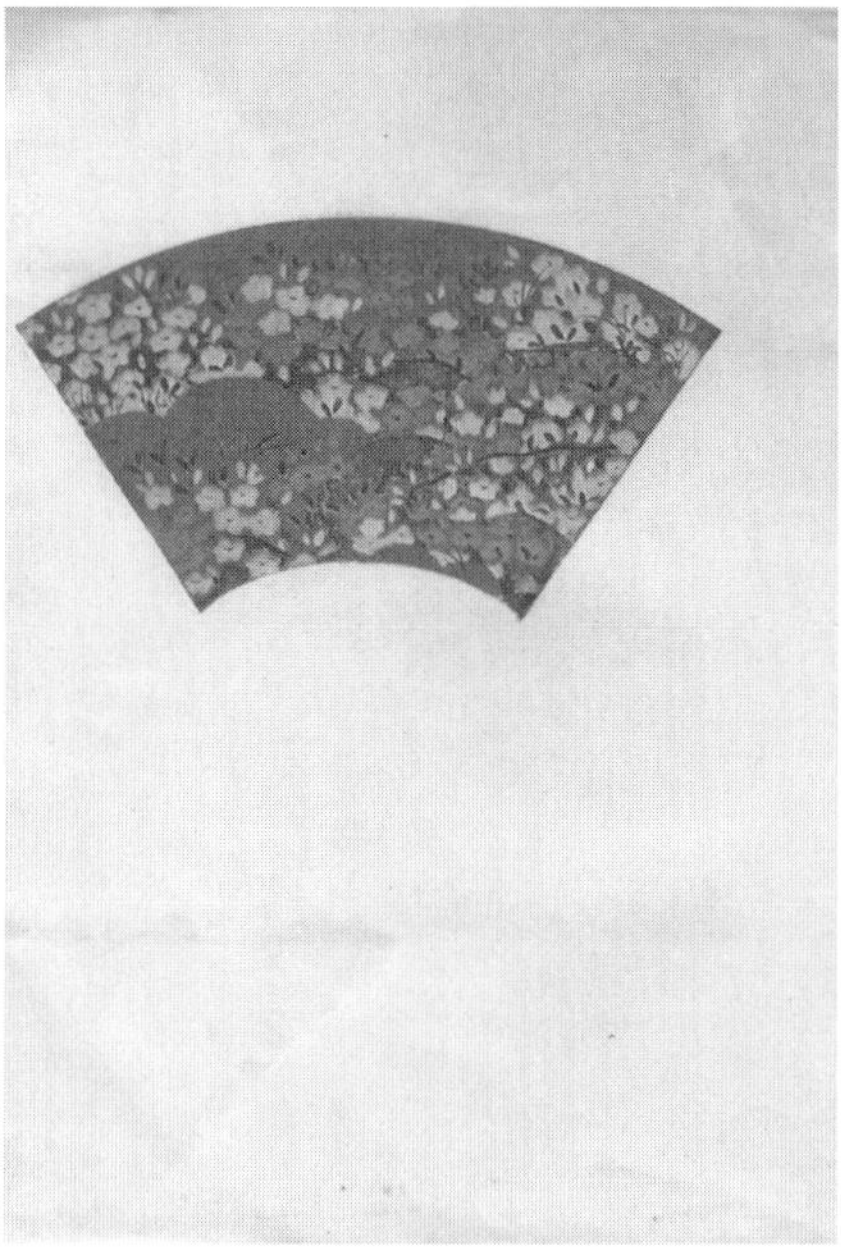

写真 10b　洋紙版・表紙

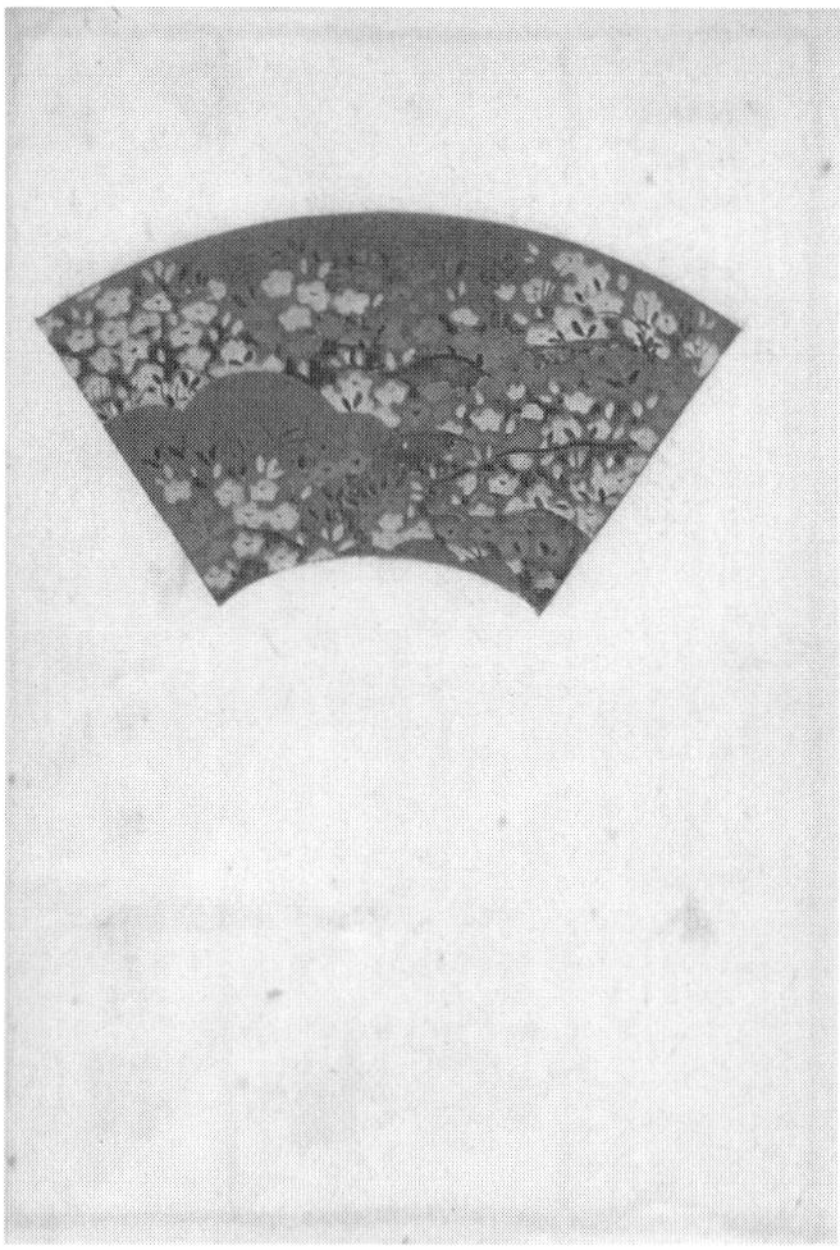

写真 10a　和紙版・表紙

やかに残っている本もある。写真版により、三島展に出品予定であった三島家所蔵本は和紙版であり、実際、三島展に出品され、カタログに掲載された本は洋紙版であったことが確認される。

　三島家旧蔵本は、平成十七年に横浜の神奈川近代文学館で開催された三島由紀夫展にも出品されている。「要保存」「平岡」の三島氏の蔵書印が捺された和紙版の初版本（写真11ａ）である。しかし、東武百貨店に出品予定であった「花ざかりの森」と比較すると蔵書印の位置が異なっている。

　この本には「乞御返却」と書かれた紙が貼られ、見返しには『花ざかりの森』は、余部は本屋にも無し、拙宅にもこれ一部丈に付、御用ずみ次第、是非、御返却賜り度、平岡宅　改造社出版部御中」（写真11ｂ）と書かれた紙が貼られ、「春日俊一様　著

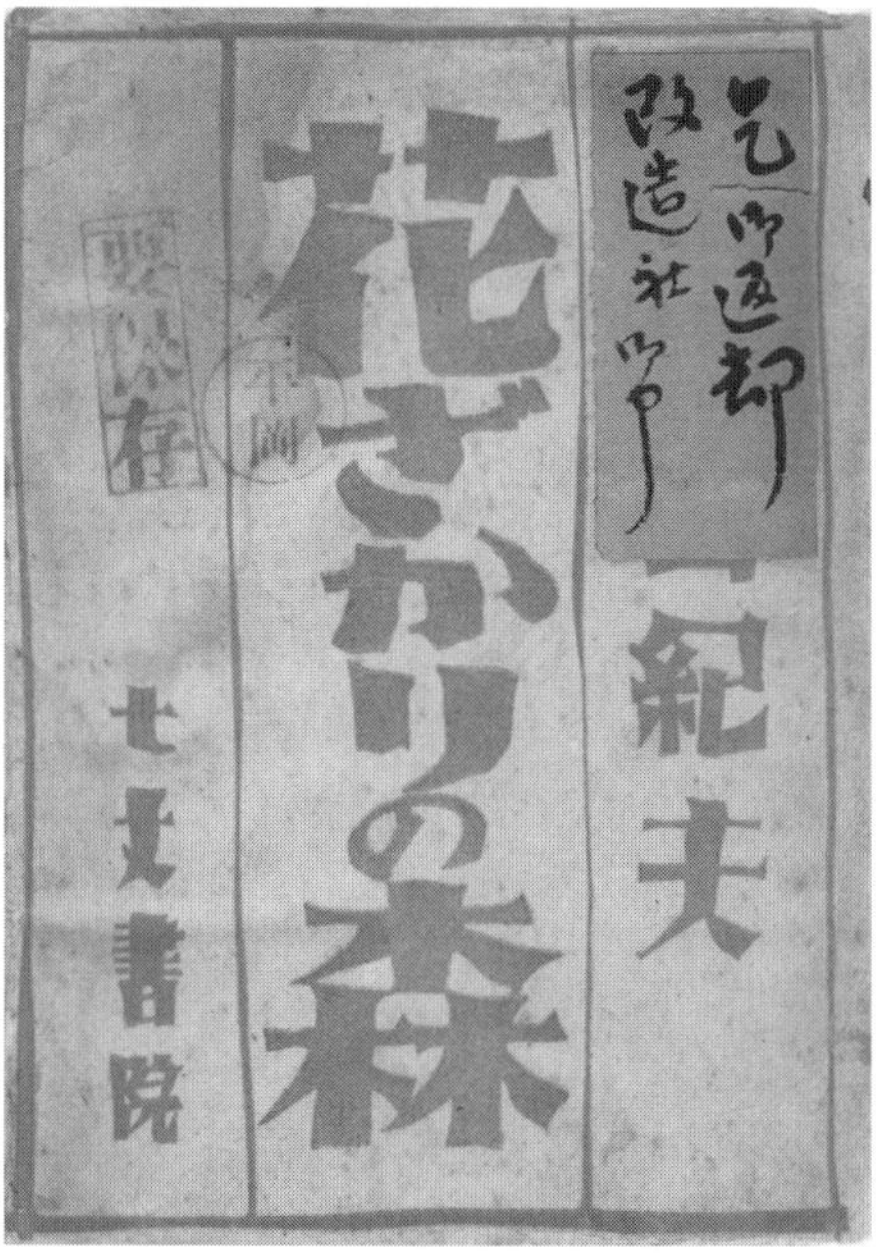

写真 11a　旧家蔵本（表紙）

者」（写真11ｃ）の献呈署名が入り、この宛名が墨の棒線で消されている。「決定版三島由紀夫全集」（平成十三年、新潮社刊）第二巻・月報の清水基吉氏によると春日俊一氏は渋谷区大山町十五番地の三島家の大家であった。

他に献呈署名本を三冊確認している。学習院の同窓生・本野盛幸氏宛（写真12）、学習院の先輩・坊城俊民氏宛（写真13）、文芸文化同人・栗山理一氏宛（写真14）で、いずれも和紙版で、見返しに毛筆で献呈署名が入っている。

ある時、東武百貨店の三島由紀夫展に出品された「花ざかりの森」を見る機会を得た。この本は楯の会三期生・川戸志津夫氏の所蔵本であった。彼は、昭和四十年十月四日、神田神保町の古書店にて千五百円でこの本を購入した。

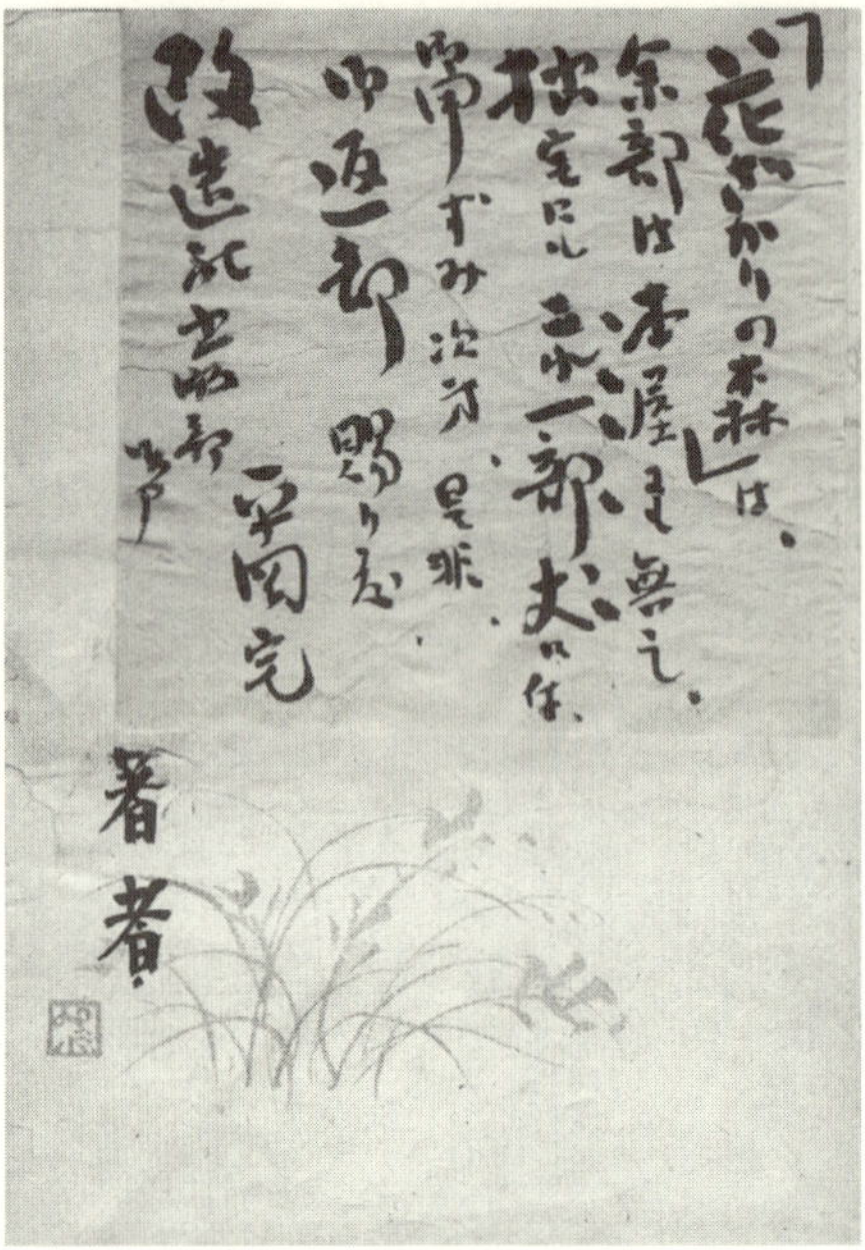

写真 11b　旧家蔵本（見返し）

昭和四十二年六月三日、新宿・紀伊国屋ホールでの「鹿鳴館」初日、幕間に三島氏の姿を見つけた川戸氏は「花ざかりの森」と「鹿鳴館」の初版本を携えて三島氏に署名を頼んだ。「花ざかりの森」の初版本を手にとって、三島氏は「お名前を書き入れましょうか」と言って署名してくれた。

昭和四十四年四月、第三回楯の会自衛隊体験入隊を終えた川戸氏は三島邸に招かれた。川戸氏は「私は先生と会ったことがあるんですよ」と「花ざかりの森」の初版本を示した。本の扉には「川戸様恵存　三島由紀夫」（写真15）と献呈署名が書かれていた。

昭和四十五年八月、三島氏は、下田東急ホテルに遊びに来た川戸氏を含む楯の会会員に三島展があることを伝えた。九月に入り、三島氏は川戸氏に展覧会を手伝ってほしい、との意向を伝えた。

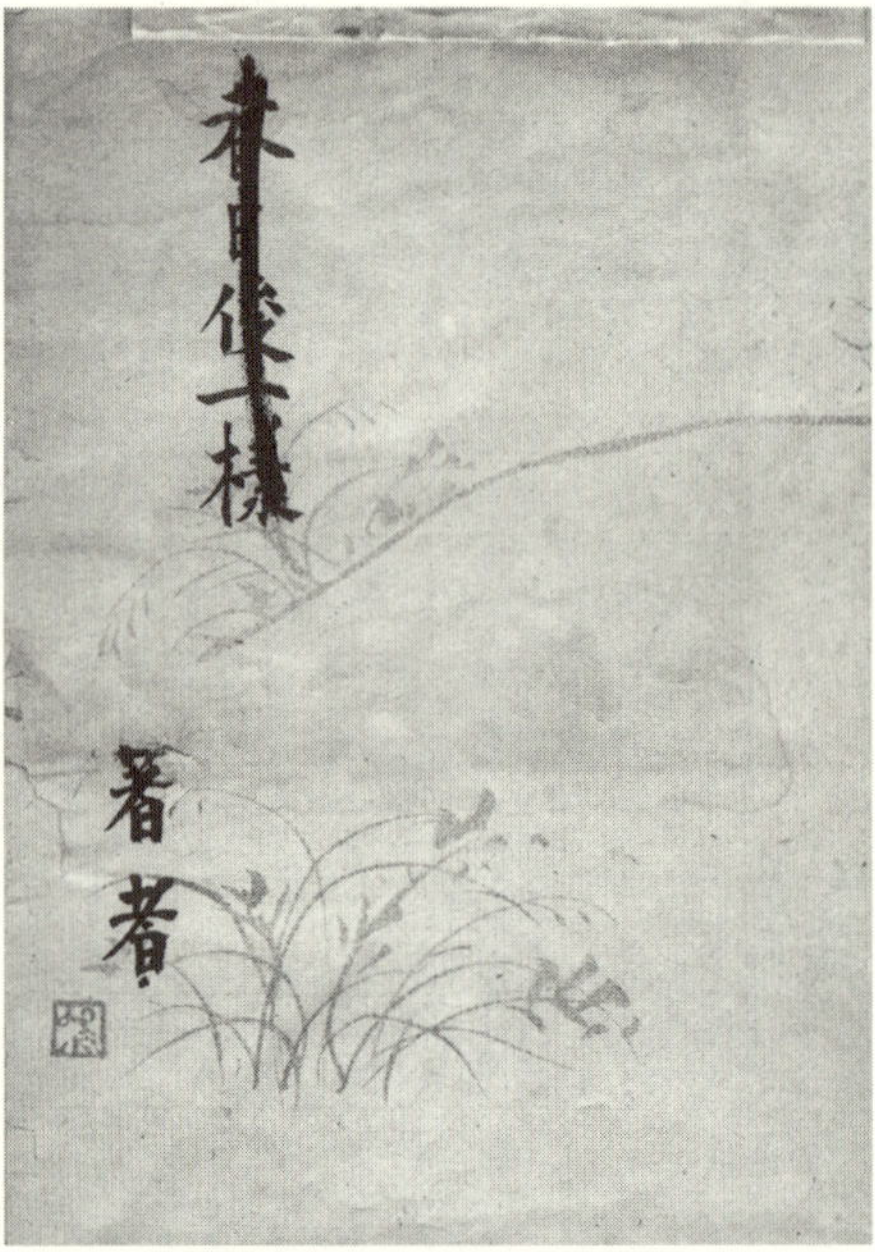

写真 11c　旧家蔵本（署名）

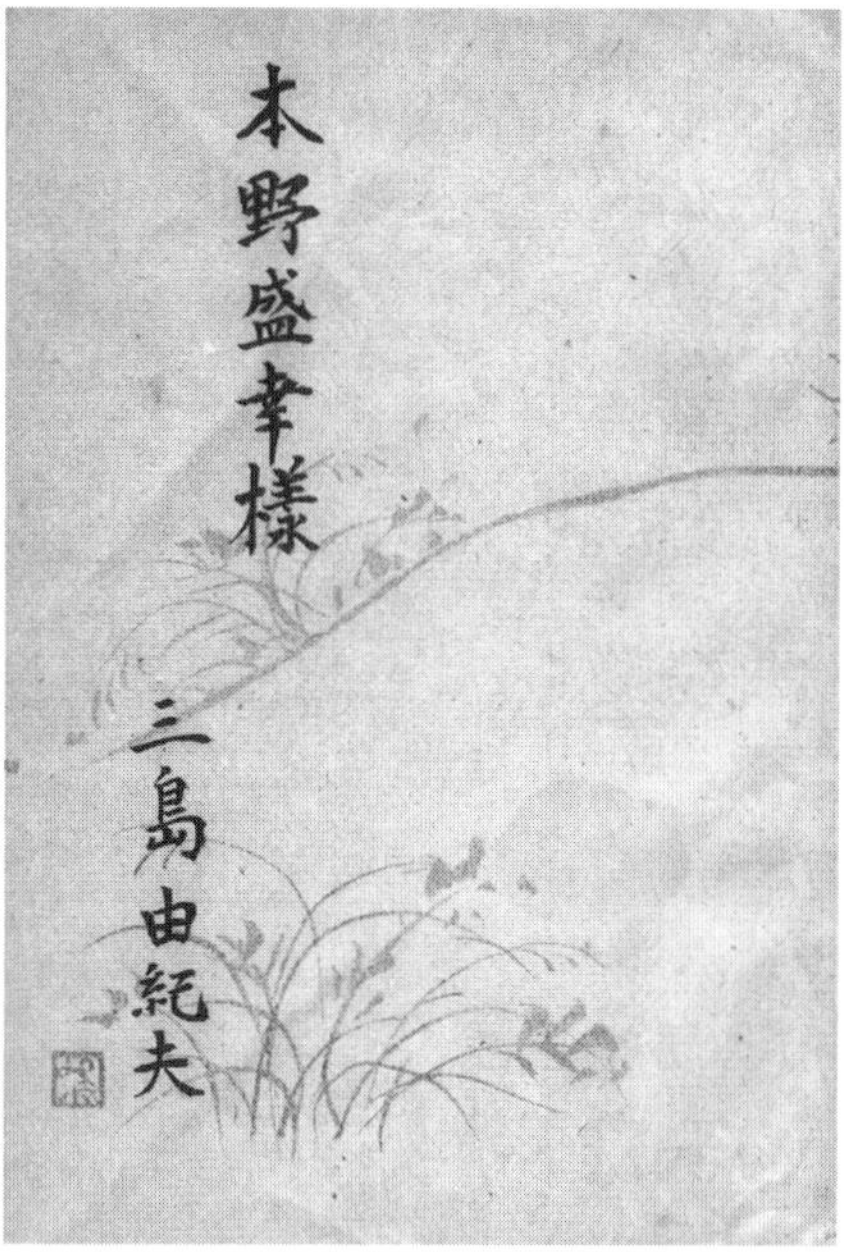

写真 12　本野盛幸宛署名本

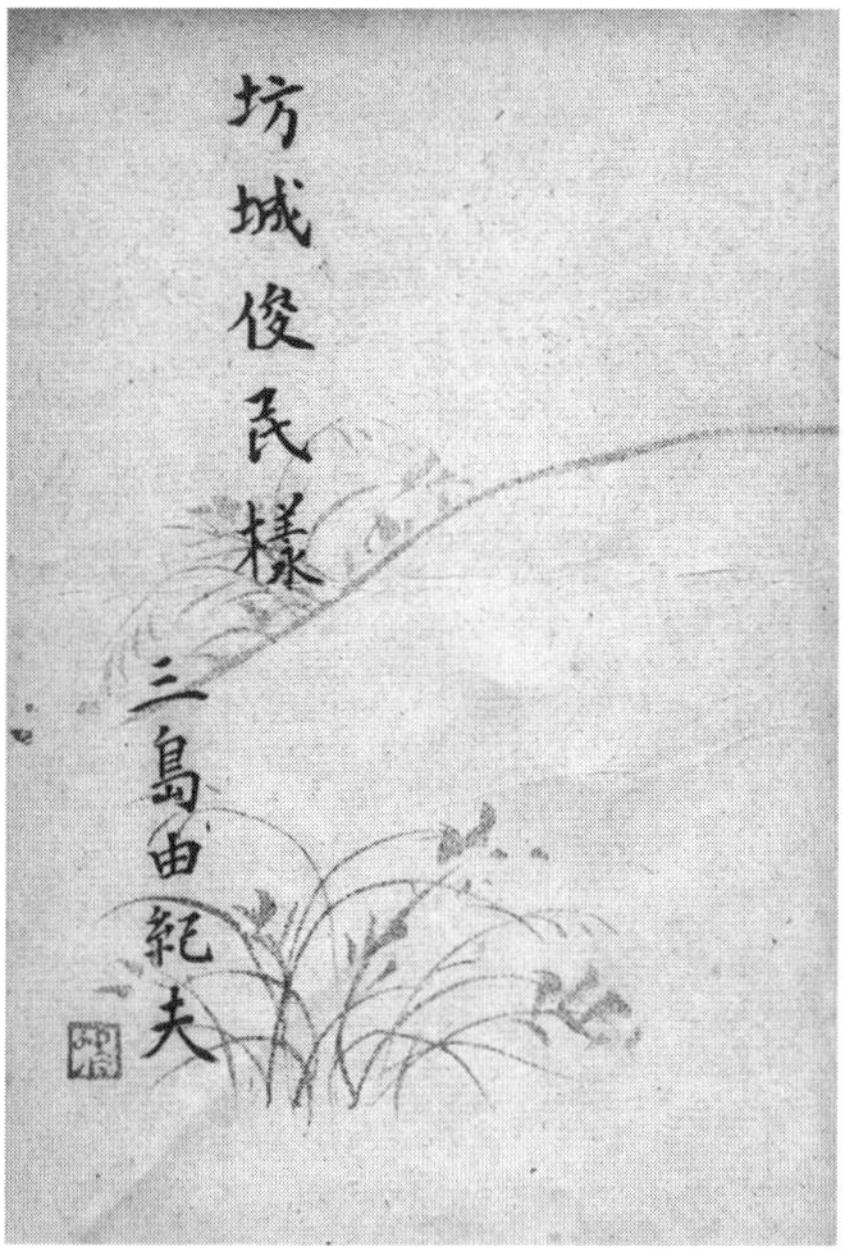

写真 13　坊城俊民宛署名本

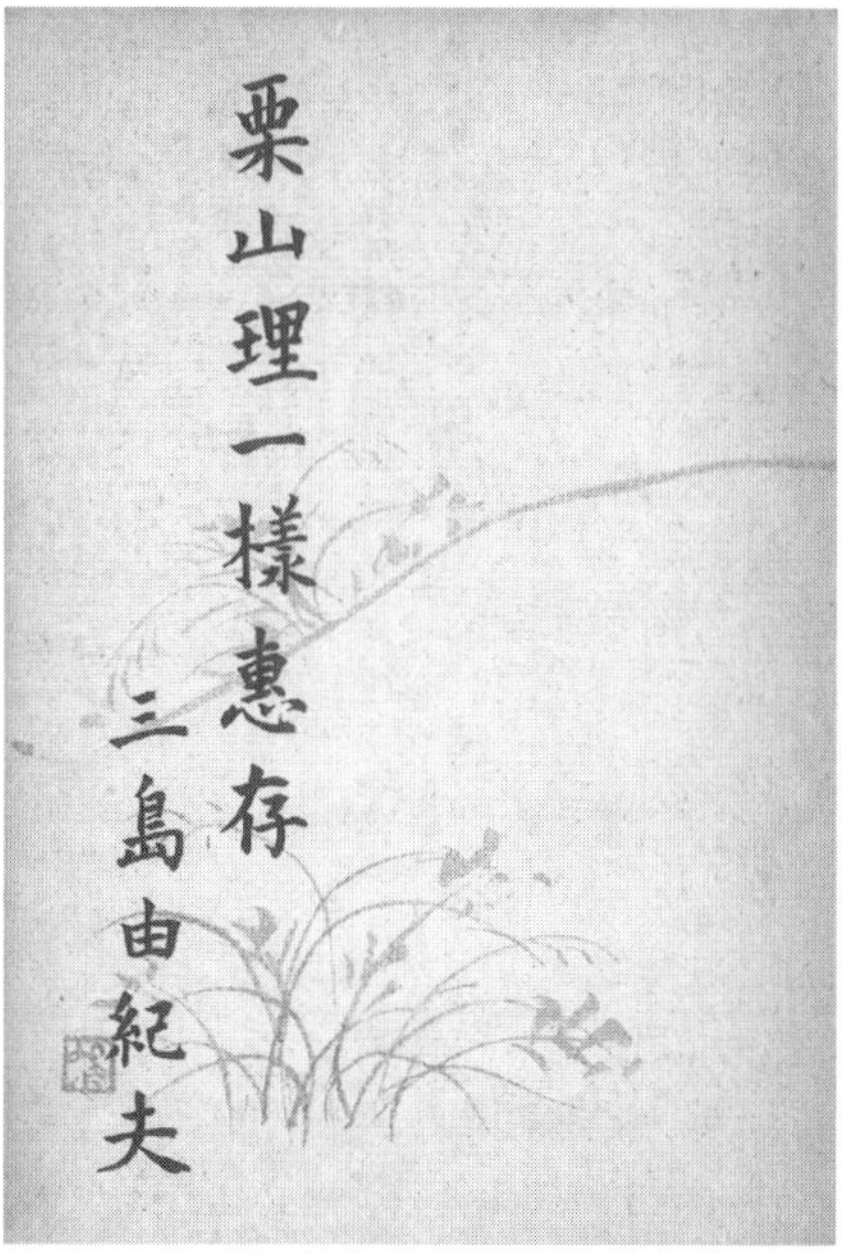

写真 14　栗山理一宛署名本

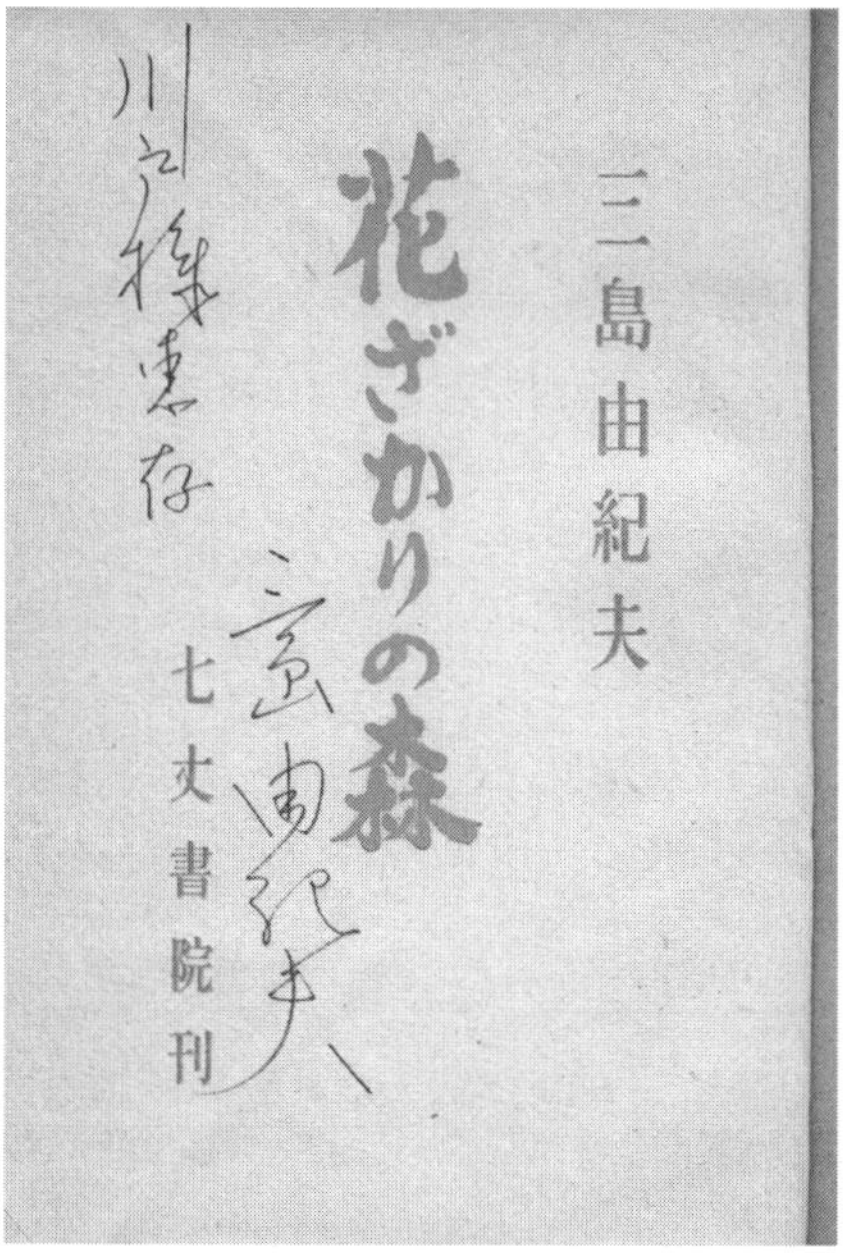

写真 15　川戸志津夫宛署名本

三島氏が川戸氏に依頼したのは「花ざかりの森」の初版本、「曼茶羅。原稿」（もはやイロニイはやめよ）（写真16）、小高根二郎著「蓮田善明とその死」、楯の会の写真と制服の出品であったという。

「曼茶羅。原稿」（もはやイロニイはやめよ）は昭和二十年六月、同人誌「曼茶羅四号」に掲載された詩稿である。川戸氏は、他の楯の会会員を通して入手し、三島氏に署名を入れてもらっている。詩稿に晩年の書体で「三島由紀夫」の署名が入っているのはそのためである。三島氏は、貸与に際して一筆書いてもらうように、との指示をしており、それに従って借用書（写真17）が作成されている。この借用書により、最終的に川戸氏が出品したものは「花ざかりの森」の初版本、「曼茶羅。原稿」、楯の会関係写真であったことが確認される。楯の会制服については、三島夫人が三島家にあるものを展示するからと断りを入れた。

「花ざかりの森」の出品依頼に際して、三島氏は「花ざかりの森」の初版本がないので、川戸氏の所蔵本を出品してほしいと依頼した。川戸氏は「先生がお持ちでないなら差し上げます」と申し出たが、三島氏はこの申し出を断っている。三島氏が「花ざかりの森」を所蔵していたことは、出品予定のアルバムから明らかであるから、他に理由があったことになる。また、出品の依頼を取り消した「蓮田善明とその死」は何を意味するのであろうか。

三島氏に手伝ってほしいと言われたものの、実際に川戸氏がしたことは依頼の品物を係りの人に渡すだけで、他には何もすることがなかった。出品依頼の目的はカタログの協力者の欄に、川戸氏の名前を残し、三島展の準備に居合わせるための配慮であったとも考えられる。しかし、それだけのためであれば、出品依頼は「曼茶羅。原稿」と「楯の会関係写真」だけでも十分であり、「花

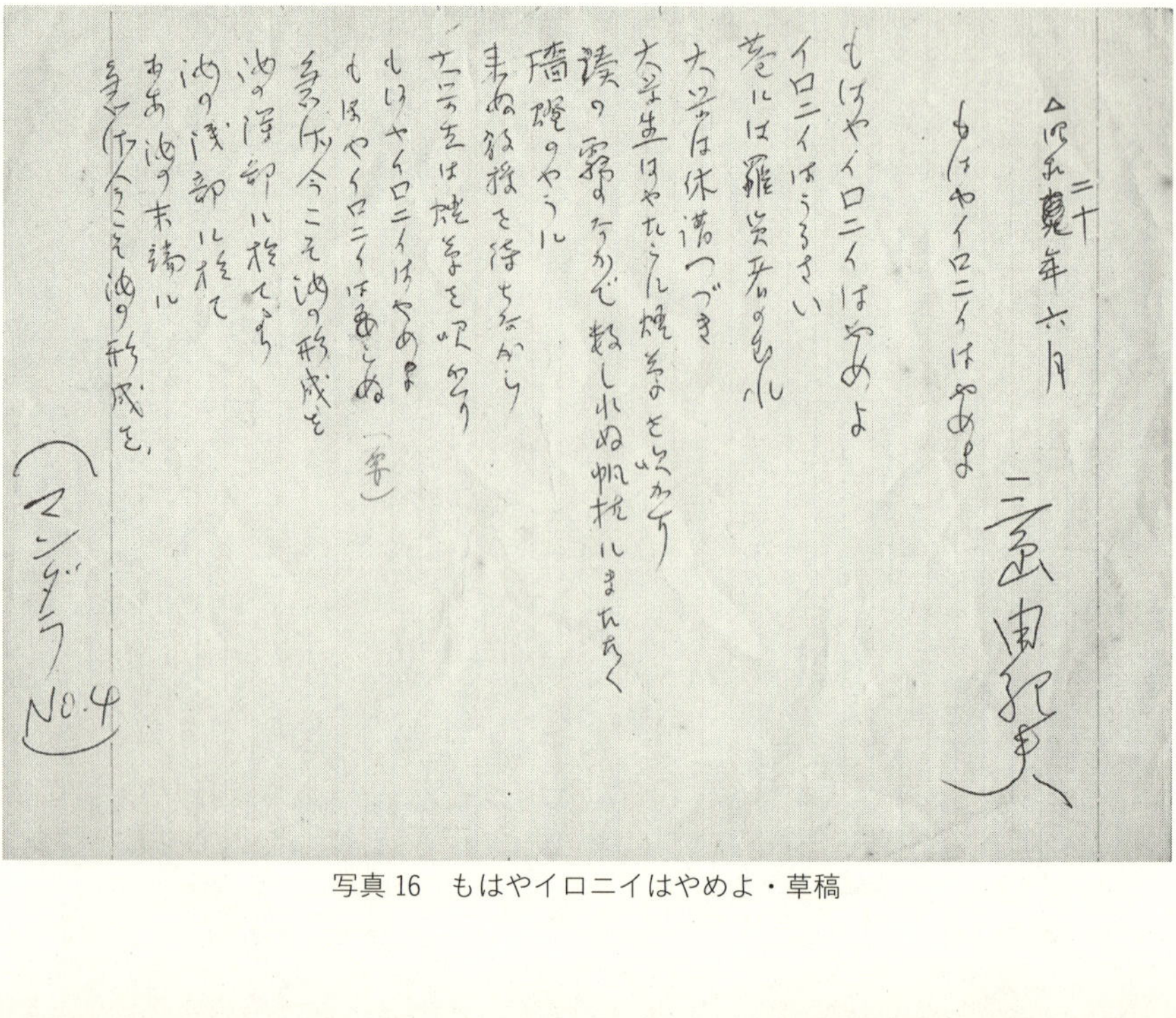

写真16　もはやイロニイはやめよ・草稿

ざかりの森」の出品を追加する必要はない。

三島氏が「花ざかりの森」にこだわったのは何故であったろうか。三島家の蔵書から、カバーのない初版本への変更は、三島氏が川戸氏の所蔵本を出品するために行った行為であった。しかし、その行為に何らかの意味を持たせる必要がないとしたら、三島氏にとっても、三島展関係者にとっても、出品物の変更には、何の必然性も必要性も存在しない。三島展の一週間後に、三島氏は自らの死を決めていたのである。「花ざかりの森」の変更は、川戸氏以外には全く意味をなさない三島氏の行為であった。

「花ざかりの森」出品依頼と「蓮田善明とその死」の出品依頼取り消しを当事者の川戸氏はこう分析する。三島氏は事件後、川戸氏が「蓮田善明とその死」に相当するような三島由紀夫と楯の

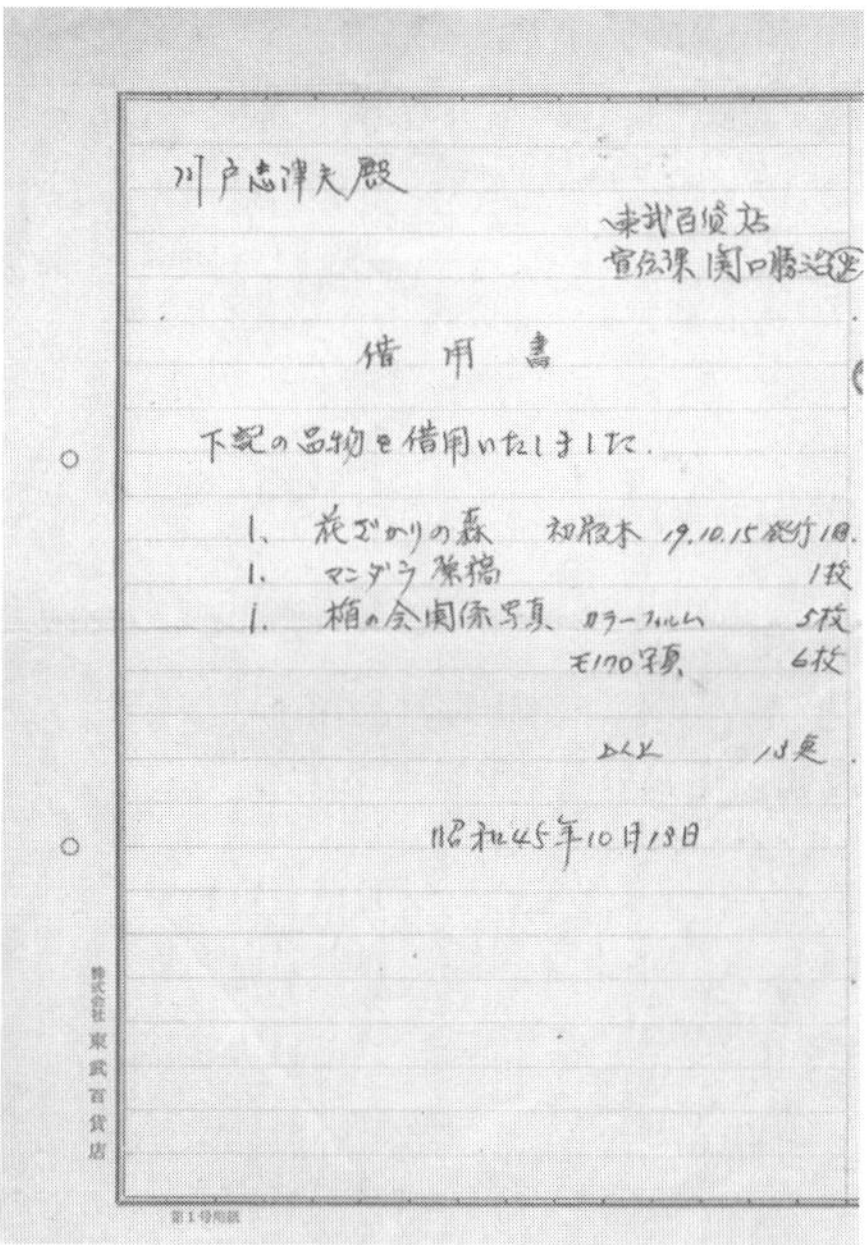

川戸志津夫殿

東武百貨店
宣伝課 関口勝治

借用書

下記の品物を借用いたしました。

1、 花ざかりの森 初版本 19.10.15発行 1冊
1、 マンダラ草稿 1枚
1、 楯の会関係写真 カラーフィルム 5枚
モノクロ写真 6枚

以上 13点

昭和45年10月13日

株式会社 東武百貨店

写真 17　東武百貨店・花ざかりの森・借用書

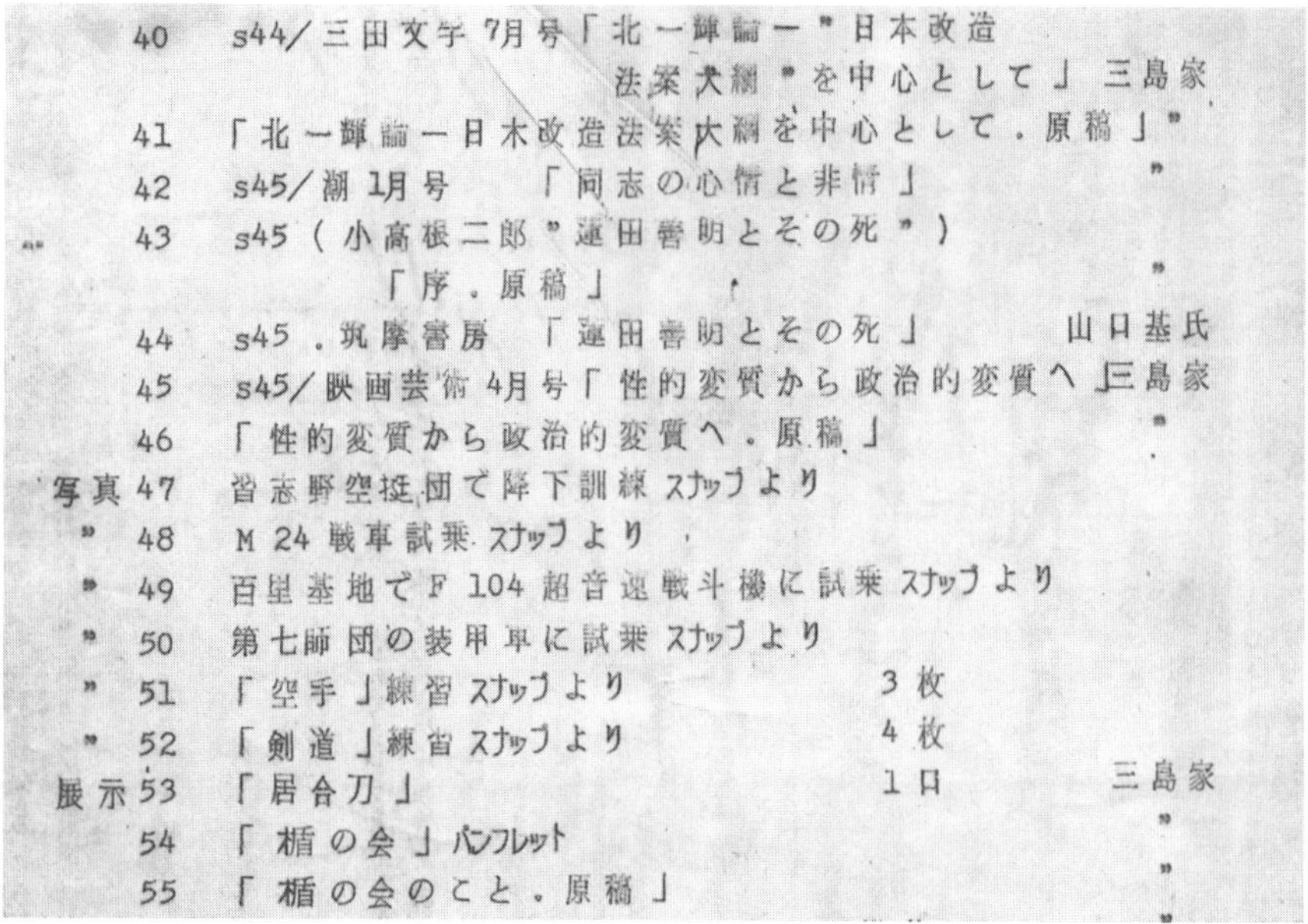

40 s44／三田文学 7月号「北一輝論－"日本改造法案大綱"を中心として」 三島家
41 「北一輝論－日本改造法案大綱を中心として．原稿」 "
42 s45／潮 1月号 「同志の心情と非情」 "
43 s45（小高根二郎"蓮田善明とその死"）「序．原稿」 "
44 s45．筑摩書房 「蓮田善明とその死」 山口基氏
45 s45／映画芸術 4月号「性的変質から政治的変質へ」 三島家
46 「性的変質から政治的変質へ．原稿」 "
写真 47 習志野空挺団で降下訓練 スナップより
" 48 M 24 戦車試乗 スナップより
" 49 百里基地でF 104 超音速戦斗機に試乗 スナップより
" 50 第七師団の装甲車に試乗 スナップより
" 51 「空手」練習 スナップより 3枚
" 52 「剣道」練習 スナップより 4枚
展示 53 「居合刀」 1口 三島家
54 「楯の会」パンフレット "
55 「楯の会のこと．原稿」 "

写真 18　三島由紀夫展構成リストNo.2（蓮田善明とその死）

会の伝記を書くことを期待したのではないだろうか。そのためには、「花ざかりの森」から勉強しなさいという示唆、暗示ではなかったか。そして、「蓮田善明とその死」の出品依頼取り消しは期待の喪失ではなかったかと考えているとの由であった。

「三島由紀夫展構成リスト　NO・2」が作成された時点では、「曼荼羅。原稿」の出品者が川戸氏になっているにもかかわらず、「花ざかりの森」は三島家になっており（写真7）、この時点では、「花ざかりの森」の出品依頼は出されていなかったと考えられる。また、「蓮田善明とその死」の出品者はすでに山口基氏（写真18）になっている。「三島由紀夫展構成リスト　NO・2」の存在から、川戸氏への「蓮田善明とその死」の出品依頼取り消しはリストが作られる前で、「花ざかりの森」出品依頼はリストが作られた後であったことが確認される。三島氏は川戸氏に対して「蓮田善明とその死」の出品依頼を取り消した後に、「花ざかりの森」の出品依頼をしているのである。従って、二つの事象はそれぞれに異なった意味を持つ可能性も否定できない。

楯の会会員の大多数は大学生で、民族派のグループに所属し、その活動を通して楯の会の活動に参加していた。川戸氏は、どの民族派の組織にも属さず、社会人として参加した数少ない会員であった。三島氏をして「こういう情熱のある奴を探しているんだ」と言わしめた青年である。三島氏との邂逅を、川戸氏は「僕の心は歓喜している。永い間の私淑と憧憬が実って、今三島由紀夫と共に静岡県御殿場市にある陸上自衛隊滝ヶ原分屯地にいる」と体験入隊日誌に書き残している。「永い間の私淑と憧憬」の片鱗を、三島氏は川戸氏所蔵の「花ざかりの森」署名本に見たのではなかったろうか。「花ざかりの森」は三島氏にとって、「私は、これだけの作品を残して戦死していれば、どんなに楽だったかしれない。運命はそういう風に私を導かなかったが、もしそのとき死んでいれば、多くの読者は得られなくても、二十歳で死んだ小浪曼派の夢のような作品集として、人々に愛されて、細々と生き長らえたかもしれない」（三島由紀夫短編全集一・昭和四十年、講談社刊）と回想する象徴的な一冊である。

楯の会会員宛の遺書に三島氏は「青春に於て得たものこそ終生の宝である。決してこれを放棄してはならない。ふたたびここに、労苦を共にしてきた諸君の高潔な志に敬意を表し、かつ盡きぬ感謝を捧げる」とある。三島氏は川戸氏所蔵の「花ざかりの森」を展示し、カタログに載せることで、この気持ちを表したかったのではないだろうか。

三島氏は、「蓮田善明とその死」の序文に「雷が遠いとき、窓を射る稲妻の光と、雷鳴との間には、思わぬ永い時間がある。私の場合には二十年があった。そして在世の蓮田氏は、私には何やら目をつぶす紫の閃光として現われて消え、二十数年後に、本著のみちびきのよって、はじめて手ごたえのある、腹に響くなつかしい雷鳴が、野の豊饒を約束しつつ、轟いて来たのであった」と書いている。

時を経て、川戸氏が三島由紀夫展のカタログを開く時、カバーのない表紙の「花ざかりの森」の書影は、三島氏のメッセージを川戸氏に伝えるかもしれない。三島氏が、「花ざかりの森」の初版本をわざわざ変更してまで川戸氏に伝えたかったメッセージとは、一体何だったのであろうか。三島由紀夫展から三十六年を経た現在、その意味をもう一度考えてみたい。

（形成外科医）

『決定版三島由紀夫全集』初収録作品事典 III

池野美穂 編

凡例

一、本事典は、『決定版三島由紀夫全集　全42巻＋補巻＋別巻』（新潮社）に初収録された小説、戯曲（参考作品、異稿を含む）のうち、十六作品に関する事典である。

二、【書誌】、【梗概】、【考察】の三項目で構成し、配列は現代仮名遣いによる五十音順とした。丸数字は全集収録巻を表す。

三、各項目執筆者は、安蒜貴子、池野美穂、加藤憲子、齋藤恵、武内佳代、原田桂、宮田ゆかり、村木佐和子である。

四、各項目で言及される以下の文献の書誌は次のとおりである。

●昭和十六年九月十七日付け清水文雄宛未発送書簡「これらの作品をおみせするについて」「新潮」（平15・2月号）→『師・清水文雄への手紙』（新潮社、平15・8）→『決定版三島由紀夫全集38巻』

●観劇ノート「平岡公威劇評集①」（昭和十七年一月～十九年二月）詳細は『決定版三島由紀夫全集15巻』「解題」七二二頁参照。

●佐藤秀明「三島由紀夫の未発表作品―新出資料の意味するもの」（「国文学」平12・9）

愛の処刑（あいのしょけい）〔小説〕

【書誌】榊山保《さかきやまたもつ》の筆名で、会員制男性同性愛の会（アドニス会）の雑誌「ADONIS」別冊「APOLLO」五号（昭35・10）に発表。当時、三島作か否かという議論になったが、「ADONIS」を編集していた田中貞夫のパートナーだった中井英夫のもとに残されていた三島自筆の大学ノートが発見された。堂本正樹『回想　回転扉の三島由紀夫』（文芸春秋、平17・11）によれば、本作を三島の書斎にて堂本が筆写したという経緯があるという。筆写時期について堂本は〈時間的には『聚楽物語』の「切腹ごっこ」よりも少し遅れ、昭和三十四年の事〉であると記憶していることから、本作の執筆時期はそれ以前と推測される。

　主人公の名前は、三島の自筆ノートでは「憂国」（「小説中央公論」昭36・1）の主人公である武山信二中尉と同じ名前、大友信二だが、「APOLLO」では大友隆吉に変えられている（傍線引用者）。なお本作の初出情報及び「ADONIS」についての組織、動向は、山中剛史「解題『アドニス』総目次」「解題『アドニス』総目次（②）」（「薔薇窗」平17・9、平18・8）に詳しい。(補)

【梗概】中学の体操教師・大友信二は、教え子の田所に懲罰を課し、間接的に殺してしまう。苦悩を抱える信二は、鍛え上げた肉体を持て余し、絶望的な夜を送っていた。そこへ教え子である美少年・今林俊男が訪ねてくる。死んだ田所の親友である俊男は、信二に対して田所の死に報いるためにも、苦しんで死ぬよう切腹を要求する。そして信二は〈戦慄的な幸福〉と性的興奮を覚えながら、下腹に刀を突き刺す。一方、俊男は自分のために命を捨て血にまみれて苦悶する信二を見つめ、拷問の夢想に酔いしれる。

【考察】堂本前掲書によると「憂国」は本作と比較すると〈桐の函に入った、世間向けの純文学〉であり、「憂国」は本作の流れを汲むものとされている。この二作品を比較考察したものに、嵐万作「切腹同性愛の変容　三島由紀夫をめぐる一考察」、阿部正路「切腹の美学『愛の処刑』に寄せて」などがあり、いずれも「薔薇族」の編集長である伊藤文学の『薔薇よ永遠に―薔薇族編集長35年の闘い』（九天社、平18・8）「『薔薇族』的三島由紀夫考」において、他考察とともに再録されている。さらに、山中剛死「自己聖化としての供儀―映画「憂国」攷」（『三島由紀夫研究②三島由紀夫と映画』）、佐藤秀明「肯定するエクリチュール―「憂国」論」（同誌）において、本作の意義と価値にふれている。

故意に通俗的描写を心掛けたという本作は、信二の肉体描写、特に体毛、皮膚、内臓に対するフェティシズムが、ポルノグラフィーの趣向として強調されている。また、肉体描写におけるフェティシズムや、俊男にみられるサディズム、信二にみられるマゾヒズムの交錯と、信二、俊男の間を行き来する視姦的なエロティシズムが、〈きれい！僕、これを見たかつたんだ〉というように、美と血を媒介とした死を直結させるものとしてあるだろう。

本作は「憂国」との比較を足掛かりとし、他作品においても比較考察されていく問題を孕んでいる。（原田）

族（うから）〔小説〕

【書誌】白無地紙五枚。執筆年月日不明。（参考作品）(補)

【梗概】明治四十二年。北国の官庁に勤務する閣下は、元秘密探偵に妻の素行を調べさせている。閣下は、その結果を敢えて探偵の嘘だと思うことにより、妻への信頼を確かなものとする。それでも再び募る不安や孤独感は閣下の自信を失わせるが、一方で自信を失うこと自体に倒錯した快感を得てもいる。閣下の日々は、その繰り返しである。（中断）

【考察】閣下が長官を務める北国は、舞台となっている明治四十二年の時代背景から樺太と類推される。三島の祖父・平岡定太郎が、明治四十一年から大正三年まで三代目樺太庁長官を務めており、閣下のモデルは祖父・定太郎であると考えられる。本作の原稿にルビは振られていないが、モデルが祖父であるからこそ、「親族」を意味する〈うから〉と名付けられているのではないか。

これまで三島が直接的に祖父を取り上げた作品は無いとされていたが、本作の発見により覆されたといえよう。（安蒜）

花英寺譚（かえいじたん）〔小説〕

【書誌】四百字詰「A4・10×40」原稿用紙三枚（表紙一枚を含む）。執筆年月日は不明だが、使用原稿用紙から、執筆時期は昭和十八年頃か。（参考作品）(補)

【梗概】〈昔男があつて〉ではじまる第二段落目までが現存。

花英寺雅時についての話。投身しようとしている童話の西洋女性の挿絵に惹かれた雅時は、同年の少女と共に飛びおりようとするが実行できなかった、というエピソードから書きおこされている。（以下、原稿欠損）

【考察】投身の姿勢を〈危険な美しい姿勢〉と感じて惹かれた雅時と、第二段落の〈男〉を同一人物とみると、雅時は太古の〈人間は飛んでゐたにちがひない〉と考え、その様子を想像する人物でもある。雅時を、幼少期の読書体験・夢想・断崖の下に強い関心を示す「岬にての物語」（⑱、執筆時期は昭和二十年七月初旬～八月下旬）の主人公〈私〉を通ずる人物設定と見るのは早計か。

また、物語の挿絵に惹かれて真似ようとする設定は「菊薫環物語」（参考作品、補）にも見られる。

（加藤）

「花山院」異稿（小説）

【書誌】四百字詰原稿用紙（品番無し）二枚。執筆時期は不明だが、内容から「花山院」（昭25・1）以前か。（参考作品）補

【梗概】厭離穢土《えんりえど》、欣求浄土《ごんぐじょうど》。この対句が、弘徽殿《こきでん》女御の逝去から約一年、十九歳の帝の心をとらえている。まるで一生が尽きてしまったかのようだ。美しく、明るい人柄だった女御は、重篤な悪阻で、昨年七月十八日に妊娠八ヶ月で薨じた。その死に心を挫かれた帝の姿は、年齢相応には見えない。（以下、中断）

【考察】『大鏡』の花山天皇退位説話に材をとる。『三島由紀夫短篇全集3』（講談社、昭40・5）の「あとがき」では、〈「大鏡」の中で一等美しい挿話〉だという、少年時代からの想いが明かされており、昭和十六年二月十六日には、天皇と道兼の駆け引きを焦点化した小説「花山院」を擱筆している。ただし、本異稿は、亡き女御に関する情報量などから考えて、「花山院」（昭25・1）のそれと判断される。安倍晴明を主人公にした、この「花山院」においては、本異稿の内容が、天皇と女御に関する豊かな挿話に発展している。前掲『三島由紀夫短篇全集3』「あとがき」に書かれているように〈不用意な、雑な短篇〉であるはずの「花山院」に、このような異稿があるのは興味深い。

（武内）

菊薫環物語（きくかおるたまきのものがたり）（小説）

【書誌】四百字詰原稿用紙「A4・10×20」六十枚（表紙および内容の重複する反故原稿を含む）。執筆年月日は不明だが、原稿用紙から推定し、昭和十八年～十九年頃か。全集には、プロットのつながる三つの断片が収録されている。表題としては他に「菊薫《きくかおる》環草紙《たまきのそうし》」、「環草紙菊曙《たまきぞうしきくのあけぼの》」も考えられていた。（参考作品）補

【梗概】後年書き改めた、雅資《まさかた》の十五歳の日記という体裁を取る。

雅資は、祖母に連れられて上野の伯父の家に赴く。伯父は宮司を務めており、家には艶子《つやこ》という少女がいた。雅資は、「杜璃州《とりす》譚《たん》物語」の男女の接吻を描いた挿絵に興味を覚え、艶子にその真似をして遊ぼうと誘う。艶子の手に接吻する際、ルビーの指輪を抜き取った雅資は、艶子の哀願にも関わらず、その指輪を返さない。後日、雅資は、伯父から指輪の来歴をきいた。この指輪は、雅資の亡き父雅愛が、思いを寄せる桂子に贈った指輪であった。一方、艶子にはさる国の公子との縁談があり、その輿入れが一年内と知って雅資は思い悩む。（以下、中断）

【考察】伯父や祖母の造詣、風景描写に「神官」(参考作品、補)との共通点がある。上野で宮司をしている伯父は、「神官」と同様、祖母・夏子の伯父にあたる松平頼安がモデルとなっている。全集の補巻には、「「松平頼安」創作ノート」が収録されており、頼安の存在は三島の創作意欲をかきたてていたようだ。但し作品の設定には、祖母と伯父を「姉弟」と記すなど、矛盾も見られる。

また、接吻への執着は、他の三島作品にも見受けられる。『仮面の告白』(河出書房、昭24・7)において、主人公に絶望をもたらす重要な場面として描かれているほか、接吻そのものを主題にした作品「接吻」(「マドモアゼル」昭23・1)がある。(村木)

菊と薔薇物語(きくとばらものがたり)〔小説〕

【書誌】二百字詰「日本瓦《ガ》斯《ス》用木炭株式会社社報」。反故原稿、構想などを記したメモを含む原稿用紙六十七枚のうち、全集では、一纏まりと認められる十三枚を本タイトルで収録。原稿用紙から昭和十九年十一月ごろの起筆か。(参考作品)補

【梗概】菊を愛す十八歳の公家の令嬢・扇町久子と、薔薇を愛す二十歳の資産家令嬢・高岡耀子は、ともに女子学習院生徒である。久子は許嫁の宍戸侯嫡男・頼孝を愛しているが、耀子と頼孝の仲を校内で耳にする。実際、頼孝の心はすでに久子にはない。久子は、通学時に耀子の様子を窺うようになる。

ある日、耀子に見つかりそうになった久子は花屋へ飛び込むが、そこへ入ってきた耀子が、久子の買った菊を傷つけてしまう。久子は弁償を申し出る耀子と俄に心を通わす。以来、わだかまりを抱きながらも交友するが、やがて耀子が久子に頼孝への想いを打ち明け、詫びる。二人は泣き、そのとき久子は、改めて耀子の恋心を並々ならぬものに感じる。(以下、中断)

【考察】エピグラフに「わがいのちの泉は涸るゝことなし」とある。昭和十九年十一月十一日付の三谷信宛書簡に、「今書いてゐる小説のエピグラフ」として「わがいのちの泉は尽くることなし」の一句が浮かんだとあるのは、おそらく本作への言及だろう。

頼孝をめぐる久子・耀子の同様の物語は、同じ原稿用紙六十七枚の中から断片を拾った「二令嬢」(参考作品、補)にも見られる。「二令嬢」と大きく異なるのは、①頼孝および耀子についての情報が少ないこと、②頼孝の友人「作者」が語り手として登場しないこと、である。(武内)

菊若葉(きくわかば)〔小説〕

【書誌】二百字詰「日本瓦《ガ》斯《ス》用木炭株式会社社報」原稿用紙二十七枚で中断された作品。「惨風悲雨 菊若葉 三島由紀夫」「菊若葉 三島由紀夫」と書かれた表紙が一枚ずつある。使用原稿用紙から推定し、執筆時期は昭和十九年八月頃か。⑳

【梗概】〈い/ろ/は〉に分けられている。

宍戸藩の跡継ぎが菊若という名であり、それが本作のタイトルの由来であることが説明される「い」に続く「ろ」で、御継母様に折檻され、お城から逃げ出すことを決意する菊若は、番小屋の老爺の手引きで無事お城を離れ、堂本という商人街を目指す。「は」では、夜を徹して堂本へ向かう菊若であるが、街までの道程の遠さから足取りが重くなった頃、同行を申し出る男と出会う。どうやら人買いの男のようである。(以下、中断)

【考察】三島の祖母・なつの母が、宍戸藩主・松平頼孝《よりたか》の娘であったことから、宍戸藩の跡継ぎという設定の作品を試みたのであろう。継子いじめの物語という点では、本作冒頭部に〈全体継子いぢめのお噺は古くからあるので、最も古い彼の落窪物語（略）のちに出来た住吉物語も同断であり、御伽草子のなかにも沢山ある〉としているが、いじめを受けるのが姫君ではなく若君であるという点に、三島の独創性が見出される。（池野）

水鶏の里と四気（くいなのさととしき）〔小説〕

【書誌】四百字詰「コクヨの165」原稿用紙十枚。執筆年代は特定できないが、十代前半までに作製された文集「笹舟」の内「お床のなかできくお母様のおはなし」の一篇として書かれた「野山の動物・鳥・昆虫（童話）」を本作冒頭部の原型としていることから、十代前半頃に書かれたと類推される。署名は「平岡公威」。(補)

【書誌】春夏秋冬の四節で構成される。四季の風景を、動植物等の自然の交流を以って描いている。

「春」は冬から覚めた動植物たちが騒ぎ出す様子、「夏」は避暑地に集まる人とそれを眺める海、「秋」は咽喉が冴え思い思いに歌いに行く蟋蟀の兄弟、「冬」は屋外で暴れ廻る雪と、室内でクリスマスの支度をする老婆達が描かれている。

【考察】前述の「笹舟」に書かれている「野山の動物・鳥・昆虫」は、「春（Ⅰ）」「夏（Ⅱ）」「秋（Ⅲ）」「冬（Ⅳ）」に分かれているが、完成しているのは「春（Ⅰ）」のみ。これが「水鶏と里と四気」中に含まれる。「四季」ではなく「四気」としているのは、四つの季節であると同時に、その奥に潜む自然の生命力を表したためか。また、題名に「水鶏」とあるが、作中に「水鶏」は登場しない。泉鏡花の作品に「水鶏の里」という小説があるが、祖母の下で生活していた頃に本作が書かれたとすれば、鏡花の作品タイトルから影響を受けた可能性もある。（齋藤）

コロンブスの卵（コロンブスのたまご）〔児童劇用歌詞〕

【書誌】執筆年月日不明。一八字×八行詰のノート仕様の原稿用紙六枚。表題は、「児童劇〝コロンブスの卵〟」。

欄内外に「"The Colombus's Egg"」「"The Ocean of the Hope" It is clear, the spring sky of the half moon. The ocea[n?]」などと書かれている。㉑

【梗概】「A　湊入りの唄」「B　黎明讃歌」「C　のぞみの海」の三連からなり、いずれも七・五、もしくは五・七・五のリズムで作られている。「A」では、港へ戻ってきたコロンブスの姿を歌い、「B」「C」では、海浜の風景を歌っている。

【考察】脚本というよりも、音楽と共に歌われる事を前提に書かれた歌詞である。よって、児童劇であると共に、音楽劇として完成されることを目指していたと考えられる。

三島自身が幼少時に読んだ童話の本には、一般的な「童話」と呼ばれる作品とともに「児童劇」「詩劇」と題された作品が収録されているものがあり、これに影響を受けたとも考えられる。また、幾つもの児童劇、音楽劇的な作品を創作しており、本作も新たな演劇の形を模索した内の一つであるといえるだろう。（安蒜）

「狐会菊有明」異稿〔戯曲〕

【書誌】四百字詰「松屋製（SN印　A…9）10…20」原稿用紙十枚（表紙および内容の重複する反故原稿を含む）。全集にはプロットの繋がる二つの断片が収録されている。二枚残された表紙の内の一枚には、「秋成翁の新義　鯨亭卿の故智　今様悪古鱈物語《いまようわるぶるぎすものがたり》」との表題がある。（参考作品）㊓

【梗概】戯曲。歌舞伎舞踊台本を試作したが、中断。

一力で酒を飲んだ大星由良之助《おおぼしゆらのすけ》は、山科まで送るという店の者の申し出を断り、提灯も持たずに一人で帰る。月明かりを頼りに千鳥足で帰る夜道、由良之介は、妻お石に化けた狐に出会う。

【考察】「狐会菊有明《こんかいきくのありあけ》」（「まほろば」昭19・3）の異稿。忠臣蔵の筋書きに、「蘆屋道満大内鑑《あしやどうまんおおうちかがみ》」で描かれる狐の恋などの要素を取り入れた作品。堂本正樹「三島由紀夫演劇総覧」（『三島由紀夫の演劇　幕切れの思想』劇書房、昭52・7）によれば、〈大石が当時作ったという地唄の文句に狐火が出て来るのがあり、そこからヒントを得て、三島氏の好きだった竹田出雲の『蘆屋道満大内鑑』の「道行きしのだの二人妻」の名文の面影を、田毎の月と移した〉とある。大石の作った小唄の文句に、のちに友人であった岸野次郎三が曲をつけたものが「狐火」であり、創作の契機となったのはこれであると推定される。

『邦楽曲名事典』（平凡社、平6・6）によれば、「狐火」には二つの詞章に二つの歌が前歌として付けられており、大石うき（大石内蔵助良雄の戯号とされる）、村松たんすい、小野寺ほくたんの三人が前歌の作詞を行っている。大石作詞の「狐火」に着想を得て、「道行信太の二人妻」の場面を応用し、大星の出会う妻を狐の化けた姿とした点に、三島の独創を見ることができる。二番目の断片は、詞章のみで構成され、二十六段の詞章で構成された発表作と近い体裁になっており、錯誤の跡が窺える。

なお、右のほかに、「狐会菊有明」発表稿の草稿八枚（表紙含む）が新たに発見された。その表紙には、「――ein parodistisches Gedicht」などと記されている。

（村木）

神　官（しんかん）〈小説〉

【書誌】四百字詰「コクヨの165」原稿用紙十四枚。表題「第八回　神官」署名「四南　平岡公威」とあることから、学習院中等科四年時に提出した課題で、「第八回」は提出回数を示すと考えられる。《独特の雰囲気を出してゐる所は流石に申分ないが、日頃の作とくらべて文章が少しごた〳〵してゐるやうに思はれる。》という講評が末尾に記されている。㊓

【梗概】上野にある東照宮の宮司を務めていた松平頼安（祖母・夏の伯父）を題材として書かれた小説。〈私〉の視点で伯父を回想する形式。神官・隠遁時代の伯父との思い出、祖母が聞かせてくれた昔語り、伯父逝去後の松平家に関する記述で構成される。

伯父にまつわるエピソードとして、私を見ては父の梓に似ていると泣き、祖母に会っては鼻をすすったこと、上野に伯父を訪ねた際に若い神主に烏帽子を冠せてもらったこと、村山の別墅で焚火をしていたことや写真道楽、金遣いの荒さなどが書かれている。

【考察】伯父に関する回想すべてが晩秋・冬の出来事である点から、伯父の晩年に対する〈私〉の心情が窺える。

伯父の松平頼安をモデルとした作品は、他に「怪物」「好色」（ともに⑰）などがある。「好色」においては、公威・梓・夏・頼安が実名で登場するのに対し、「神官」は頼安以外の三人が実名、頼安のみ〈松平の伯父〉とされて名前は伏せられている。同系列の作品では頼安の残虐性や好色ぶりが際立つが、「神官」はそれらの要素に触れつつも、あくまでも神官・隠遁時代の寂寥感漂う伯父の姿を描いていると推察する。頼安に関する資料としては、「松平頼安伝」創作ノート」(補)がある。このほか、「神官」の伯父のエピソードが一部書かれている作品に、「領主」⑳、「菊薫環物語」(参考作品、補)がある。

(加藤)

無題(「するとふいに……」)〔小説〕

【書誌】四百字詰「KS原稿用紙」二十五枚。ノンブル2、3、4のみが残されており、末尾に「十六・四・一二」とある。一部原稿欠損。(補)

【梗概】「わたくし」がみた夢を綴ったもの。

「わたくし」が様々な植物を眺めながら「あたらしい植物の時代だ！」と母親と共に叫ぶ。そして、円卓のような花の花弁に真っ白な粗い粉がふいており、それを母が吹くと、あたりは消された燭台のように蒼ざめた。

【考察】ほぼ同時期に執筆されたと思われる「聖らかなる内在」と同じく、夢の中の出来事を綴っている。この頃、すでに三島は大槻憲二の「精神分析読本」を読んでおり、また『定本三島由紀夫書誌』(薔薇十字社、昭47・1)「第五部　蔵書目録」にフロイトの『フロイト精神分析体系』(昭5~8年)、『日常生活に於ける精神病理』(昭16・3)、エリスの『夢の世界』(昭16・7)などの書名もある。本作では、精神分析をなぞり、植物を比喩として性欲の問題を取り込んで描いている。その中でも母親が〈わたくしがとがめるのに〉花粉を吹くという行為には、母親に性欲が否定されることが象徴されていると考えられ、エディプスコンプレックスなどの問題が読み取れる。

(宮田)

二令嬢(にれいじょう)〔小説〕

【書誌】二百字詰「日本瓦斯《ガス》株式会社社報」。反故原稿、構想などを記したメモを含む原稿用紙六十七枚のうち、全集では、プロットの繋がる二つの断片を、〈※〉をはさんで便宜上本タイトルで収録している。執筆時期は確定できないが、原稿用紙やメモ書きなどから、昭和十九年ごろと推定される。また、同じ六十七枚のうちの十三枚は、一纏まりとして、「菊と薔薇物語」(補)という表題で全集に収録されている。(参考作品)(補)

【梗概】断片一　長身の高貴な面差しをもつ二十二歳の頼孝は、二人の女に愛され、一人の女を愛した。愛する頼孝と、紀州の資産家令嬢・高岡耀子との仲の噂を聞きつけた女子学習院の久子は、通学時、敵意を抱きながら、耀子の様子を窺うようになる。ある日、耀子から身を隠すため、久子は花屋へ飛び込むが、入ってきた耀子が、久子の買った菊を傷つけてしまう。久子は、弁償を申し出る耀子と打ち解ける。だが、翌日から、耀子の姿が見られなくなる。久子は、耀子が病であると知り、見舞いに行く。そこには、弟や妹と遊ぶ耀子がいた。その日、二人はまるで王朝時代の女房たちのような語らいに興じた。そして、耀子は、一年ほど前からの頼孝への片思いを打ち明ける。

断片二　二つの歳の差がある久子と耀子が知り合った経緯を語

ろうとする語り手〈作者（＝平岡）〉は、まず、初等科時代からの友人、陸奥国の宍戸候嫡男・頼孝のことから語り起こす。頼孝には幼時から空想癖がある。まだ四年生だった〈作者〉は、犬が〈サカル〉ことを話し手祖母に怒られたが、それは頼孝が教えたことだった。幼い頼孝は、芸者・結婚といった大人びた言葉も口にしていた。〈作者〉が初めて頼孝の家にあがった折、病床の頼孝の傍らに、心配気な顔をした制服姿の久子がいた。久子が退出した後、所在なげな頼孝に、遊ぼうと誘われるが、興ざめした〈作者〉は帰ると言った。（以下、中断）

【考察】原稿用紙六十七枚中には、全体の構想らしきメモがある。そこには、①耀子・久子のみならず、〈柳橋の芸者〉の〈菊蝶〉という第三の女性の登場②上の巻・下の巻・大団円の三部構成、③頼孝の幼年からの特殊な性向の設定、④頼孝の自死による宍戸家の没落、といった構想が記されている。また、本作の〈陸奥国の半ばを領してゐた宍戸侯の嫡男、頼孝〉という設定については、三島の祖母・夏子（戸籍名は、なつ）の母・高（鷹）が、水戸徳川家支藩の宍戸藩主（のち子爵）・松平頼位《よりたか》の娘であったことに想を得ていると考えられる。ただし、実際の宍戸藩は、常陸国茨城郡（現在の茨城県笠間市）を治めた一万石の小藩であり、虚実入り交じっている。この宍戸侯嫡男の頼孝をめぐる久子・耀子の物語は、「菊と薔薇物語」にも似たものが見られる。（武内）

真白な椅子（まっしろないす）〈小説〉

【書誌】四百字詰「KS原稿用紙」三枚。末尾に「――　一六・八・二一　平岡公威」とある。㊓

【梗概】病気あがりに子供が看護婦に付き添われて歩く練習をしている。子供が疲れてしゃがみこむと、看護婦は両手を差しだし「さあ、お椅子ができました」と自らの膝の上に子供を座らせる。今はもう、あの白い椅子はどこにもないが、やがて子供が年老いてふたたびそれに出会うだろう。

【考察】「椅子」（「別冊文芸春秋」昭26・3）の原型となった作品。『三島由紀夫作品集5』「あとがき」（昭29・1）には〈わざと幼年時代の感傷的な追憶に溺れてみせた私小説「椅子」は、少年時代の終末の感傷が書かせた物語「岬にての物語」が、「中世」をはさんで、前巻の短篇集「花ざかりの森」につながる時代の一つの注釈としてのちに書かれた〉とあるが、「椅子」の発表より十年前に、その原型となる本作を記していたことが明らかになった。

「椅子」は、母親と離れて祖母の執拗な愛情の元で暮らしていた幼年時代を振り返り、母の手記を一部引用して書かれた小品である。「椅子」と「真白な椅子」を比較してみると、看護婦との性的な戯れや、母への恋慕、また、〈まんざらでもなかった〉という祖母からの執拗な愛情についてまさに自らの過去の〈一つの注釈〉として書かれた「椅子」に対し、「真白な椅子」は〈「さあ、お椅子ができました」〉という一言を除いて台詞がなく、全体を通してより詩的な作品となっている。（池野）

路程（ろてい）〈戯曲〉

【書誌】「12/25ＹＮ特製」六百字詰原稿用紙四十一枚。署名は平岡公威。「輔仁会手帳」の作品目録によれば、昭和十四年九月二十八日時点の記述に〈戯曲―路程……完　廃止〉とあることから、執筆時期はそれ以前と推測される。「これらの作品をおみせするについて」には、〈「東の博士たち」はサロメの模倣ですが、これの母胎となった純道徳的な童話劇風の耶蘇劇「路程」があり〉と記されている。なお、本作の原稿とは別に、厚紙に描かれた表紙図版やその図案説明がある（㉑解題に写真あり）。㉑

【梗概】 新約聖書ルカ伝に材を得た三幕からなる戯曲。

天使たちによって救世主誕生の前兆がもたらされ、悪魔たちは悪の権力が失墜することを恐れた。また城内においても、王としての絶対的権力を象徴する火が消え、妃を殺した王と母を殺された王女は、天使の存在により蹴っていてきに隔てられる。城を出た王女は天使となった母に再会し、人々とともにマリアの受胎告知を見守る。天使ガブリエルの告知後、マリアはヨセフとともに旅立った。

【考察】 本作を含め、新約聖書をモチーフとした「東の博士たち」「基督降誕記」（いずれも㉑）などは昭和十四年に集中して描かれている（「基督降誕記」については「三島由紀夫研究①」「決定版三島由紀夫全集初収録事典 I」参照）。前掲「これらの作品をおみせするについて」によると、本作は〈道徳的〉であるというように、キリスト教に則った善悪の教訓が示されている。さらには、救世主の降臨によって万物すべてが救われるのではなく、天国と地獄、という二つの道に隔てられている。救世主もまた、翼を持つ天使たちに見守られ、やがて〈黒い翼〉を広げたような十字架を背負い、復活への道＝〈路程〉を歩む。救世主をもってしても終着のない、いわば永遠の〈路程〉を歩むという結末である。

なお、佐藤秀明『（日本の作家１００人）三島由紀夫―人と文学』（勉誠出版、平18・2）によると、〈暗黒の力と善との対立が劇的効果を高めていて、戯曲としての緊張感をもたらしている〉とした上で、悪魔たちや王は〈狂気や不安に取り囲まれることで〉さらに自己でありつづけようとする〈破滅的志向〉が「路程」には見られるとしている。

（原田）

我がはいは蟻である〈小説〉

【書誌】 四百字詰「学習院」名入り原稿用紙三枚。学習院中等科一年の課題をして創作されたもので、末尾に「優」の評価が記されている。「桜」「春の雨」（㉖）など十篇と同じ綴りに書かれている。㉗

【梗概】 〈我がはいは暗い〳〵部屋の中で生れ出た。〉という書き出しで始まる蟻の物語。

一匹の蟻が白く小さな芋虫のような状態から物語が始まり、蛹になり、その後、「スマアトな足と、それから天鵞絨の様な黒い光のする着物」をまとった「蟻」に成長する。そして、働蟻としての日々が始まる。

【考察】 そのタイトルから、夏目漱石の「吾輩は猫である」を意識して（あるいはパロディとして）書いた作品であることは容易に推測されるが、蟻が蛹になったり、蛆が蟻の幼虫であるなどという誤った知識から、当時の三島の幼さが垣間見られる。（宮田）

※付記　今回より、旧全集未収録作品と参考作品の別を明記することとした。また、これまでは原稿用紙のサイズを明記していたが、現存する元原稿のサイズが不明なものが多いため、決定版全集補巻の解題に倣い、明記を避けることとした。

書評

佐藤秀明著『日本の作家100人　三島由紀夫――人と文学』

工藤正義

本書でも触れている通り、三島由紀夫文学館で新たに発見された資料は三島由紀夫が学習院中等科、高等科時代に創作した作品が圧倒的に多い。三島がこの時期にこれほど多くの作品を書いていたことは今まで知られていなかった。

『決定版三島由紀夫全集』に文学館所蔵の未発表資料を収載することが決まり、資料整理に追われる毎日が続いた。その過程で新たな資料が見つかるたびに、三島の創作意欲のすさまじさと年代を超えた作品の質の高さに驚嘆し、三島を創作へと駆り立てたものの正体はいったい何なのか、著者と話し合った記憶がある。

年月が経っても、ずっとそのことが私の脳裏から離れずにいた。それが本書を読んでようやくその謎が解けたような気がした。

三島由紀夫は「礼儀正しく、人との約束を厳守し、横柄でもなく、まじめで勤勉で律義な努力家で、計画性もあり、筋の通ったことをする。人の好き嫌いははっきりしているが、他人の気持ちを汲む感情の豊かな人であり、社交家で上機嫌でユーモアがあり、人を引きつける話題にもこと欠かない。その振幅が大きい。（中略）三島の文学や主張を理解するのに、この振幅の大きさを前提にしないと、三島の言動の一部分だけに捕らわれてしまうと思われるからである。あるいは、三島の一部分に足許をすくわれるということになりかねない予感がするからである。」また、「三島由紀夫の文学は、こういう内面の辺境と確実に結びついているが、また明らかな違いもある。その違いに三島の振幅が反映していると思われるのである。人間性の極北を見てしまった人の常識家としてのふるまい、それを本書で浮かび上がらせ、現代社会に置いてみたいと思う。」と著者は述べている。

まさに本書の主題は三島の「振幅の大きさ」や「内面の辺境」を浮かび上がらせ三島像に迫ると言うことだろう。

しかしながら、三島の「振幅の大きさ」や「内面の辺境」とはいったいどのようなことを意味するのか。そして、それが三島の作品や行動にどのような暗い影を落としたのだろうか。三島だけに限らず、作家は生と死の振幅を内部に深く抱え込んでしまった人間である。大なり小なりそれがテーマとなり、作品に作家のメッセージを折込み、異質なイメージを喚起させ、人間存在にさまざまな彩りを与える。

本書の言う通り、三島が「精神の辺境」に立つ作家であることは間違いないだろう。著者によれば、「精神の辺境」とは「荒野」であり、「人間の縁《へり》」である。そして、それは三島の「絶対」のイメージと密接につながっている。三島の「絶対」は高所に存在するのではなく、平面状の彼方にある。しかも「縁《へり》」が「絶対」との境界であると言う。

『鏡子の家』の登場人物の一人である日本画家の山形夏雄は「精神の辺境」に立つ経験をする。

本書では「精神の辺境」の位置について

触れられているが、「精神の辺境」に立つとはいったいどのような精神状態なのか、あんまり詳しく述べられていない。

　山形夏雄は秋の展覧会に向けて青木ヶ原樹海を描こうと決心する。樹海を展望台から眺めていたときに、夏雄は現実感覚を喪失し、世界の崩壊を経験する。

「幼時から、美しいものばかりを選んで見ようとした目は、実はこの別な目に支えられて、操られてそうなっていたのかもしれない。そして消滅した樹海のあとに口をあけていた空っぽな世界こそ、この別な目を以て、彼が幼時から一等親しんできたものかもしれない。」

　この別な目で、世界を見ると、すべてのものが色褪せ、存在の意味を失ってしまう。そして、それは死と闇のなかに漂いながら、世界喪失の感情に打ち砕かれるということを意味する。

「精神の辺境」に立つということは「この別な目」で世界を見るということであり、まさにそこは「荒野」であり、「縁《へり》」である。そして「荒野」のさらなる向こうには「絶対」という虚無が存在している。

　三島が幼時から、「この別な目」の持ち主だったことが容易に想像できる。「この別な目」こそ、十代の三島を飽くなき創作へと駆り立てた真の正体だったのではないだろうか。三島は恐ろしい現実喪失の感覚から、自己を救済するために文学を必要とした。そして三島にとって、それは世界救済でもあった。三島は自分が言葉を吐き続けなければ、一瞬の内に世界が崩壊し、虚無に呑み込まれてしまうというまがまがしい予感にとりつかれていた。

　三島が中等科時代から異常なエネルギーを費やして、数多くの作品を創作した背景にはこのような心理的な要因が働いていたのではないだろうか。

　著者は「三島由紀夫はいつ「縁《へり》」にまで行ったのか。それは分からない。しかし、十五歳のときの「凶ごと」では、「わたくし」は「凶変のだう悪な砂塵」を待っており、それが「町並の／むかう」から来るのをすでに知っている。（略）三島の作品では、それは経験以前の既知としてある。この予感された、現実とは別の次元に知覚された超越性は、〝現実が許容しない詩〟である。」と述べている。

　〝現実が許容しない詩〟を生きる者は「精神の辺境」に立つ者であり、自ら異端者として悲劇的に生きるしか方法はない。そして、そのためには命を捨てることさえ覚悟しなくてはならない。文学的に早熟だった三島は既にこのことを予感として、深く感じ取り、そこに独自の美を見出していた。

　このことは私の仮説であるが、三島由紀夫が「この別な目」で世界を見るようになった時期は母親から引き離され、祖母のもとで育てられた時期ではないかと思う。

　祖母の激情や癇癪は坐骨神経痛が主な原因である。その耐え難い痛みから、感情を爆発させ、見境もなく周囲にいる者に当り散らしてしまう。このことを幼時の三島がどれだけ理解していただろうか。

　母・倭文重の書いた「暴流のごとく」にこのような文章がある。「あれ程酷な目に遇い乍ら、反抗するどころか素直に命令に随って、なお、どうしてにこにこしていられるのかしら。人間の子として出来るわざではない。神の化身ではないかと、本気で思ってしまう。」

　倭文重がこれをノートに書いたのは昭和六年三月であるから、三島が六歳のときである。

　本書では「従順で大人しい幼子の様子が目に浮かぶ。しかし母は、子どもが自分のために耐えているのを知っている。大人の心を読み、最善のふるまいをこの幼子はとっている。」と述べているが、事実、その通りだったのかも知れない。

しかしながら、幼時から空想癖の強い三島が「この別な目」で、病気で苦しむ祖母に献身的に尽くす美しい自画像を作り上げ、祖母の狂おしい詩的な魂に虚構で応えていたのかも知れない。

伊藤勝彦著『最後のロマンティーク　三島由紀夫』

中野裕子

「人は自分の信念、あるいは思想のために命をすてることができるのか」……価値観が多様化し、絶対的な思想や、大義によって集団全体が同じ方向に向かうことがなくなった現代日本にあって、本書の著者が三島の自決当時を振り返るとき、三島へのこの問いはどこに帰結していくのか。誤解と推測に満ちた三島の死の謎を、哲学者の眼から、その死の哲学を読み取ることで解明しようとしたのが本書である。

三島との十五年来の交遊を含めて、伊藤勝彦が見る三島の死は、一貫して〈ゾルレンとしての死〉である。三島が死にたかったのではなく、死ななくてはならなかった〈死すべきであった〉という死の仮説の根拠を、氏は『仮面の告白』後半部に書かれた戦争不参加に対する「私」の罪障感にみる。徴兵検査での誤診により、即日帰郷となった「私」が、「私は一度だって死にたいなどと思ったことはなかった」といった言葉を三島のありのままのザイン（真実）と受け取り、生き残った負い目を一生ひきずってゾルレンの論理に転換させたのだという説である。確かに徴兵検査で三島の戦友になるはずだった志方村の若者は、フィリピン部隊としてほぼ残らず戦死した。その事実の重さを思えば、命が助かって即日帰郷したそばから「軍隊生活に何か官能的な期待を抱いて」いたと告白する「私」の言葉が、薄っぺらなカモフラージュとしか思えないという読みも可能であろう。とてもそんな極限状態でエロス的満足を得ようなどというたわごとはあり得ないという見解なのだが、これは実際の切腹死をエロティシズムの至福としての死とは認めない氏の立場に一貫している。さらに「三島は死ぬことが怖い人であった。それゆえに死の共同体が必要であった。」、その「死の共同体」こそ「楯の会」であり、三島は「遅れて戦線にやってきた武士として」戦死すべく死を選ぶというのが仮説の骨子になっている。では死の怖い三島がなぜ切腹という方法を選んだのかという説得力には疑問が残る。

ところで三島と伊藤氏の交遊をめぐる哲学の道は、三島の死を思索するのに興味深い資料である。二、三例を挙げると、伊藤氏は三島に借りたJ・A・サイモンズに着想を得て名著『愛の思想史』（講談社学術文庫）を生み出したそうだが、サイモンズの本は、ギリシャの少年愛における、秘書ともいうべき研究書であったという。本書には内容を詳細には紹介していないが、『愛の思想史』では、軍事的民族であったドーリア人に触れ、「若者をかばって、死を恐れず敵地に乗り込むということが、集団の目的の追求であると同時に、官能的愛の陶酔」で、「行為の外面と内面は完全に一致」する世界が築かれていたことが述べられている。この著書は昭和四十年に三島にも献本されて、称賛されたそうである。こうした古代ギリシャにおける少年への同性愛を、伊藤氏の手によって体系的に読むことで、三島が死の共同体の理想の形を汲み取り深化させていたと見ることも可能であろう。

また、三島が晩年までニーチェを、特に『悲劇の誕生』を愛読していたのは知られているが、三島が暗記していた（つまりはお気に入りだった）一節、「個体化は悪の根源であり、芸術とは個体化の束縛を破りうるという喜ばしい希望のことであり、融合帰一をあらためて回復することへの予感である。」（『悲劇の誕生』）を「三島が最晩年に目指していたことそのもの」だと伊藤氏は指摘する。ショウーペンハウアーの「個体化の原理」の解体を超える力を三島は芸術に見いだしながら、彼の死は芸術によるものでなかったのは何故なのか。たとえディオニュソス的陶酔を三島が「楯の会」でなぞっていたとしても依然として、そこに納まりきらない個人としての死の意味が残されているように思う。

さらに今一つ、著者と三島との対談「反ヒューマニズムの心情と論理」（伊藤勝彦『対話・思想の発生』番町書房、昭和42・11）において、三島がソクラテスの死に言及する部分を本書でも引用し、著者は「これは彼が言っていることの中でもっとも大事なことであるにちがいないと思った」と直感している。対談の行われた昭和42年8月という時期をみても、『奔馬』を書き、四月に自衛隊入隊を果たしたばかりの時期に、既に「自分の信じていないもののために死ぬというアイロニー」に魅力を感じ、その思想と行動の関係において天皇を引き合いに出しながら、ソクラテスの死をアイロニーの完結と見た発言を引き出したこの対談は、三島の死の美学のみならぬ死の予言をも導きだした点で重要な価値をもつだろう。

その他、プラトンや、カント、あるいは経験の哲学をもつ森有正の人と思想を三島と比較しながらも、三島の死がゾルレンの問題であるという主調音は繰り返される。

後半部分は個々の作品論に移る。『トリスタンとイゾルデ』の古典的ロマンの手法を想起し、バタイユを出しながら「戦後最高のロマンであると同時にロマンの終焉を告知する作品」と論じる『春の雪』、前述の対談から、拒まれている絶対的他者の心理を主題だと確信した『金閣寺』、晩年の戦士共同体のアイロニーをここに見る『わが友ヒットラー』など独特な感覚が光る。

最後に今一つ、著者の特徴的見解は、ゾルレンとしての死を主張するあまりか、エロティシズムとしての死の意味を認めないことである。バタイユのエロスの意味がヘテロ（異性愛）でもなく、ホモ（同性愛）でもなく、形而上学的恋であり、これを現世的な同性愛にまで低次元なものに引き下げる必要がないという主義である。バタイユを熟知する著者のこと、その的確な解釈に余地はないが、それを受容する三島の問題が残されるだろう。これは近年明らかになった三島の同性愛的傾向の事実（「愛の処刑」が三島の著作と確定したことや、『憂国』以前に堂本正樹氏とくり返された切腹ごっこなど）を含めて『憂国』に立ち返って論じられるべきだろう。何よりも三島にとって『憂国』は「一篇の至福の物語」として、大義のため死ぬという表の『憂国』も、エロスの中で死ぬ裏の『憂国』も、至福の死の必要条件となっているからである。それは「楯の会」が三島にとって「死の共同体」であるための、命の確認の理想的な形である気がするからである。

とはいえ、著者の斬新な発想による哲学者の三島論は、文学の内側からでは引き出せ得ない貴重な資料として、更なる三島論の熟成に可能性を与えることは間違いない。

編集後記

今回は「仮面の告白」特集だが、座談会のほうは、その枠に囚われず、川島勝さんと徳岡孝夫さんにお願いした。お二人ともお願いすると、早くするようにと催促して下さり、年二回刊行がもどかしい思いをしたが、川島さんには秋まで待って頂き、徳岡さんは掲載まで時間が空くものの、この春ご自宅書斎にうかがった。

その日、徳岡さんは、事件当日、楯の会の学生から手渡された三島からの封筒を銀行の金庫から出して来て、待っていてくださった。その封筒を傾けると、当日と同様、写真から先に滑り出てきて、森田必勝の激しい筆圧で署名されたポートレートなどを手にすることができた。そして、三島がバンコックで繙いた「和漢朗詠集」のページを開いたりしながら、思い思いの疑問をぶつけたが、徳岡さんは、大阪弁でもって当意即妙に応じてくださり、その話振りには、傍らで三島が耳を傾けているのではないかとも思った。その上、校正刷が出ると、目がご不自由であるのにもかかわらず見て、間違いを正してくださった。

川島さんは、足がご不自由であったが、近くの店まで出てきてくださり、二時間半、実質は三時間にわたっていささかの疲れも見せず、諧謔を交え流れるように応答して下さった。われわれが持参した古い雑誌や単行本を懐かしがられるとともに、巷の噂話を書いた週刊誌の記事に興味を示し、コピーを求められるなど、好奇心は衰えず、いまなお現役の編集者であることを如実に示された。そして、三島一家と親しかったことから、その家庭の雰囲気がわれわれにも感じられる思いをしたのは、一座しての貴重な収穫であった。

お二人にお聞きすべき事を十分お尋ねしたか、われわれとしてはいささか非力を覚えないわけではないが、楽しく充実した時間を持てた喜びを味わっている。深くお礼申し上げる。

さきの十一月五日、山中湖の三島由紀夫文学館でのレイクサロンに参加したが、美術との関連をテーマにした話を聞き、思いのほか多くの刺激を受けた。次号は演劇を取り上げる予定である。

（松本 徹）

三島由紀夫研究③

三島由紀夫・仮面の告白

発　行――平成一八年（二〇〇六）一二月二〇日
編　者――松本 徹・佐藤秀明・井上隆史
発行者――加曽利達孝
発行所――鼎 書 房 http://www.kanae-shobo.com
〒132-0031 東京都江戸川区松島二-一七-二
TEL・FAX 〇三-三六五四-一〇六四
印刷所――太平印刷社
製本所――エイワ

表紙装幀―小林桂子

ISBN4-907846-44-4　C0095